La Nueva Jerusalén

Joaquín Muñoz Romero

La Nueva Jerusalén

deauno.com

Muñoz Romero, Joaquín
    La Nueva Jerusalén. - 1a. ed. - Buenos Aires: Deauno.com, 2011.
    276 p.; 21x15 cm.

    ISBN 978-987-680-019-8

    1. Narrativa Española. 2. Novela Histórica. I. Título
    CDD E863

© 2011, Joaquín Muñoz Romero
© 2011, Ilustración de cubierta: Enrique Gómez Sacanelles
© 2011, Deauno.com (de Elaleph.com S.R.L.)

contacto@elaleph.com
http://www.elaleph.com

Primera edición

ISBN 978-987-680-019-8

Hecho el depósito que marca la Ley 11.723

A mi esposa, Inmaculada

EL MANUSCRITO

Amor Ben Argam me dio la mano y me invitó a pasar. Su casa se levantaba a la salida del pueblo: una construcción de dos plantas, que hacía presumir en su propietario una holgada situación económica.

El tunecino me condujo al segundo piso. Pasamos a un ancho gabinete, iluminado por la luz solar que se colaba a través de los ventanales acristalados de las paredes de poniente y mediodía.

Era la tercera vez que nos encontrábamos en Túnez, durante otros tantos viajes que, por razones comerciales, había yo hecho al país; y la primera que me invitaba a visitar su casa en Benikhalled, rodeada de naranjos y bien cuidadas hortalizas. Trabajamos durante casi toda la mañana. Amor Ben Argam, pasado el mediodía, indicó que era la hora de comer. Me introdujo en el gran comedor, equipado con una gran mesa con encimera de mármol y soportes de hierro forjado, que destacaba sobre el sobrio mobiliario de la estancia.

Un joven camarero de manos enguantadas nos sirvió una espléndida comida, en base a una gran fuente con carne de cordero guisada. No faltó la amena conversación, el tradicional Brik con su huevo entero como sorpresa ni el digestivo Boukha.[1] La

---

[1] Aguardiente tunecino de higos. Se toma generalmente como digestivo. El *brik* tunecino es un fruto de sartén: una torta fina, enrollada en forma de prisma, en cuyo interior se depositan clara y yema de un huevo. Se fríe en

tarde transcurrió placenteramente, al margen de los negocios. Mi anfitrión habló largo y tendido sobre su amistad con el, a la sazón, presidente del país, señor Bourguiba, fundamentada durante su común estancia en París, antes de la independencia de Túnez. Me habló de los fenicios, de la fundación de Cartago, del triunfo del Islam. Era inevitable la referencia a las catorce tumbas de Benikhalled, su pueblo. "Cuando los descendientes de los egipcios deportados a Persia por Dario pudieron abandonar su cautiverio de tantas décadas, es sabido que se dispersaron por todo el mundo conocido, en busca de un mejor futuro. Los que en Europa occidental son conocidos como 'los gitanos', en Túnez fueron llamados 'des iraniens', atendiendo al gentilicio del país al que fueron deportados." "Se establecieron aquí, pero fueron muy mal soportados por los númidas, a su vez fieros conquistadores de una amplia región al noroeste. Cuando la situación se volvió angustiosa para los iraniens, acosados por los guerreros vecinos, mataron a sus propios ancianos, mujeres y niños. A continuación, los catorce supervivientes se suicidaron. Ocupan las catorce tumbas que pueden verse a las afueras del pueblo".

Bien avanzada la tarde, mi anfitrión se aprestó a llevarme a mi hotel, en la capital. Salió de la estancia que ocupábamos en ese momento, y reapareció poco después llevando un paquete bajo el brazo.

—Esto es para usted; pero se lo daré en su hotel. He de comentarle algunas cosas acerca del libro que contiene este envoltorio.

El joven que nos había servido como camarero nos estaba esperando en el patio de la casa, al volante de un lujoso Citröen negro.

El señor Ben Argam me acompañó al interior del Hotel du Lac —mi residencia en la ciudad—, frente al gran lago y golfo de Túnez. Tomamos asiento en un ángulo del amplio salón, junto a una hermosa mesa, de redondo tablero de madera profusamente taraceado.

---

buen aceite de oliva. Se toma "con precaución": Los tunecinos "disfrutan" si su invitado, por inadvertencia, "consigue" el chorreo del huevo sobre su blanca camisa al morder el *brik*.

Mi acompañante pidió *the a la menthe fraîche* y algunos dulces. Tomó de encima de la mesa el paquete que había traído para mí, lo desenvolvió y apareció un libro con tapas de cartón rústico, sin ilustración alguna, ciertamente deterioradas. Argam me tendió el libro, con estas palabras:

—Permítame que le ofrezca este pequeño obsequio. Tal vez a Vd le aproveche más que a mí.

Tomé el libro. Lo abrí con cuidado. Observé que se trataba de un manuscrito redactado en pulcras letras carolina y gótica.[2]

—Gracias, señor Argam. ¿Conoce bien su contenido? —agradecí el obsequio sin dejar de escudriñar las amarillentas hojas, al tiempo que el amable tunecino iniciaba el siguiente relato:

—Hace años, en 1956, cuando regresé a Túnez tras nuestra independencia, adquirí en Bizerta una tienda-almacén en el zoco, con el ánimo de establecerme definitivamente en mi país. Revolví estantes, rincones, cajones, armarios…; sacudí polvo; lavé muebles; limpié alfombras, alfanjes, turbantes, cimitarras, babuchas, faroles… y todo lo ordené; deseché lo que me pareció basura; adquirí en los zocos de Túnez, Kairouan, Djerba, Monastir y, más allá de nuestras fronteras —en Orán, Oujda, Tánger—, …artículos antiguos y modernos propios de nuestra cultura, con los que me apresté a comerciar. Entre los objetos removidos, apareció una caja de madera, de tamaño algo mayor al de una caja de zapatos. Dentro, apareció este manuscrito y varias hojas en cuarto, con signos y voces latinas impresas por el método chino de incisiones, anterior, como sabe, a la invención y divulgación de la imprenta de Güttemberg. Las citas del manuscrito parecen indicar que fue escrito no antes de 1245 y,

---

[2] Letra o minúscula carolina/carolingia: Evolucionada desde la romana, con eliminación de enlaces, dando una mayor legibilidad a los escritos. Impulsada bajo la influencia del imperio carolingio. Derivada a partir del siglo XIII hacia la minúscula gótica. Recuperada a partir del renacimiento. Es base de nuestras actuales fuentes de escritura.

por la anotación puesta al dorso de la última página, no después de 1315. Observe esto…

El señor Argam tomó de nuevo el libro y buscó la última página. Al dorso se leía, anotado de forma aparentemente apresurada, tal vez a falta en ese momento de mejor soporte, lo que sigue:

"Arabicus christianus.

Liber de maiore fine intellectus amoris et honoris."

–Un viejo alfaquí –continuó Ben Argam–, al que mostré el libro, pudo averiguar que las anotaciones hacían referencia a un tal Lulio, sabio mallorquín conocido con el apelativo de Arabicus, por su gran conocimiento hablado y escrito del árabe, y autor del Liber citado, escrito por él en Túnez en 1315, en cuyo año y, de forma precipitada, tuvo que embarcar y huir, perseguido por mis antiguos compatriotas, para morir en su tierra de Mallorca ese mismo año. También se dijo que murió a bordo de la nave en que huía, por las heridas causadas por mis antepasados.

De regreso en Valencia, me enfrasqué en la interpretación del manuscrito. Parecía, con suficiente evidencia, que había sido escrito en una mezcla de romance altoaragonés, occitano, provenzal y sardo, por el mismo protagonista y testigo de los hechos que en el libro se narran. Me propuse traducirlo, a mi vez, al castellano, para lo que busqué el concurso de un viejo amigo mío, antiguo sacerdote y actual profesor de latín en la Universidad. Pero he de advertir que, celoso de mi propiedad, recurrí a mi amigo sólo en aquello que se me resistía, por lo que los errores en que sin duda habré incurrido son míos y que sabrá disculpar… "vostra senyoria, qui per sa virtud comportarà los defalliments, així en estil com en orde… per mi posats per inadvertència i ignorància."[3] Al fin y al cabo,

---

[3] Tirant lo Blanch. Joanot Martorell Ofrenda de esta novela, por su autor, al príncipe heredero D. Fernando de Portugal. –"Su señoría, que por su virtud dispensará los errores, así de estilo como de orden… puestos por mí por inadvertencia e ignorancia".

"...nada os debo; debéisme cuanto he escrito.
A mi trabajo acudo, con mi trabajo pago
el traje que me cubre y la mansión que habito,
el pan que me alimenta y el lecho en donde yago"[4]*...*

---

[4] Antonio Machado: "Retrato".

CAPÍTULO I

CERDEÑA. MARCONS

En este apartado rincón de lo que llaman Sardeña, sobre el moderado acantilado de sus blancas playas del sur, en el que llevo confinado desde que a mis diez años el mar me arrojó a estas costas, me ha asaltado la necesidad o curiosidad de ir redactando las experiencias que mi destino permita que goce o sufra.

El aprendizaje de las letras, su lectura y escritura, han despertado en mí el hormigueo de la emulación: también yo quisiera ver reflejadas sobre el papel las vivencias que el paso de los años me haga vivir.

Estamos en la primavera del año del Señor de mil doscientos cuarenta y seis cuando inicio mi crónica, con los útiles que me ha proporcionado la benevolencia de mi maestro.

Sentado en el tocón de un árbol y teniendo ante mí la pequeña mesa de tablas que he construido, empiezo mi andadura por este papel amarillento que deseo me muestre la incógnita de lo que esconde. Y así comienzo, con la gracia de Dios.

Soy natural de la ahora casi despoblada isla de Formentera, al sur de la de Ibiza, a unas escasas leguas marítimas del litoral de la taifa de Denia, a la cual había pertenecido hasta la conquista de mi isla por el Rey Jaime I de Aragón, bajo la acción de las huestes del Arzobispo Guillem de Montgrí, en 1235. Nací en el mes de enero de 1236. Mis padres son aragoneses de Jaca, emigrantes a la tierra de Ampurias, desde la que emprendieron el viaje a Formentera junto a un buen contingente de colonos aragoneses y ampurdaneses. Me impusieron en el bautismo el nombre de Cristino. Mi padre era cordelero-guarnicionero y seguía al ejército por cuanto éste, decía, siempre ofrecía muy buenas oportunidades para el desarrollo de su industria.

Tuve la oportunidad de aprender a leer y escribir el árabe, con aceptable aprovechamiento, de un viejo musulmán de Fez, de los que permanecieron en la isla y que fue acogido por mi padre como ayudante. Ahmet era su nombre y nunca entendí, ni me explicó, por qué razón un moro ilustrado como él había recalado en Formentera...

Compartí la zozobra de mis mayores ante la amenaza constante de los piratas de Berbería. Desde tiempos remotos, tanto en los de los almorávides como, posteriormente, en los de los almohades, asolaban nuestra costa y no dejaban nada que pudiera ser transportado en sus bajeles, fuera persona, animal o cosa...

Y fue así como, en una de aquellas incursiones, de la que no pude zafarme, me vi a bordo de una de aquellas temidas embarcaciones, lejos del arrimo de mi padre, al que supe a salvo... Seguramente éramos conducidos a algún puerto del norte de África; sabíamos que ese era el destino habitual de los piratas berberiscos tras sus saqueos. En la tarde del tercer día de navegación, el cielo se pobló de rojas nubes viajeras. De madrugada, horrísonos truenos, tras incendiarios relámpagos, sacudieron el mar, y enormes olas encrespadas empezaron a batir los costados del navío y, a poco, a barrer la cubierta de borda a borda, arrastrando con ellas y lanzándolos al mar mil y un objetos; y no sé si hasta a personas. Yo me así tan fuertemente como pude a uno de los palos y tuve la suerte de hallar a mi lado la punta de una driza. La tomé con resolución y la enredé en mi cuerpo que afirmé al palo cercano a la popa. La cofa de mesana se desplomó y cayó cerca de donde yo estaba. El estruendo de la tormenta ahogaba cualquier otro ruido. La galerna crecía en intensidad. Los cabos libres de drizas, escotas y boza restallaban como látigos contra palos, velas y escalas. Debí perder el conocimiento, porque no recuerdo nada más de aquella horrible noche. En un estado de semiinconsciencia, percibí que alguien trataba de levantar levemente mi cabeza, con una fría mano posada en mi nuca.

Un acre olor y una insufrible quemazón invadieron mis fosas nasales. Al abrir penosamente los ojos, fuertemente cegados por un poderoso resplandor, apareció ante mí la figura de un hombre. Vestía un talar blanco. Estaba inclinado sobre mí. Me incorporé poco a poco, ayudado por el que parecía fraile por el vestido tan similar al que usaba mi tío Antonio.

—No temas —oí decir al fraile—. No tienes heridas y estás a salvo.

Me hizo reposar un buen rato sentado sobre la blanca y lisa superficie de una losa, al pié del acantilado. Aquellas blancas arenas resplandecían; casi me herían los ojos. Las olas suaves, casi silenciosas, emergidas del azul...: todo aquello me recordaba a mi tierra. El fraile me tomó del brazo y, lentamente, iniciamos la marcha. Yo me sentía bastante bien..., como probaba el que empezara a intrigarme el dónde estaba, quién era aquel, sin duda, buen fraile...; y cuestiones de este jaez.

Anduve apoyado en el hombre durante todo el camino. Seguimos el serpenteo de una estrecha vereda que subía hacia la cima de una loma, aparentemente provista de una rala vegetación. Ya en lo alto, a unos cincuenta pasos de distancia hacia el norte, se perfilaba el linde de un bosque de pinos y encinas, con matas de boj, sabinas rastreras, aliagas y zarzales abrazando los pies de los árboles. Entre aquella vegetación, una cabaña cuadrangular, de paredes de piedra y argamasa con techumbre vegetal, parecía ser el albergue de mi salvador. A ella nos dirigimos; fui invitado a tenderme sobre un lecho de frescas hojas de boj. Cuando ya no podía aguantar más mi impaciencia por conocer algo de mi situación, me incorporé y salí al ejido. Entre los árboles distinguí como diez o doce cabañas, más pequeñas que la que me había acogido; fuera de ellas, pululaban frailes ocupados en no sé qué menesteres. Me saludaban con la cabeza, sonrientes. Pensé que todo aquello, si no se trataba de un sueño, era el refugio de santos eremitas…, asimilando estas imágenes a las que mi tío me describía acerca de los Santos Padres del Desierto.

Parece, que a mi salvador le urgía ilustrarme sobre la realidad o misterio de aquel poblado y de sus gentes: Hizo que me sentara a su lado, en una tosca banqueta de madera, en el barrido y batido suelo del ejido, ante la puerta de su cabaña.

—Conocerás de inmediato a los hermanos. Este es un enclave de cabañas, cuya ocupación por nosotros y por los que irán llegando, será abandonada en un próximo futuro… Es prematuro que te inicie en los santos principios de nuestras creencias; a ellos irás accediendo, poco a poco, para tu mejor comprensión y mayor provecho para tu espíritu. Por hoy te bastará saber que somos una religión, la Glesia de Dio, disconforme con la de Roma a lo largo de los años y, en los últimos cincuenta, perseguida hasta la inmolación de sus fieles por el fuego.

La actitud del fraile se correspondía con la que puede esperarse de un hombre de religión: Se retiraba a menudo, y supe que era para decir sus oraciones. Preguntado por mí si eran ermitaños, me respondió que no. Y no tardó en exponerme su condición de perfecto, de bon home[5]; que había escapado milagrosamente a una horrible quema de fieles en el camp des cremats[6] apresados en

---

[5] Perfecte. Buen Cristiano —Bons Homes: Apelativo con que se designaba a los creyentes cátaros que habían logrado recibir el único sacramento cátaro: el consolamentum, tras las correspondientes pruebas.
Consolamentum: Bautismo espiritual; de Penitencia; de ordenación; de salvación.

[6] Campo de los quemados. A la sombra del monte y fortaleza de Montségur. Se le nombra también como "Prat dels cremats".

Montségur.[7] "Troyes, Reims, Châlons, Beziers, Carcasona, Mont-Aimé, Montségur... son nombres –apostilló Marcons– que aprenderás a nombrar con recogimiento.[8] Poco a poco, querido niño, irás asimilando nuestras santas creencias. Estoy seguro de que eres el llamado a continuar la obra que he comenzado, pero que no podré culminar... Has salido del mar; y del mar me llegó la profecía de tu llegada y tu destino... Algo me pide que te llame Simón... y así lo haré en adelante. Tú puedes llamarme Marcons".

–¿De qué profecía me estáis hablando? –pregunté, naturalmente intrigado.

–De esas premoniciones que nos llegan por los sentidos y que, muchas veces, querido Simón, se revisten con el ropaje de los sueños. Soñé, cuando llegué a esta isla, o viví como si hubiera tenido un sueño, tu aparición en estas playas abandonadas. Pero aquel niño de aquel sueño o vivencia premonitoria avanzaba hacia mí, sobre las aguas, sonriendo y llevando en las manos extendidas un libro que dejó en la playa, con el reflujo de la última ola. ¡Mi viejo libro! El Santo Evangelio de San Juan, copiado por mí mismo de un antiquísimo códice oriental... Lo imaginé deshecho por las aguas, pero estaba completamente seco. Miré hacia el mar... Tú habías desaparecido. Hubo, en adelante, bastantes revelaciones de las características de la reseñada... Me acostumbré a escuchar de mi maestro tales "iluminaciones". No

---

[7] Pico de unos 1150 metros de alto, cerca de Foix, en el sur de Francia, a unos 80 kms de Toulouse. Sobre el mismo (Pog de Montségur), fue edificada la fortaleza cátara. En 1244, sitiada y destruida por los francos de Simón de Monfort, fueron quemados vivos los vencidos. Casi la última "gesta" de la cruzada contra los albigenses o cátaros.

[8] Hogueras contra los cátaros: Troyes, Reims, Châlons, Mont-Aimé: La Champaña (Francia) 1200 a 1239. El cisterciense Aubry de Trois-Fontaines recogió la leyenda según la cual el cerro de Mont-Aimé había sido visitado a menudo por herejes maniqueos, desde finales del primer lustro de la era cristiana. Recordemos el dualismo del mal y del bien en que también los cátaros, como Mani, basaban su religión.

sé si iban dejando mi mente proclive a impregnarse de las santas, místicas enseñanzas del buen fraile. Lo cierto es que sentía un reverencial respeto por aquel hombre que, doctrinas aparte, era un portento de erudición, admirativa y religiosamente reconocida y respetada por los frailes del enclave y, al poco tiempo, por mí mismo. Se iniciaba la mañana, muy temprano, con el rezo colectivo de un paternoster. Los no ordenados, simples auditores, no podíamos dirigirnos directamente al Padre: debían hacerlo ellos, a nuestra petición. Preparábamos los alimentos y los comíamos al aire libre. Los días de lluvia o de excesivo frío, lo hacíamos en el interior de la cabaña. Nos alimentábamos de frutas, bayas, caracoles, pescado que atrapábamos en el riachuelo con las manos; también con nasas en aguas poco profundas de la playa, en los esteros y en los regatos menguados que venían a diluirse en el mar. Mi maestro tejía, en el interior de la cabaña, largas tiras de esparto albardín y cáñamo de Callosa; confeccionaba con hojas de palmito pequeños y grandes bolsones y capazos, así como alpargatas de esparto picado. Todo ello lo bajaba al mercado del pueblo, una vez por semana, del que regresaba cargado con otros artículos y vituallas.

En varias ocasiones le pedí que me permitiese acompañarle, pero en los primeros tiempos se negó rotundamente.

Pero yo no iba a renunciar a volver a verme rodeado de gente, como lo estaba en mi pueblo los jueves por la mañana en la plaza; y todas las tardes en el embarcadero, asistiendo al apacible o tormentoso espectáculo del regreso de los pescadores.

Un amanecer, seguí a mi maestro sin ser notado por él, bajando por entre los resquicios de los roquedales, de las ya florecidas aliagas, de los viejos y recientes romeros, de las palmas enanas, perdiendo de vista a veces a mi maestro pero siguiendo siempre con la mirada el trazo terroso de la vereda que zigzagueaba descendiendo hacia el valle.

Desde mi observatorio, ora tras un desvencijado carro, ora tras la protección de un montón de carbón, ora tras cualquier otro objeto que me brindase colmada protección y disimulo, observé cómo mi maestro colocaba su mercadería en el suelo; cómo la iba vendiendo por unas monedas o a cambio de otros productos, en un trueque que me resultaba tan familiar; y cómo, ya avanzada la mañana, se acercaba a algunos puestos, donde depositaba en las manos de la mujer o del hombre que los regentaban algunas monedas, dejaba un capazo, unas alpargatas, unas tiras tejidas o cualquier otro artículo de su industria, en lo que parecía ser un loable acto de caridad, y se alejaba de la plaza. Luego, lo vi acudir a una cabaña de adobes, situada a la salida de la población, salió a la desvencijada puerta una anciana, y recibió en sus manos lo que mi maestro le ofrecía; llevó a sus labios lo que parecían monedas y ambos se despidieron.

Se instaló en un rincón y comió su refrigerio tras una quietud de reverente recogimiento.

Pensé que ya había visto lo suficiente y decidí regresar a la cabaña, antes que pudiera hacerlo mi maestro. Era pasada, largamente, la hora que en mi tierra llamaban del ángelus; y la subida hasta llegar al enclave me ocuparía media tarde. No había comido y sentí hambre. Tomé un poco de pan y unas bayas; y ese iba a ser mi pobre yantar aquella tarde. El buen Elco, venerado anciano que tanta simpatía me prodigó desde un principio, me trajo unas uvas moradas.

Así era el rutinario devenir de mi vida de adolescente en aquel lugar, con aquellos religiosos y en aquellas circunstancias. Marcons iba destilando en mi mente desconocidos pensamientos. En la soledad de mi lecho de hojas, notaba cómo mi maestro, tumbado en el suyo, dirigía hacia mí sus penetrantes y turbadores ojos; cómo una sutil brisa emanaba de aquella mirada desconcertante e iba instilando en mi cerebro no sé qué innombrable droga…

La presencia de tan virtuosos varones en el enclave, algunos de los cuales no sabían leer, era motivo para que mi maestro les reuniese en ocasiones, para ilustrarles acerca de diversos aspectos de aquella fe.

Fue en esas reuniones que yo fui tomando conciencia de los principios básicos de la fe cátara, de los que me inquietaron, especialmente, los que resumiera Marcons con ocasión de la llegada y recepción de un buen grupo de hermanos:

—Nuestra conciencia dualista de la existencia ha sido fruto del esfuerzo por esclarecer y separar las fuentes del bien y del mal...: Así es el alma pura, inmortal, el reino espiritual de la luz, creación de Dios. Y el reino de la materia, el mundo, el hombre, creados por Lucifer..., el mal. Dios mandó a dos ángeles a corregir los errores de Lucifer, pero éste los encerró en los cuerpos de los hombres, uno en el de la primera mujer, Eva; y el segundo, en el del primer hombre, Adán. Ahí nace el aliento del espíritu celeste prisionero en nuestros cuerpos.

Cuando el alba asomaba tras la línea del horizonte occidental, y una claridad creciente iba blanqueando los pinos, las encinas y los ralos y enanos farallones dispuestos como almenas de un castillo frente y sobre el mar, me encontraba levantado, fuera de la cabaña. Observaba cómo mi maestro (si no había desaparecido, como tantas veces solía) elevaba sus flacas manos al cielo en dirección al sureste, y murmuraba salmodias y letanías que yo no podía recitar, por no estar ordenado.

Más tarde, venía a mí y hacía que me sentara a su lado, sobre la gran losa que él mismo ocupaba, y comenzaba su magisterio sobre cuestiones prácticas y escatológicas, humanas y divinas, que poco a poco fueron consolidando en mí el aprendizaje de las cuestiones que a mi maestro parecía interesar que formaran parte de mi acervo cultural y anímico, en el camino preparatorio del inescrutable futuro que me aguardaba.

Una mañana, sacó de un saco de palmas un manojo de hojas de papel. Había escritas en ellas algunas oraciones muy cortas y un signo, como una estrella circular con puntas rematadas por pequeños círculos, repetido en cada una de aquellas hojas.

Yo conocía aquel tipo de hojas e impresiones. Mi tío Antonio, copista en el scriptorium de un monasterio en Mallorca, me las había mostrado en más de una ocasión. "Fray Francisco, mi hermano en el scriptorium —me decía mi tío—, conoce muy bien el arte de construir las tablillas, fabricar el papel y las tinturas roja, azul y negra, practicar las incisiones en la dura madera de boj y trasladarlas al papel, con la ayuda de la presión de un rodillo".

Mi maestro me enseñó a practicar aquel tipo de impresión, en todas sus fases. El latín y el occitano fueron la materia de sus enseñanzas que, junto con el rudimentario árabe que había yo aprendido en Formentera y el romance de uso habitual en mi casa y con algunos vecinos, me hicieron capaz de comunicarme con amplios grupos poblacionales del entorno en que debería desenvolverme en el futuro. Futuro que ni siquiera intuía yo entonces.

CAPÍTULO II

TOBÍAS

Uno de aquellos días de verano, en que los cielos vomitan su exabrupto estacional, la tormenta descargó con virulencia sobre el campamento. Cerramos y atrancamos la puerta de la cabaña y nos aprestamos a capear las rachas de viento y lluvia. Cuando todo había acabado y salimos de la cabaña, la figura de un hombre se nos mostró entre los árboles. Estaba completamente empapado por la lluvia y tiritaba. Marcons le llamó Tobías. (Y es así como Tobías entró en mi vida: un corpulento franco que tanta importancia tuvo para mí). Tobías intentó inclinarse y besar las manos de Marcons, pero éste lo tomó por los hombros e hizo que se incorporase.

Marcons y Tobías se internaban en la vegetación, tomando una estrecha vereda en dirección al este, una vez al día, por lo menos, si no se habían ausentado. Les seguí en cierta ocasión y no contemplé prodigio alguno: la vereda terminaba en una ancha plazoleta, en cuyo centro se levantaba una columna de piedra, de una altura de menos de dos varas, coronada por una pieza circular, de unos cuatro codos de diámetro. Ambos hombres aparecían de pie, vueltos hacia el sureste, con los brazos levantados y dirigidos en aquella dirección.

Estaban orando en silencio. Me dispuse a regresar. Pero, en ese momento, me pareció oír como el sonido producido por un movimiento de ramas agitándose. Observé atentamente y, como escupidos por el bosque, se lanzaron a la plazoleta dos fornidos sujetos armados con sendas armas largas, lanzando gritos intimidatorios en actitud de abalanzarse sobre los hermanos. Se produjo lo inimaginable: Tobías se revolvió como una fiera. Blandía en el aire un enorme espadón, que no supe de dónde había sacado, y se convirtió de atacado en atacante, golpeando con tal fiereza las cabezas de aquellos desarrapados que cayeron en el suelo, presas de horribles convulsiones.

Salí de mi observatorio y recibí la muda reprimenda de Marcons. Pero no me amilané. Mantuve su mirada y le dije que deseaba ayudar. Tobías me sonrió. Más tarde, ayudé a arrastrar los cadáveres fuera de la plazoleta, a unas varas de distancia, loma arriba. Regresé a la cabaña por mandato de mi maestro, de la que regresé con dos pesados azadones, y procedimos a excavar dos tumbas, final mansión de aquellos forajidos...

—Sólo eran ladrones —dijo Marcons más tarde—; nuestra misión no puede ser desbaratada por nada, si podemos impedirlo.

El acontecimiento pareció marcar una nueva situación: no había día que no apareciera por nuestro campamento un nuevo hermano. Hubo días que hasta tres. Poco a poco, el entorno fue poblándose de cabañas de troncos, ostensiblemente construidas con clara intención de provisionalidad. Empezamos a preparar adobes, con barro y paja seca de hierbas, que dejábamos secar al sol, para ser destinados a la construcción de nuevas cabañas para los fieles que irían llegando.

—Los hermanos van encontrando el enclave —me dijo un día el perfecte— y en pocas semanas se cumplirá el plazo para que abandonemos la isla.

—¿Qué plazo, maestro? —pregunté un poco aturdido por la inminencia, al parecer, de la partida—. ¿Adónde ir?...

Y en el críptico lenguaje que mi maestro utilizaba cuando se trataba de "asuntos del espíritu", como él los llamaba, respondió:

—Tú no has contemplado la magnificencia de Dios, superpuesta en algunos parajes a la pura materia del maligno. Si el mal creó el mundo de lo visible, cuanto nos rodea, cuanto alienta bajo el cielo, su Santa Gloria se manifiesta escasas veces sobre lugares privilegiados, y nos la muestra como estímulo para la perseverancia en nuestra fe. En un paraje bendecido por tal regalo, tierras arriba de Hispania, en lo que se conoce como Reino de Aragón, teniendo por dosel el pétreo ceño de los montes Pirineos, en la confluencia de tres reinos, Dios ha dispuesto para nuestra santa perseverancia y a su mayor gloria la exuberante extensión de los valles elegidos… Elegidos, querido niño, para la erección de la nueva ciudad de Jerusalén. La Nueva Jerusalén terrena que nos anunció San Juan en su Apocalipsis[9]. El Santo Recinto, conmemoración a nivel de los pobres méritos y terrenales medios de nuestros humildes *bons homes*, será un cuadrado de un estadio por lado, con una muralla de diez codos de alto, y las doce puertas en su perímetro.

—¿Nueva Jerusalén? —manifesté mi extrañeza—. ¿La de Jesucristo, la del templo, la de los judíos? ¿Os referís, acaso, a un nuevo templo, como el de Salomón? Mi maestro sonrió. Apenas le había visto sonreír en los años que llevaba en el enclave. Me respondió con suma tranquilidad:

—La Nueva Jerusalén es un Santo Recinto amurallado; no es un templo. Recinto, de cuyas medidas acabo de informarte. Allí, convergerán los hombres de buena voluntad para tratar de los asuntos que incumben a todos quienes deseen practicar sus

---

[9] Apocalipsis de San Juan: 21,12-17: "…Muro grande y alto con doce puertas: Al oriente tres puertas; al norte tres puertas; al sur tres puertas; al occidente tres puertas… La longitud y la anchura son iguales… doce mil estadios (1 estadio = 180 mts.)… y midió su muro… ciento cuarenta y cuatro codos, de medida de hombre. (1 codo: 0,45 mts). La propuesta por Marcons: 180 metros de lado, por 4,5 metros de altura de la muralla.

creencias, con total libertad —no dijo más; y fue al encuentro de unos hermanos que, allí cerca, le estaban aguardando.

Tobías, por su parte, tenía el encargo de Marcons de fortalecer mi cuerpo, como mi maestro hacía con mi mente y con mi espíritu. Diariamente, me sometía a duros y constantes ejercicios: manejo del arco, de la espada, de la daga... Me hacía escalar altos riscos, trepar por gruesos troncos de los árboles del bosque, andar largas distancias, correr en competición con él.... Él sabía que mi complexión no daba para mucho, pero aseguraba que, con tales prácticas, mi habilidad y agilidad estarían por encima de la mayoría de los enemigos y de las circunstancias con la que tendría que vérmelas...

Más de una vez, fuimos atacados Marcons, Tobías y yo mismo en el propio enclave de las cabañas, como en la subida o en la bajada al pueblo. En cierta ocasión, tres jóvenes barbados nos atacaron. Tobías y yo regresábamos del pueblo. Dos de ellos nos amenazaron con largos espadones. No sé cómo lo hizo Tobías, pero oí restallar los largos flagelos de cuero y un látigo diestramente manejado arrancó de las manos armadas los espadones y los lanzó lejos, entre la maleza. Dos desarrapados, se volvieron y emprendieron la huida, tropezando con el tercero, el cual cayó al suelo retorciéndose, y gritando de dolor.

Tobías se le acercó. Se trataba de un joven robusto de unos veinte años. Tobías tomó su pie, practicó unas friegas y dio de beber al joven de un frasco que sacó de la faltriquera. Lo llevamos a las cabañas y se convirtió en el hermano Boldo, de gozosa recordación para mí, por su extraordinaria disposición y listeza; por su simpatía y sus esfuerzos por ayudar a todo hermano que lo requiriese. Y por las dotes excepcionales de mando que más tarde descubrimos.

Recuerdo que pregunté a Tobías de dónde había sacado el látigo. Sin decir palabra, por una abertura lateral de su vestido lo sacó con limpieza, con la rapidez del rayo... tras lo que lanzó una ruidosa carcajada.

BOLDO

El hermano Boldo... Sí. Era un joven de recia complexión, de mente despierta; y demostró una avidez extraordinaria en asimilar la nueva circunstancia de su vida. Tobías lo incorporó a nuestros ejercicios físicos diarios; Marcons ya lo había hecho con su formación espiritual. Desconocía la escritura y la lectura. Me propuse introducirle en tales empeños, por la cercanía que me demostró y por sus ansias de aprendizaje. Corría el año de mil doscientos cuarenta y siete.

—Soy siciliano de nacimiento —me refirió un día, tras una ajetreada jornada. Muy niño me vi arrojado a la calle por una desventurada pérdida de mis padres, en un incendio de la cabaña que habitaban en los arrabales de Palermo. Fui reclutado, primero, por una vieja alcahueta que, al menos, me dio cobijo y alimento a cambio de los resultados de mi mendicidad y mis pequeños hurtos. Fui creciendo en ese ambiente, sin que esperase, ni siquiera intuía, que un mejor estado pudiera sobrevenirme. Cumplí los catorce años, y a mi fuerte complexión uní mi deseo de fortalecerla, por simple demanda de mi cuerpo. Mi trabajo me llevaba a diario al puerto. Siempre había algo que tomar de los muchos descuidos que producía la apresurada carga y descarga de las naves. Muchas fueron las ocasiones que tuve para convertirme en marino, por las reclutas que los navieros de todas las ciudades comerciales hacían muy a menudo. También fueron bastantes las ocasiones que tuve de convertirme en cruzado, como soldado a las órdenes de muy nobles, ricos y poderosos paladines de la lucha contra el moro en los Santos Lugares. Pero, amigo mío, nunca encontré suficientes motivos para afrontar tales empresas... Lo que sí encontré, fue a un extraordinariamente sugestivo joven, mayor que yo, de exquisitos modales... y de buena cuna arruinada. Frecuentaba mansiones de buenas familias, sobre todo las que alojaban a damas de buen ver y mejor estar, con maridos viajeros; y aficionadas a fiestas y saraos. Consenzino, que así se llamaba el joven, vio en mí un digno y ventajoso colaborador en el desempeño de su actividad. Actividad, que consistía en robar a las damas cuanto de valor estaba al alcance de mi amigo, o al mío. Me vistió con buenas ropas, y aprovechó mis buenas cualidades para el canto. Me inició como juglar; hizo que me aprendiera de memoria canciones provenzales, de las muchas que corrían por plazas y palacios. Yo no sabía tañer la cítara, ni la lira, ni el laúd, ni instrumento alguno… pero contrató los servicios de un músico viejo que, bien vestido y comido, resultó ser pieza imprescindible en la simulación de mi condición de juglar provenzal. Todo iba bien; la vida me sonreía por primera vez. Consenzino quiso jugar demasiado fuerte, y tuvo que dejar Palermo, y desaparecer de mi vista y de la de los soldados que le buscaban con pésimas intenciones. También yo tuve que buscar nuevos horizontes y el destino me trajo a esta isla, de la mano del músico, sardo de Sanluri, con quien conseguí un útil acomodo en una nave que a Cagliari se dirigía… Emprendimos un ruinoso negocio en la capital: Robar en el puerto. Pero no funcionó. Nos unimos a otros dos tramposos, expertos conocedores de los caminos sardos, con los que ya sabéis adónde he llegado… Voy creciendo, madurando, viendo cómo el paso de los días opera, en este enclave, profundos cambios en mi cuerpo y en mi alma.

Mi todavía incipiente formación en los dogmas de una "aprendida fe" —casi llegué a pensar que la fe puede ser objeto de aprendizaje, que es algo diferente a la conversión—, va avanzando de la mano del magisterio de Marcons; de forma, que puedo ya manejar con soltura los conceptos de *consolamentum, convenenza, endura, transmigración, aparelhament, melhorier; auditor; caretas…*[10] y a aceptar, como una verdad irrefutable, la maldad del mundo sensible, en oposición al sumo bien del cielo de la luz: el alma inmortal.

---

[10] Consolamentum: Bautismo espiritual; de Penitencia; de ordenación; de salvación.

Cierto es que en mis pocos años en Formentera alguna educación religiosa pude recibir, gracias a los esfuerzos de mi padre
por conducirme por la senda de las verdades de nuestra santa
religión católica; como también el referente que mi tío Antonio
representaba para mí, aparte de la formación que de él recibí
para preparar mi primera comunión, y la catequesis que me im-
partía en cada una de mis visitas a su monasterio.

Fueron pasando los años. El enclave iba aumentando con la
llegada de nuevos hermanos, escapados de persecuciones los
unos, y, los menos, atraídos por la divulgación discreta entre los
creyentes y bons homes de la fundación que se preparaba.

Tobías, Boldo y yo mismo formábamos un conjunto de hermanos al que Marcons distinguía con su constante aleccionam-
miento y, muy especialmente, con sus instrucciones y normas
para cuando abandonásemos el enclave, para dirigirnos al Alto
Aragón. ¿Me estaba convirtiendo en un ferviente *auditor*, destinado irremediablemente a recibir en su día el consolament de
ordenación? Nada me dijo Marcons, nunca, al respecto. ¿Tan
respetuoso era en su predicación que renunciaba a insistir en lo
que debería ser una ferviente catequesis? ¿O me juzgaba excesivamente joven, o inmaduro? ¿O tan seguro estaba de mi clara

---

Convenenza: Acuerdo de la iglesia cátara con sus fieles en riesgo de muerte,
de administrarles el consolamentum de salvación, incluso una vez muertos.
(Especialmente concedido para los sitiados en Montségur).
Endura: Cierta acusación de que fueron objeto los cátaros de iniciar y seguir
ayunos rituales con fines de suicidio.
Aparelhament: Mea culpa colectiva.
Auditor: Postulante que seguía la doctrina, antes de su posible ordenación
por el Consolament.
Melhorier: Un simple creyente no podía recitar el paternoster ni dirigirse directamente a Dios: debía solicitar de un Bon Home que lo hiciera por él, me-
diante la triple genuflexión, acompañada cada una de ellas de su petición.
Caretas: Beso de paz entre los Bons Homes y los simples creyentes, ambos
del mismo sexo.

orientación hacia sus enseñanzas que creía que el asunto de mi ordenación sólo era cuestión de tiempo?

Tobías se mostraba a veces enigmático, si no irónico, diciéndome en cierta ocasión que yo tenía un alma católica… en un cuerpo de romano. Le pregunté el sentido de aquellas palabras, pero cambió de conversación y, haciendo una pirueta, esgrimió su lanza de palo, incitándome al ejercicio.

He terminado lo hasta aquí escrito, compuesto en varias ocasiones, en esta mañana clara del mes de abril de mil doscientos cincuenta y seis, cuando Tobías y yo nos aprestamos a preparar nuestro viaje.

Han sucedido muchas otras cosas, claro, pero de tan poco interés juzgadas por mí que no me han parecido dignas de figurar en mi crónica.

Me cuesta escribir, aunque mejoro con el transcurso del tiempo y con el esfuerzo de querer hacerlo cada vez mejor..

Voy a acondicionar mis útiles de escribir, para llevarlos conmigo en tan largo viaje. Seguro estoy de que habrán de producirse muchos lances que desearé ver reflejados en mi crónica. Pero Marcons indica que debemos retrasar la partida.

Habíamos entrado en 1256. Todo estaba ya preparado para que abandonáramos la isla y viajáramos a las tierras altoaragonesas. Este enclave no era otra cosa que un lugar de acogida desde el que preparar el viaje definitivo. Otros hermanos habían ya iniciado, en algún lugar jacetano, la construcción de nuestra Nueva Jerusalén. Pero Dios, en su extrema misericordia, nos tenía preparada la prueba que, sin duda, Marcons esperaba y temía. Una tarde, el hermano apostado como vigía en una altura que dominaba el valle de una parte, y la playa, de otra, subió tan presto como lo permitían su sayo y lo empinado de la cuesta. Se dirigió a la cabaña de Marcons y empezó a vociferar:

—¡Obispo, suben los soldados!

Marcons salió al ejido, tomó al hermano por los hombros, lo levantó y preguntó:

—¿Están lejos? ¿Viste cuántos eran?

El hermano levantó la mano derecha con los cinco dedos separados.

—Al frente, viene un dominico...

Yo observaba la escena desde una esquina de la plazoleta y oí decir al maestro:

—Ha llegado un momento temido. Avisa a los hermanos. Todos deben acudir a la plaza de la columna. Yo avisaré a los hermanos Tobías, Boldo y Francisco. No hay tiempo que perder.

Me acerqué a mi maestro:

—¿Qué ocurre, señor? ¿Qué va a pasar?... y seguí a Marcons, que se aprestaba a dirigirse al poblado de cabañas.

—Sígueme —me dijo.

La Ley del Talión

Cuando el dominico y los soldados llegaron a la plazoleta de la cabaña de Marcons, no vieron a persona alguna. Hasta ellos llegaban, seguramente, las voces de lo que sin duda interpretarían como oraciones. Marcons nos recitaba versículos del Evangelio de San Juan; los *ordenados* los repetían de pié, formando un arco por detrás de la columna de piedra.

Oímos gritar, al sin duda inquisidor, las órdenes de avanzar por la senda que partía del ejido. Al cabo de una tensa espera, aparecieron frente a nosotros el dominico y los soldados: El fraile, izando la vara rematada por una rústica cruz negra; y con escudo de madera y espada larga, los soldados.

—¡Entregaos, en nombre de la Santa Madre Iglesia!, vociferó el clérigo.

Los seis hombres se lanzaron en tropel contra nosotros. La tierra cedió bajo su peso; una rociada de flechas acabó por abatir a los intrusos; todos ellos cayeron en la zanja abierta bajo sus pies. Y una humareda blanca; y un hervor de líquido hirviendo; y un crepitar de objetos en llamas; y un horrible olor a carne abrasada; y unos alaridos infernales que poco a poco fueron languideciendo hasta apagarse... fueron el sucesivo escenario, en aquella plaza presidida por la columna de piedra y por el inmutable coro de los *bons homes,* que continuaron recitando sus salmos y, por último, el ancestral *paternoster*...

Pasó un largo lapso, y empezamos a empuñar las palas que retiramos de un escondrijo, entre los matorrales. Fuimos cegando con piedras y tierra el pozo que había engullido a nuestros atacantes, del que surgía todavía la pestilencia de la madera y la carne abrasada. Completamos el sellado con la descarga de los centenares de paladas de la argamasa de cal y arena que los hermanos iban amasando. Destruimos los pequeños y numerosos hornos de cal que habíamos construido en la ladera próxima; y cegamos los estrechos conductos que bajaban el agua desde el estanque, y que había servido para apagar la cal viva depositada, abundantemente, en la fosa.

A la mañana siguiente temprano, Marcons volvió a reunir a los hermanos alrededor de la columna. La tierra estaba todavía caliente y, claros, los vestigios de que algo había acontecido allí, muy recientemente....

Marcons ocupó un lugar, de pie tras la columna. A su lado, se situaron tres hermanos, los más viejos.

La mañana, limpia, oliendo a romero, con la luz del sol aún difusa clareando las copas de los árboles, pintando puntos de luz en las aguzadas espinas de las aliagas, recibió las primeras oraciones de los *bons homes.*

Marcons extendió su mirada sobre sus hermanos y recitó en alta voz:

—*"Por una herida maté a un hombre,*
A un muchacho, por un golpe,
pues Caín es vengado siete veces"[11]

A su lado, la voz temblorosa de uno de los ancianos tomó su relevo:
—*"No tendrás piedad: vida por vida"...*[12]

Siguió a continuación otro de los viejos:
—*"Pero el que mate a un hombre, morirá"...*[13]

Cerró el recitado el tercero de los hombres que flanqueaban a Marcons. Dijo:
—*"Pero si sigue daño, pagarás vida por vida.*
Ojo por ojo; diente por diente; mano por mano;
pie por pie; quemadura por quemadura"...[14]

Volvió a hablar Marcons con su sonora voz. Fui tomando nota de su parlamento, porque intuía que, dadas las circunstancias ocurridas, iba a ser determinante:

—No alentemos la venganza, pero defendámonos. No construyamos una nueva justicia, pero interpretemos en equidad los preceptos de nuestros antiguos padres. Ha llegado el día de la nueva diáspora que, si Dios lo quiere, será la última huída por las tierras de los hombres. En adelante, el faro del Santo Recinto iluminará la conciencia apóstata de los que se tienen por depositarios exclusivos de la Verdad. Acabarán recibiendo y acatando el mensaje de libertad y tolerancia en la fe. ¿Será una breve espera hasta los días en que esto ocurrirá? Sólo Dios lo sabe... A nosotros atañe unir en esos principios a todos los hermanos disidentes de Roma, e iluminar las conciencias para lograr al-

---

[11] Génesis: 3, 23-24

[12] Deuteronomio: 19-21

[13] Levítico: 24, 18-20

[14] Éxodo: 21, 23-25

canzarlos. Hermanos de nuestra fe han venido preparando el Santo Sitio en el alto Aragón, bajo los auspicios y protección de un senescal de aquellas tierras, Eric el Normando. Sabéis que allí os vais a dirigir de inmediato. Nuestros hermanos Tobías y Simón os precederán. En cuanto a mi persona, he de permanecer todavía algún tiempo en este enclave: Muchos hermanos están pasando penalidades por esos caminos de la desolación, buscando nuestro cobijo. He de atenderles y dirigirles a lo que ha de ser nuestra casa común. Partiréis hacia la playa occidental de Teulada, en grupos de quince hermanos. Esperaréis la llegada de tres naves pisanas que os trasladarán a la costa del nuevo Reino de Valencia. Luego, en grupos de cinco hermanos, haréis el camino hasta Jaca, en tierras de Aragón, remontando la ribera occidental del Ribagorza y, ya en el norte, siguiendo la vía iacetana. No os faltarán guías a lo largo de todo el recorrido, desde la costa. Llevaréis con vosotros lo que os es común en los viajes. No dejaréis la mendicidad, ni los servicios a la población que encontraréis a vuestro paso, sin olvidar que el primer objetivo de este viaje es llegar a Jaca.

El resto del día y el siguiente, el enclave vivió una silenciosa pero frenética actividad. Tobías y yo sabíamos muy bien, de antemano, lo que teníamos que hacer. Deberíamos partir de inmediato; y así lo hicimos a la madrugada siguiente: una espléndida madrugada del cálido mayo sardo. La estación era propicia para emprender tan largo viaje. Marcons había dispuesto todo lo necesario para nuestro peregrinaje. Pudimos comprobar la eficiente disposición de los medios que tenían que asegurar nuestro embarque. Se había iniciado el mes de mayo. Nos embutimos en nuestras ropas de camino. Parecíamos dos buhoneros con nuestros calzones y botas de piel, la larga veste de paño oscuro y la oscura capa.

LARGA ANDADURA

Bajamos hacia el pueblo y lo rodeamos. En la venta que abría sus puertas a un paraje agreste, a media legua más allá de la población, Marcons había adquirido para nosotros dos mulos, debidamente enjaezados y provistos de sendas alforjas. Seguimos hacia el noroeste, con la intención de alcanzar la costa y buscar un fondeadero con alguna nave dispuesta a llevarnos al continente.

Estábamos en 1256, yo tenía veinte años; Jaca se me presentaba como una meta inalcanzable. El buen ánimo y disposición de Tobías me infundían la suficiente fuerza para seguir adelante. Procurábamos pernoctar al abrigo de algún bosquecillo o carrascal que nos hurtase a la vista de otros indeseados viajeros o merodeadores. Pero cuando oteábamos, al atardecer, la presencia de alguna población, buscábamos en alguna hospedería la reparación de nuestros estómagos con una cena decente… y, la de nuestros miembros, con un sueño sobre un lecho de cristianos.

A lo largo de aquellas trochas, poca gente se cruzaba con nosotros o coincidía con nuestra propia dirección. No era infrecuente la presencia de merodeadores por las sendas y veredas de montes y valles, al descuido de viajeros a quienes robar la hacienda y, si se terciaba, la vida..

Y ahora, caballeros en nuestros mulos (porque lo de "muleros", que era lo apropiado, me parece excesivamente mezquino), avanzábamos hacia la meta establecida, aunque tan peligrosa andadura bien podría desbaratar nuestros deseos. Yo contemplaba a Tobías a hurtadillas, y me sorprendía la recia catadura del hermano y amigo. La contundente y eficaz resolución con que había dirimido las amenazas que se habían cernido sobre nuestra "desamparada congregación de perfectos y buenos hombres", hubiera concordado mejor con un soldado que con un fraile mendicante. Pero, allí estaba Tobías, cuya historia yo desconocía entonces. Empezaba a creer que la trampa de cal viva había sido instigada por él. Seguro que el aleccionamiento bíblico esgrimido, la oratoria y la rotundidad de convicciones de mi amigo, habían calado decisivamente en Marcons y en los ancianos: Ojo por ojo y diente por diente *in gloriam Dei.*

La singularidad de Tobías consistía, al menos para mí, en lo imprevisible de sus reacciones y, en más de una ocasión, de las interpretaciones que de los acontecimientos efectuaba. En cuanto a sus reacciones, ya he relatado algunas de sus implacables defensas frente a las amenazas. Por lo que se refiere a su interpretación de determinados hechos, quiero referir lo que cierto día, descansando al pié de una encina, tras una jornada ciertamente dura, me explicó:

—Ya sabes, Simón, que somos los sufridores. *Bons homes y perfectes* sufridores. Nos acosan, juzgan, torturan y queman en nombre de la ortodoxia de Roma. Ya sabes que algunos..., bastantes señores del sur nos han prestado su ayuda; y lo más importante para lo que voy a contarte: Gente, de toda condición, abandonaba sus lazos con la Iglesia de Roma, seguía nuestras enseñanzas y acomodaba su vida a los principios de la fe y comportamiento que observamos. La Iglesia de Roma había olvidado, en tiempos pasados, la predicación a las gentes: Era como si todas las enseñanzas espirituales debieran ser destinadas en beneficio de los pobladores de los monasterios. Las Sagradas Escrituras parecían como proscritas fuera de dichos ámbitos, sin posibilidad de ser divulgadas entre el común de los hombres, tal vez en un intento de evitar toda interpretación diferente a la canónica. Aun cuando, tal posicionamiento fue poco a poco corregido, el enorme desasosiego de la jerarquía romana en nuestras tierras lo motivaba, precisamente, el ascendente número de nuestros seguidores, tanto entre el pueblo llano como entre los señores e, incluso, entre destacados miembros de la dignidad eclesial. Muchos de sus más conspicuos adalides, de autoridad incuestionada en tiempos pasados, temían la pérdida creciente de su autoridad y de sus privilegios. Por este deterioro, el papa Inocencio nombró legado suyo en el Languedoc al antiguo abad de Citeaux, y a la sazón arzobispo de Narbona, Arnau Aimaric, quien extendió la legatura al monje de la abadía de Fontfreda, Pedro Castelnau, ante el conde de Tolosa, Raimón VI. El fracaso de las exigencias al conde se saldó con el asesinato de Castelnau en Saint-Pilles, y con la nueva excomunión del conde. Una flecha, disparada desde un lugar frecuentado por buenos hombres, acabó con la vida del legado Pedro. Los apostólicos romanos se apresuraron a difundir, por todos los territorios (Albí, Tolosa, Foix, Narbona, Carcasona, Beziers...), el asesinato del legado papal a manos de los herejes, y a exacerbar los ánimos contra ellos. En el siguiente verano de 1209, se culminó la venganza con la masacre de Beziers. No quiero asegurar, por improbado, que Arnau ordenara la matanza de toda persona con la que se encontrasen los atacantes, ante la duda de si eran o no herejes, pues *"Dios reconocerá a los suyos"*, dicen que dijo. Sólo unos pocos pudieron constatar que el legado había sido asesinado por sicarios pagados por los cruzados reales y apostólicos romanos. Pero nadie podía estar en condiciones, no ya de probar, sino tan solo de insinuar la verdad de la autoría del asesinato. Por el camino del desprestigio, pretendían cortar la conversión de fieles a nuestra fe.

Tobías alargó las piernas, refregó su espalda contra el tronco de la encina sobre el que estábamos apoyados, y adoptó su rostro una expresión grave, posiblemente crispada, aunque de esos hechos habían pasado ya muchos años. Camino de la costa, a lomos de nuestros mulos, la recia y esbelta figura de Tobías demandaba galopar, gallardamente, sobre la silla bordada de un esbelto corcel árabe. Hacía poco que había amanecido y nos encontrábamos ligeros y prestos a avanzar un buen trecho, antes de que llegase la noche. La trocha que seguíamos era, seguramente, la habitual de las gentes de aquellos contornos, pues aparecía la tierra batida, desprovista de maleza y con hondas huellas de herradura.

—Debes estar atento —me gritó súbitamente Tobías desde su montura—; andamos por el "camino real" de estos lugares y sabes que los merodeadores buscan, en lugares con posibilidades de tránsito de viajeros, la escena de sus fechorías...

—¿Habéis notado algo extraño? —me volví hacia Tobías.

—No, Simón. Todavía no... —dijo mirándome.

—¿Lo esperáis? —pregunté, adivinando casi la respuesta.

—A no tardar. Mira frente a ti. El bosque se espesa y las ramas de los árboles caen en dosel sobre el camino. La jaras y helechos orillan los flancos y todo hace pensar...

—¿Debemos acelerar el paso?, pregunté al avezado soldado de Cristo.

—¡Al contrario! —repuso Tobías, refrenando el paso de su cabalgadura.

Yo le imité y acerqué cuanto pude la cabeza de mi mulo a la grupa del suyo, que me precedía. Observamos el cimbreante techo de ramas que cubría el camino, y el brusco agitarse de las matas y arbustos de las orillas dejó paso a la salida en tromba de un mocetón, que se abalanzó sobre el cabestro del mulo de Tobías, al tiempo que otro compinche, enarbolando una larga pica, se dirigía hacia mi amigo por su flanco derecho, con evidentes intenciones... Transcurrió todo con mucha rapidez. Tobías descargó su espada, blandida por la descomunal fuerza de su brazo. Sin reacción por mi parte, inmovilizado, Tobías dio cuenta de ambos forajidos. Luego, inspeccionó las cabezas abiertas de los individuos y negó con la cabeza. Me apeé, temblando por la emoción de los acontecimientos, y me puse a su altura.

—Da tu pan a los vivos; y una tumba, al fallecido —sentenció Tobías sin mirarme. Se inclinó sobre el cuerpo tendido del retenedor del mulo. Dio signos, moviendo la cabeza, de que aquello no tenía apaño. Se acercó al otro, y repitió el movimiento de cabeza.

—Tienen su avío —musitó casi—. Pero vamos a esperar un poco. Si dan señales de vida, les ayudaremos a conservarla. En caso contrario, cavaremos una fosa y les daremos sepultura.

Atamos los mulos a sendos troncos de unos arbolillos, en el interior del bosque, y arrastramos los cuerpos de los maleantes un buen trecho, en la misma dirección, de manera, que desde el camino nada pudiese verse de los que allí estábamos. Por la altura del sol, columbré que era ya media tarde. Tobías había empezado a remover la tierra, en una zona que parecía blanda, con la ayuda del tramo de hierro de la pica del agresor. Yo busqué en mi bolsa y saqué una mediana daga, bastante fuerte para mi propósito. Me dirigí hacia Tobías y busqué, junto a la tierra que removía mi amigo, otro tramo de parecidas características.

Abiertas las zanjas y arrastrado hasta su interior el cuerpo que a cada una de ellas asignamos, vertimos tierra sobre los cuerpos, luego una capa de piedras, y rematamos la cubierta de las sepulturas con más tierra.

—Podemos disimular las tumbas cubriéndolas de ramas y hojas... —sugerí a Tobías. Pero, esta proposición fue contestada rápidamente por Tobías:

—Querido Simón, esa sería precisamente la más rápida manera de denunciar la existencia de las fosas. ¿Cuánto tiempo crees que tardaría en secarse tal cubierta vegetal? Vamos a buscar un buen puñado de semilla de plantas, de las que medran cerca de estas tumbas, para que al germinar y desarrollarse no desentonen con las de su entorno. Estamos en mayo: un poco tarde para la sementera... pero no totalmente fuera de tiempo. Ven, aprenderás a seleccionar las más idóneas.

—Pero —me atreví a rebatir—, cuando estén secas nosotros estaremos muy lejos...

—No tan lejos que aproveche a nuestros hermanos viajeros. En cualquier caso, ya verás el buen camuflaje que aprendí por esos caminos —concluyó.

CAPÍTULO III

WIFREDO DE CREUSE

La tarde andaba vencida. Eliminamos de la mejor forma posible los vestigio de lo allí ocurrido, tomamos nuestras pertenencias, montamos sobre los mulos y continuamos el accidentado viaje. La noche nos sorprendió cuando, al culminar una curva, distinguimos la débil luz enmarcada por un ventanuco de lo que, sin duda, era el zaguán de una venta. Era una de esas sucias hospederías que jalonan los caminos con algún tránsito de personas pero, a las que acuden busconas e incontinentes. El portalón abierto dejaba ver una estancia lúgubre, con un par de cubas montadas sobre una baja tarima de madera basta. A ambos lados de la pieza, corrían sendas mesas alargadas con bancos corridos; en el de la izquierda, aposentaban sus *reales* un par de hombres cuarentones, con sus respectivas damas diligentemente obsequiosas, elevando los cuatro, en ese momento, sus sucios potes de vino. En el banco de la derecha, sentado pero vuelto hacia el cuarteto, un hombre no desdeñablemente vestido, interesado en las evoluciones de las parejas, sonreía. Nuestra presencia en el vano del portalón no pareció inmutarles. Pero de la penumbra del fondo derecha, surgió lo que a todas luces era el posadero. Se dirigió a nosotros con la habitual máscara sonriente de los buenos huéspedes y nos hizo pasar:

—Sean bienvenidos los señores. Ya he visto sus caballos. Aquí tenemos todo lo necesario para atender, divinamente, a quienes nos honran con su visita.

—No son caballos —espetó Tobías.

—Mulos, señor, son mulos —quise aclarar yo—. Pero aportan todas las prestaciones de los mejores caballos…

—Sí —dijo el ventero—: por eso mismo los he confundido con caballos… y de los buenos. Pero, por favor, pasen y pidan lo que precisen.

—Necesitamos una habitación con dos lechos —pidió Tobías— o dos habitaciones con uno solo, cada una…

El ventero, sin soltar palabra, se dirigió al cuarteto y algo le dijo en voz baja. Los cuatro juntaron sus cabezas, seguramente para parlamentar. Tras un corto espacio de tiempo, uno de los hombres movió la cabeza en signo afirmativo en dirección al ventero, quien se acercó a nosotros y dijo con cierta solemnidad:

—Es lo que tiene ser el mejor ventero de la región, o acaso de toda la isla… Mis clientes acceden a mi ruego y les ceden una de las dos salas grandes. Yo me preocuparé de completarla con otra cama, para que cada una de sus señorías pueda reposar en la suya propia.

—Ocúpese de los mulos. Buena comida y buen lecho —solicitó Tobías.

Mientras todo esto ocurría, el parroquiano sentado en el banco de la derecha se levantó, miró a Tobías casi a hurtadillas y se acercó sonriendo.

—¿Wilhem? —inquirió el hombre sin dejar de mirar la cara de Tobías con cierto descaro— ¿Wilhem? ¿Me equivoco?

Tobías volvió la mirada hacia el hombre y trataba de descubrir, en aquel rostro sin barba de un hombre que aparentaba unos sesenta años, de quién podía tratarse y porqué le había llamado Wilhem.

–Wifredo de Creuse –se presentó el individuo.

–¿Wifredo? –casi gritó Tobías– ¿De Creuse? –aclaró. Levantó los brazos, lanzó una carcajada e hizo ademán de fundirse en un abrazo con el llamado Wifredo. Éste, respondió al gesto abriendo sus brazos y recibiendo con una amplia sonrisa el abrazo de Tobías.

No necesito hacer relación de los cumplidos y chanzas con que celebraron su encuentro aquellos, al parecer, viejos amigos.

Sentados los tres en el largo banco, no desdeñamos que el ventero nos sirviera unos potes de vino.

Wifredo se levantó, se dirigió al huésped, le dio alguna orden y regresó a la mesa.

Mientras Wifredo se acercaba, Tobías sacó de entre los vestidos un trozo de papel con la cruz de Occitania y las palabras *Peg-Dieu-Perfect,* impresas debajo de ella, y colocó sobre el papel el pote de vino, de forma, que pudiese distinguirse apenas lo que figuraba impreso.

Wifredo se sentó y, de inmediato, reparó en el escrito. Empezó a mirar de forma alternativa a Tobías, a mí y al papel.

–¿Es tuyo… o del ventero?… –preguntó Wifredo, adoptando su rostro, de súbito, una hasta ahora insospechada seriedad.

Sin esperar respuesta, el hombre escarbó entre sus vestidos y sacó un papel con una impresión idéntica. Sin decir palabra, alisó el arrugado papel sobre la mesa.

–Dios sea con vosotros –rezó el de Creuse.

Inclinamos la cabeza, y Tobías repitió la oración, en voz baja. Los dos hombres se apresuraron a recoger y guardar sus respectivos papeles, y no dieron señal alguna de que fueran a cambiar sus gestos, sus actitudes y el tono de su conversación. El cuarteto seguía interpretando la escenificación del amor cortés, si no fuera porque los hombres no parecían juglares ni caballeros, ni las mujeres soñadoras damas aburridas.

Seguimos hablando animadamente. El cuarteto desapareció tras el rincón oscuro del fondo derecha. Y el ventero les siguió portando un gran candil y varias velas. El golpe de una puerta al cerrarse apagó unas pisadas apresuradas y los grititos de las ninfas.

—Debo estar ya cerca de Capoterra. Llevo algo más de un mes viajando y parece que, por fin, estoy en el buen camino —nos confesó Wifredo.

—¿En qué viajas? —indagó Tobías.

—Ahora a pie. Robaron mi caballo en la última venta, en el embarcadero, mientras dormía.

—¿En qué embarcadero? —quiso saber Tobías vivamente interesado. Yo, por mi parte, no me mostré menos ansioso por conocer la respuesta.

—A unas cuatro leguas —respondió Wifredo sopesando sus palabras. Las he recorrido en dos días de buena marcha a pie, por una senda tortuosa y en pendiente: la misma que llega a esta venta, desde el oeste. Es un buen embarcadero en el fondo de una rada.

—Pues hacia él vamos —anunció Tobías, y añadió—: Te vas a llevar uno de nuestros mulos. El otro lo necesitamos para venderlo en el puerto y aumentar un poco nuestra maltrecha bolsa... Nos espera un larguísimo viaje, y no podremos ejercer la mendicidad. No es esa por ahora nuestra circunstancia.

—Creo que os hará más falta a vosotros que a mí —repuso Wifredo y agregó—: Son unos ladrones, los sujetos de ese embarcadero. Os van a pedir el hígado por un viaje, más bien corto que largo, ya que ninguna nave va más allá de las costas del Reino de Mallorca.

—Hemos tardado en llegar aquí cinco días, con los mulos. Tú puedes tardar el doble... —protestó Tobías. Yo asentí con la cabeza.

—Nadie me espera allí... Nadie en concreto, quiero decir. Según el enlace que dirigió mis pasos hasta esta isla, el obispo

Marcons está preparando la construcción de la Nueva Jerusalén. Los hermanos han de viajar por grupos hacia el destino final. Van llegando poco a poco, de todos los puntos cardinales: De oriente, de occidente, de las tierras del norte... De todas partes, se dirigen a esta isla los perseguidos y aquellos que, sin estarlo, han recibido la llamada de la Nueva Jerusalén. No obstante, temo que el obispo Marcons no espere la dimensión del movimiento...

—Sí, hermano, sí la espera —aseguró Tobías—. Y saben sus enlaces cuándo y cómo deberán dirigirse a su destino —se hizo un silencio. Tobías, con un gesto de impaciencia, retomó la conversación:

—Pero no me has contado qué ha sido de ti, desde que nos separamos en tu casa... —introdujo Tobías en aquel momento.

—¡Ah, mi historia!... —Wifredo cerró los ojos y, haciendo balancear su cuerpo, comenzó, lentamente, su relato:

—Montpellier, Tolosa... un río revuelto, como sabes, tras la batalla de Beziers; y todo fue a peor cuando te fuiste de mi casa. A tu regreso, poco después, con las tropas aragonesas del rey Pedro, según fui informado por uno de los mercenarios que te acompañaban, sé que luchaste en Muret y fuiste testigo del asesinato del Rey. Desapareciste. Tu desaparición la atribuí a que habrías muerto en la batalla. Busqué a nuestro común amigo, el judío Elías, en Montpellier, médico, embarcado en la ardua tarea emprendida por los médicos judíos de la ciudad de establecer en ella la segunda escuela de medicina del mundo, tras la de Salerno. Elías mantenía una estrecha amistad y colaboración con sus colegas de Tolosa, pero ninguno de ellos pudo dar razón de tu paradero. La derrota del conde Raimon por las huestes de Simón de Monfort, obligó al conde a traspasar los Pirineos. Su triste exilio duró unos cinco años, hasta que su hijo organizó y capitaneó una revuelta. Salió vencedor. Simón pereció en 1218, y nuestro conde regresó a Tolosa. Varios años antes, el rey Felipe

Augusto estaba reclutando tropa para formar el mayor ejército posible. Su vasallo Fernando, conde de Flandes, estaba actuando contra las obligaciones impuestas por su vasallaje. Me alisté en el ejército franco, y me dirigí hacia el norte. De todas partes, iban llegando soldados a los territorios del condado flamenco. El conde Fernando no estaba solo: El rey Juan de Inglaterra se unió a las tropas de éste, temeroso de que una victoria de Felipe aumentase su fuerza, y acabase arrebatándole los extensísimos territorios que el inglés dominaba en Francia. Por su parte, el emperador germano, Otón IV, mantenía vivo su afán de revancha contra Felipe, por la ayuda prestada por éste a Federico II, rey a la sazón de Sicilia, contra los derechos de Otón al imperio germánico. A mí me habían adscrito a las escuadras de los caballeros de Champaña. La batalla tuvo grandes alternativas, con grave riesgo para la vida del rey, con un ejército mucho menor que el de sus oponentes. Pero la decisiva traición (según se dijo) del duque de Brabante a favor de Felipe, y la brava acción del obispo de Senlis, cuyos caballeros lograron romper las líneas enemigas, determinaron nuestra victoria definitiva, al otro lado del puente de Bouvines, sobre el río Marque, el domingo 27 de Julio del 1214. Durante dos años peleé con mis hombres al servicio del rey, de los que los tres últimos meses los pasé en París, dilapidando mi soldada y el producto de los pasados botines. Con pocas perspectivas de seguir con el rey, regresé a mi casa y, desde allí, a Venecia. Pretendí embarcar en una de las naves con destino a Constantinopla. Lo conseguí como soldado de escolta. Una broma: Los bizantinos, masacrados por las fuerzas de la cuarta cruzada y sojuzgados por los latinos en su propia patria, no perdían la ocasión de atacar a las naves occidentales. Una de las de nuestra formación (precisamente en la que yo viajaba), ardió de pronto frente a la entrada a los Dardanelos. Más tarde, supe que habíamos sido víctimas del peligroso y misterioso "fuego griego",[15] lanzado desde la costa por los bizantinos, únicos conocedores y guardadores con exquisito celo del secreto de su composición y uso. En Constantinopla, me di cuenta, muy pronto, de que el futuro del imperio tocaba a su fin. No obstante estar rodeada por enemigos musulmanes (otomanos con sus mamelucos, sobre todo), y con los latinos ayudando desde el interior a favorecer todo litigio, las ciclópeas murallas y otras defensas de la ciudad habían servido hasta el presente para mantener a la capital, inexpugnable. Pero el conflicto de intereses entre genoveses y venecianos, no auguraba nada bueno. Por otro lado, el Emperador se sentía necesitado de los latinos para conservar su imperio. La población nos odiaba y no transigía con la pretendida "unidad de las dos iglesias". A escondidas, se tachaba al Emperador y a una parte del patriarcado, de traidores. Pude aprovechar la benevolencia del capitán de una nave templaria franca, que iba a emprender su singladura de regreso a Italia. Me embarqué en ella. Visitamos Lesbos, Kíos, Andros. Nos desviamos hasta Rodas, seguimos hasta Karpazos y Creta. Bordeamos hacia el norte las islas jónicas, atracando en varios puertos, y buscando la protección del cercano litoral. Llegamos al fondo del Golfo de Tarento. En la ciudad que le da nombre desembarqué y, junto a un grupo de templarios, caballeros todos nosotros en sendos caballos adquiridos en aquel puerto, emprendí camino de regreso a mi casa de Limoges. Ya cerca de mi destino, cabalgando en solitario por aquellos boscosos parajes de mi patria, de una refriega con salteadores, a todas luces francos, salí con una herida de lanza en un hombro. Logré escapar. Llegué a mi casa y mi hermano consiguió traer a ella a mi amigo Elías. Vino con Marcons, desconocido por mí hasta ese momento. Con las prescripciones de Elías y los cuidados

---

[15] Mezcla de varios productos (azufre, nafta, cal viva, resina, salitre…) dispuestos en bolas que al chocar con los cascos de madera de las naves, los incendiaba.

de Marcons, logré sanar. Marcons me impactó. Me hizo ver la "otra realidad", la de una vieja fe bajo otra forma de vivirla. Lo seguí. Hizo de mi un auditor; más tarde me impuso las manos, me otorgó el *consolament*, y se dignó convertirme en un perfecte. Nos separó la debacle de Montségur, en 1244… A pesar de la persecución, vagué por los territorios, ejerciendo mi labor de perfecte. La presión se hizo muy fuerte y, como tantos otros hermanos, me dirigí a Florencia. Hace poco conocí el paradero del ya casi legendario Marcons, obispo mayor de nuestra Gleisa de Dio, y cuyos proyectos de fundación eran bien conocidos por mí.

Wifredo se levantó, y apretó sus costados con sus manazas. Se inclinó sobre la mesa con las manos apoyadas en ella, sonrió y agregó en una especie de epílogo:

—Y… ya sabéis: a su encuentro voy; a ponerme a disposición de Marcons y de su obra.

Calló Wifredo. Fijó su mirada en la blanquecina claridad que la luna especiaba en el rectángulo del ventanuco. Los tres permanecimos en silencio. Tuve que mediar para romper el hilo de las introspecciones.

—Hermanos —empleé la palabra hermanos que en tan pocas ocasiones pronunciaba, no por desdén, sino por falta de disposición de mi ánimo—, es tarde y mañana nos espera un largo y duro camino…

Tobías y Wifredo volvieron su mirada hacia mí y, al parecer, agradecieron que alguien evocara la reparadora voluptuosidad de un lecho, aunque ese alguien fuera la bisoñez de un mozo, que no había atesorado el caudal de experiencias y sabidurías de aquellos dos curtidos soldados, arrancados de su noble cuna, picarda la de Tobías y lemosina la de Wifredo.

—Desde nuestra visita en común a tu casa, has regresado a ella en dos ocasiones, según acabas de decir —intervino Tobías—. Sé que Laura no estaba ya en ella.

—No, no lo estaba. ¿Cómo lo habéis sabido? —indagó Wilhem.

—No lo he sabido —respondió Tobías, dubitativo—. Pero en ninguna de las dos ocasiones la habéis nombrado, y pude comprobar el particular cariño que os inspiraba...

—Se trasladó a vivir a Bretaña, con un inglés que la sedujo, a sus pocos quince años... Tras algunos con el inglés, murió; ella y el fruto que llevaba en sus entrañas. Mis hermanos acudieron a rescatar su cuerpo... Está enterrada en lugar santo, en Creuse.

La conversación pasó a ocuparles en temas de mutuas recomendaciones y deseos de éxito en nuestros comunes anhelos de perfección por la fe. Apareció el ventero con un candil encendido y me pareció la mejor aparición de todas las que podría haber tenido en aquellos momentos.

—Ventero —le dije, pidiendo que se acercara, con un gesto de la mano.

—Tenemos que madrugar; desearíamos arreglar cuentas esta noche.

—Amigo —agregó por su cuenta Tobías—, si mañana al levantarnos no están nuestros mulos donde deben, os prometo que vuestras espaldas habrán de sustituirlos...

—Señores —respondió, risueño, el hombre—; en mi casa no hay ni paran ladrones. ¿Han visto a esos señores que se hospedan aquí, en compañía de sus damas? Son caballeros principales, al servicio de los actuales amos genoveses de la Juzgadoría; traen sus caballos, y en modo alguno permitirían ellos, ni podría permitirme yo, que desaparecieran... Vuestras señorías parecen personas principales... y, aunque no lo fueran, mi cuadra está bien protegida por buenas puertas de encina, dos mocetones diestros en las artes de la ballesta, la espada y el garrote. Son hijos míos e irían a servir al rey... si hubiera rey a quien servir en estas tierras de reparto.

Calló el ventero y se aprestó a darnos cuenta, con minuciosidad en el detalle, de lo que debíamos desembolsar por tan exquisitos servicios.

A la mañana siguiente, al alba, nos encontramos los tres amigos tomando unos tazones de sopas de pan duro y vino… no tan duro tras el remojo. Tobías insistió en que Wifredo tomara uno de los mulos.

—Wifredo de Creuse… sigues tan cabezón como siempre. Debes aceptar el mulo que te hemos ofrecido, con el fin de que puedas llegar antes a tu destino y, al mismo tiempo, para mejor defenderte de los merodeadores.

—Lo siento, Wilhem. Me escaqueo y, en su caso, me defiendo mejor a pie que a caballo. Muchos años fui caballero, pero también infante.

Nos dimos los besos de rigor tras el breve rezo de los dos perfectos y nos separamos para, tal vez, reencontrarnos en el Alto Aragón y, con alguna mayor certeza, en el paraíso de los justos.

Reemprendimos el viaje cuando ya una claridad lechosa se dejaba ver entre los árboles que ornaban el camino. Yo iba sobre mi mulo, en silencio, interiorizando encontrados sentimientos acerca de aquellos caballeros, Tobías o Wilhem y Wifredo de Creuse, otrora bravos soldados y, ahora, benditos perfectos de una fe contestada y perseguida. No sabía nada de las circunstancias de su nacimiento, formación y decisión de abrazar la profesión de las armas. En cuanto a Wifredo, no era extraño que nada supiera yo… pero, de un amigo como Tobías que tanto afecto me había demostrado y durante tantos años habíamos confraternizado… ¿Era llegado el momento de pedir a mi amigo la crónica de su vida? ¿Se la pediría en este viaje hasta el embarcadero? No hizo falta. Llegada la noche, procedimos a acomodarnos lo mejor que pudimos bajo la protectora carpa de una gran encina. Subía del ya cercano mar un viento demasiado frío para la estación. Limpiamos de hierbas y hojas un espacio suficiente para alumbrar una pequeña hoguera, sin miedo a que pudiera prender en la hojarasca y propagarse peligrosamente por el bosque. Nos tendimos, arropados por nuestras mantas. En el silencio de la noche, interrumpido intermitentemente por las débiles rachas de viento marino, decimos cada cual nuestras oraciones. Me sorprendí recitando las aprendidas en mi infancia. Tras ellas, casi sin transición, Tobías empezó a relatar, con su sugestiva entonación de voz y habitual magnífica oratoria, lo que voy a transcribir:

Itinerarios de Tobías

—Te habrás estado preguntando, Simón, quién es ese antiguo amigo mío y hermano en nuestra fe, como supongo te has estado muriendo por conocer mi origen. La historia viene de lejos, propiciada por los tenebrosos y turbulentos tiempos que protagonizamos, no mejores ni peores que los antiguos ni, seguramente, que los venideros. Pero son los nuestros, nuestros queridos tiempos de conquistas y reconquistas; de cruzadas a los Santos Lugares y contra la fe anematizada de herética; de accesión de los francos; de invasión de los britanos; de la lucha de duques y ducados en defensa de sus fueros; de los desafueros cometidos por los papas coronadores de reyes y emperadores; de la rapiña de las tierras itálicas por los magníficos y cristianísimos reyes y señores de nuestro continente, asiento de todo progreso y cultura... De la lucha imparable de cinco siglos de la cristiandad contra el Islam... Oriente, Túnez, Hispania.... Nuestros tiempos, Simón, han conformado las azarosas peripecias de tantos nobles como Wifredo y yo mismo, y de tantos plebeyos como Marcons, el hombre más singular y santo que he conocido en toda mi dilatada y, a pesar de todo, bienamada vida... Nuestra historia cabe en el escueto límite de dos sílabas: guerra. Horror de la guerra por encima del horror de la peste.

Yo me había vuelto hacia Tobías, arrebujado en mi manta, sin osar decir nada, no fuera a interrumpir lo que prometía ser una cabal confesión del caballero...

—Nací —continuó Tobías— en el norte, cerca de Saint Quentin, cuarto hijo del senescal de un pequeño territorio de la montaña, condado de Vermandois, comprendido en el usufructo que formó parte del constituido a favor de la condesa de San Quintín, Eleanor. Ya desde muy temprana edad mi vida estuvo marcada por lo que iba a ser más tarde. Mi buen natural y desmedido interés, supieron aprovechar las magistrales enseñanzas de Morten, que así se llamaba el maestro que mi buen padre designó para que se ocupara de mi formación. Mi maestro era de inmediata ascendencia vikingo-normanda. Sus antepasados vikingos se establecieron en Normandía cuando Rollon, por el tratado de Saint Clair, accedió al ducado. Los padres de Morten, con sus dos hijos, se trasladaron a Bretaña, como colonos de las tierras que había ofrecido Constancia, con fines de poblamiento. Y de Bretaña, a Vermandois, contratados por mi familia. Pasé a Inglaterra a los doce años, de la mano de mi maestro Morten, como paje de un muy noble señor inglés de la corte de Juan I.[16] En la corte se respiraba una cierta prevención contra Juan, por cuanto en los pasados y ya casi lejanos días había conspirado contra el regente elegido por Ricardo,[17] durante la ausencia de éste, que a la sazón formaba parte de la tercera cruzada. No causó menos disgusto la noticia de que, al regreso de la misma, y apresado Ricardo por el emperador Enrique, Juan pidiera a su captor que no liberara a su hermano, aduciendo desconocidos motivos. Pero, Ricardo regresó a Inglaterra, gracias al rescate pagado por su madre, perdonó a su hermano y lo nombró su heredero. En aquella corte, siguió acendrándose mi afición por las armas; participé en cuantas justas me era permitido, y logré fama de experto caballero. Pero, estos éxitos despertaron algu-

---

[16] Juan I, "Sin tierra", por cuanto era el último en el orden hereditario (a pesar de haber heredado posteriormente a su hermano mayor Ricardo). También por su pérdida de los territorios ingleses en el continente.

[17] Ricardo I, "Corazón de León"; así apodado por su reconocido ímpetu militar.

nas envidias, especialmente las de un caballerete, de mi misma edad, que jamás conseguía vencerme. Denunció mi amistad con otro joven paje, y propaló la mala especie de supuestas inclinaciones nefandas de ambos amigos. Mi maestro aconsejó nuestro regreso a casa porque, si bien era cierto que yo habría podido defenderme con éxito de tales acusaciones, lo prudente era regresar, en previsión de otros ataques, tal vez más difíciles de neutralizar, por cuanto la envidia muda en vileza lo que debiera ser admiración y respeto; mucho más, cuando el envidiado es un extranjero. Regresé a mi casa a los catorce años de edad. Mi padre había fallecido unos días antes de mi embarque. Supe que ya nada me vinculaba a mi tierra, al darme a entender mis hermanos lo oneroso que para sus escasas rentas representaría mi estancia entre ellos. Me entregaron, no obstante, mi caballo con sus arneses, una espada que perteneció a mi padre, algunos recuerdos de mi madre, fallecida cuando yo era muy niño, y una bolsa con una no despreciable cantidad de monedas francas, que había sido voluntad de mi padre me fuera entregada, si regresaba al hogar antes de cumplirse cuatro años desde mi partida. Ya he referido cómo las enseñanzas de Morten y la robusta complexión de mi cuerpo hicieron de mí un experto caballero. Manejaba el caballo con la soltura y destreza del más avezado jinete, desde cuya silla mi espada y mi lanza me hicieron triunfar en multitud de justas y torneos, a pesar de mi juventud y de la mayor edad de mis oponentes. Manifesté a Morten mi decisión de convertirme en mercenario, soldado de fortuna, para lo que había tantas oportunidades por doquier. Mi maestro trató de disuadirme, con escasa convicción. Yo había cumplido quince años y por mi aspecto podría haber pasado por no menos de veinte. Decidimos que la ruta del sur me proporcionaría las mejores ocasiones para incorporarme a tropas mercenarias, por las continuas disputas entre los condes y duques, y la monarquía de París. Y nos quedaba, más al sur, el hervidero de la reconquista cristiana contra los musulmanes; y al sudeste, los litigios sobre Sicilia...; y, más lejos, las cruzadas a Tierra Santa. Morten pidió acompañarme hasta Limoges. No pude ni quise prescindir de su compañía, "al menos –como dijo–, hasta el territorio lemosín, donde sin duda encontraría partidas dispuestas a integrarme en sus escuadras". Cabalgamos sin demasiadas prisas, por mucho que yo ardía en deseos de verme integrado en algún grupo de tropa. Desechamos seguir la ruta de París, y nos internamos en los hermosos campos de Champaña. Al llegar a Reims, nos detuvo el bullicio festivo que allí imperaba. Preguntamos la causa, y nos informaron de que, en aquellos días, iban a ser iniciadas las obras de restauración de su famosísima Catedral, que varios años atrás había sido destruida por un incendio, como otras importantes catedrales del condado. Las autoridades habían convocado fiestas y justas. Pedí a Morten que me autorizara a inscribirme en uno de los torneos. Hicimos lo necesario para participar y... vaya si participé. Equipado con la armadura que, delicadamente acondicionada, viajaba siempre conmigo, me apresté a conseguir un brillante éxito... Fue éxito, pero no brillante. Mi adversario estuvo a punto de romper y arrancarme la lanza con un terrible golpe –propinado por la suya. Aguanté tambaleándome sobre mi caballo y seguí adelante. En la siguiente carrera tuve la suerte de que mi rival dejase descuidado su brazo izquierdo, con la rodela excesivamente baja. Le propiné un decisivo golpe en esa parte de su cuerpo, y el caballero cayó rodando al suelo. Recibí los parabienes de la multitud, el premio de una daga de magnífica factura y la sonrisa dichosa de mi buen Morten. Visité al caballero por mí vencido. Su tienda estaba plantada cerca de la que me había sido asignada. Descubrí que aquel caballero no tenía una edad superior a la mía y así nos lo confesamos. Se estableció desde el principio una corriente de mutua estima... Le di a conocer mi nombre y procedencia... y él, las suyas: Wifredo de Creuse.

—¿Wifredo de Creuse? ¿El hermano…? —pregunté sorprendido.

—Efectivamente, Simón, nuestro hermano Wifredo de Creuse, el lemosín, el hermano que a estas horas se dirige a Capoterra…

Tobías cerró un momento los ojos. Siempre los cerraba cuando se disponía a continuar un comentario o una narración tras una digresión… Y continuó su relato:

—Hicimos juntos el viaje hasta Limoges. Wifredo nos confesó su deseo de, como yo, dedicarse a la profesión de las armas y nos solicitó licencia para acompañarnos. Alegó que era lemosín y, aunque había estado ausente de su casa durante los tres años anteriores, podrían sernos de ayuda su padre y hermanos y otras relaciones que había cultivado en su niñez y primera juventud. Proseguimos el viaje al día siguiente. En las horas de descanso al pie de los rotundos robles, junto a mansos o encrespados ríos, Morten nos relataba historias y leyendas de los parajes que atravesábamos. Nos contó la historia de la doncella quemada en una pira en Reims, a finales del siglo pasado: Acosada por Gervasio de Tilbury, clérigo inglés a las órdenes del arzobispo, la joven rechazó con reiterada y extrema energía las pretensiones de Tilbury. El clérigo la acusó ante el arzobispo: "Santidad, existe una hereje entre nosotros, perteneciente a la muy impía secta de los publicanos". Adornó la acusación con el alegato de prácticas y comportamientos heréticos; la doncella fue apresada, y juzgada sin que adujera en su defensa cosa alguna, fue condenada a ser quemada viva. "También cerca, en Troyes, no hace tanto tiempo que, según diversos testimonios, cinco varones y tres mujeres fueron quemados bajo la acusación de herejes publicanos.[18] Estas tierras están gobernadas por la regente Blanca de

---

[18] Herejes llegados a Inglaterra procedentes de Alemania, en número de algo más de veinte, conocidos como *publicanos,* dirigidos por su jefe Gerardo. Apresados, el Sínodo de Obispos convocado por el rey Enrique II Plantagenet en Oxford, el año de 1165, los condenó a ser marcados en la frente con un hierro

Navarra, desde que falleció el conde, su marido. Su hijo Teobaldo será el futuro conde, cuando alcance la mayoría de edad, si tal destino no es abortado por sus tíos y sobrinos. Tened en cuenta que se trata de una regente navarra, de allende los Pirineos, y no será extraño que nobles locales o francos traten de desbaratar tal sucesión". Nuestra marcha hacia el sur me hizo conocer paisajes e historias y leyendas que mi maestro Morten desgranaba con la amenidad que le caracterizaba. Pero, también, en algún momento entre galopadas, nos quiso aleccionar moralmente en relación con la empresa que íbamos a acometer. "Habéis elegido la azarosa profesión de las armas", dijo con gravedad, en una ocasión en que dejamos paso a un grupo de caballeros que se cruzó con nosotros en dirección norte. Flotaban al viento sus capas blancas, signo de que viajaban a una encomienda cercana, pues de otro modo las hubieran llevado recogidas. Destacaba en su lateral y sobre el pecho la cruz roja patada de los templarios. "Pero estos caballeros lo han hecho en defensa y preservación de los Santos Lugares y vosotros lo hacéis como soldados de fortuna", —declaró mi maestro en un sentido que yo interpreté como de represión. Pero Morten agregó de inmediato: "Habréis de tener presente que el honor y la grandeza del ejercicio de las armas, incluso el de soldada y botín, no están reñidos con tal menester. Los tiempos en que vivimos exigen y sancionan como lícita la profesión que habéis elegido. Honor y grandeza están ligados a la fidelidad que se debe a quien os paga. No os será difícil encontrar amo a quien servir, pero sí lo será discernir si la empresa a acometer es o no lícita. En tal caso, la sumisión a un señor os será suficiente timbre para subordinar vuestro discurso al suyo. El botín es un fruto lícito, pero éste no incluye el frío asesinato individual o

candente y desterrados. Su jefe, Gerardo, fue marcado, además, en la mejilla. La palabra *publicanos* hace referencia a los recaudadores de impuestos, excedidos muchas veces en sus funciones y, por ello, tan odiados por el pueblo.

colectivo de inocentes; o no tan inocentes pero indefensos".
Con estas y otras pláticas y, durmiendo en ventas o al aire libre,
íbamos acercándonos al territorio lemosín. No faltaron noches
en que, detenidos a pernoctar en algún bosquecillo, tuvimos que
defendernos de bandidos de la peor condición. Morten demostró su sagacidad, dominio de la espada, del puñal o de un simple
palo, e hizo gala del sosegado temple de sus nervios, de la fortaleza de su brazo y de la determinación de su ánimo... También Wifredo demostró su valentía y destreza. Nos enseñó Morten los recursos necesarios para sobrevivir en un mundo hostil,
tal cual era el del viajero solitario por tierras desconocidas, tan
plagadas de alimañas, voluntarias u obligadas y lanzadas a los
caminos por el hambre y las guerras patrimoniales. Nos adiestró
en el arte de restañar heridas, reparar miembros dislocados, usar
de hierbas y, con ellas, infusiones útiles para restablecer, no solo
males del cuerpo, sino también del alma... Nos enseñó a distinguir, con rapidez y al primer contacto, a los ortodoxos y a los
heréticos..., y nos indujo a valorarlos por sus obras y no por su
doctrina. Nos descubrió la facilidad con que la envidia o el rencor o el interés utilizan la denuncia contra cualquier hombre o
mujer como apestado..., como hereje a ser eliminado. Atrave-
samos Troyes, la bella capital. Seguimos hacia el oeste y por
Nevers cruzamos el Loira. Siempre hacia el suroeste, camino de
Limoges, Wifredo iba animándose: Hacía algunos años que había salido de su casa, y es casi inevitable sentir algún tipo de
emoción cuando rememoramos la tierra en que nacimos, máxi-
me mientras nos acercamos a ella. Los caminos se elevaban hacia la meseta lemosina, atravesando tupidos bosques, de cuyo
enmarañado interior nos llegaba el sonido de los rítmicos ha-
chazos de lejanos leñadores, casi única manifestación de actividad humana: Las solitarias praderas que a intervalos rompían el
boscaje; el solitario discurrir de caminos, sendas, trochas y veredas y lo miserable y desanimado de las aldeas que atravesába-

mos nos apercibían del, según aceptaba Wifredo, despoblamiento de aquel territorio, al oeste del Macizo Central. Al contemplar, encaramadas en lo alto de las copas de los robles, las esferas del mítico guy,[19] por otra parte tan conocidas por los tres, Wifredo desató su acostumbrada locuacidad y nos ilustró acerca del carácter sagrado del muérdago, símbolo druídico, sagrado líquen de los celtas, y el uso del falçonet[20] de oro... Le dejábamos hablar, en un acto de caritativa comprensión de su necesidad de charlar, de dar rienda suelta a su alegría por estar de nuevo en su tierra. Pero Morten, en un descanso al borde del camino, tomó la palabra para colocarnos una nueva reflexión, al modo de las que solía someter a mi respetuosa atención acerca del humano comportamiento: "Ya veis ese muérdago invasor, ese parásito advenedizo que, al fin, ha tomado protagonismo divino sobre el de los árboles, coronándose en ellos y alcanzando la naturaleza de sagrado: nexo de unión del cielo con la tierra. Así, las naciones: Vikingos, normandos y francos colonizando las tierras de más allá del canal. Britanos isleños colonizando el continente; almorávides, almohades parasitando las tierras de Hispania; francos, ibéricos, britanos, ítalos, teutones... saprofitas sobre las tierras de Oriente. Francos, castellanos, aragoneses en rapiña sobre los pueblos de Italia... Suevos, alanos, vándalos... griegos, romanos... Así, el sentimiento de inmanencia del hombre: Nuevas creencias jerarquizadas parasitando creencias ancestrales de los pueblos, imponiéndolas a

---

[19] Muérdago. Planta saprofita que en forma generalmente esférica parasita a algunas especies arbóreas. Para los antiguos druidas celtas, era especie sagrada la soportada por los robles.

[20] Hoz pequeñita, de oro, utilizada por los druidas celtas para recolectar el muérdago. En nuestros tiempos, en las comarcas vitícolas valencianas, se llamaba falçonet a la pequeña hoz utilizada para recolectar los racimos de uva de las viñas. El traductor los ha utilizado, a principio de los años 50 del siglo XX, en la recolección de uva para su pasificación, en Terrateig, en el valle de Albaida.

sangre y fuego. Y los victoriosos, declarando ilícito todo intento de los dominados de mantenerse al margen de las imposiciones de los invasores, físicos o intelectuales, políticos o religiosos… Pero el muérdago está cumpliendo la ley de la creación: Dios lo creó sobre los árboles, viviendo de su savia, no es un invasor. Sólo me ha servido para remover en mi interior las reflexiones que acabo de formular en voz alta". Tal vez, a Wifredo como a mí, aspirantes ambos a convertirnos en soldadesca voluntaria, las reflexiones de mi maestro nos parecieron excesivamente rigurosas. Cuando reemprendimos la marcha, mi amigo siguió alabando las delicias de su tierra. No ahorró ditirambo alguno en su loa, con ocasión de nuestra visión de un prado en que pastaba una nutrida vacada, de un singular rojo castaño de, según dijo, "autóctona raza lemosina". Cruzamos, por fin, el Creuse. Wifredo se apeó de su caballo y besó su tierra natal. Fuimos descendiendo y, a lo lejos, apareció la silueta de la buscada ciudad de Limoges. La visita a su casa no hizo sino llenarme de un desconocido hasta ahora sentimiento de ajeneidad. No eran mi casa, ni mi padre, ni mi madre, ni mis hermanos… ni las luces, ni las sombras que proyectaban "mis cosas", en "mi casa"… Arrancado de mi hogar a edad tan temprana, por voluntad propia, nunca había sentido esta sensación que ahora me hacía llorar por dentro. La familia de Wifredo me hizo vivir una extraña sensación de "otra" vida: entre brumas, soñada, irreal… y breve, en la que el sueño se hizo gozo ante la aparición de Laura.

Tobías calla un momento; se revuelve inquieto; se calma, y como si se tratase del recitado de un texto ajeno, va desgranando lentamente una ferviente letanía:

—"Laura. Trece años; Wifredo, tu hermana Laura. Trece años de inmensa ternura, candor y belleza. Trece años de sonrisa. Trece años que nunca, nunca crecieron: tiempo, luchas, vicisitudes, pendencias, Dios y los hombres… Laura estaba ahí, en mi mente, con sus trece años, inmarcesible. Y sigue estándolo.

Y sigo deplorando el fin de los días que pasé en su casa, la tuya, Wifredo, ya como mía porque la habitaba Laura, tu hermana, ya savia de mi sueño, ya recuerdo para siempre, ya realidad perdida, posibilidad abortada. No escribo para mí, Wifredo, y he de cerrar este –¿angustioso, felicísimo?– episodio de mi asendereada existencia."

Estas últimas invocaciones a Wifredo y a su casa me hicieron ver el estado de ánimo en que Tobías se encontraba. Por un claro entre las altas copas de los árboles, distinguí que la luna había recorrido un gran trecho en su carrera hacia el oriente. Al día siguiente deberíamos emprender la, seguramente, última jornada hasta el embarcadero y noté en los silencios y respiración de Tobías un justificado cansancio. Le sugerí que descansáramos, que intentásemos dormir un poco… El leve salmodiar de la brisa contribuyó a que cayésemos con prontitud en un profundo sueño.

CAPÍTULO IV

CERDEÑA-IBIZA-ZÓLTER

Al amanecer, nos dispusimos a proseguir nuestro camino. Empezaba a mostrarse el incipiente calima, ya a esas horas tempranas; y la avanzada formación de los racimos de uvas silvestres, sobre los largos vástagos que se extendían por doquier desde las cepas crecidas en la ladera, orientadas al mar.

Desde un recodo del camino divisamos a nuestros pies el esperado embarcadero: Una rada natural, abrazada por sendos acantilados de escasa altura que la abrigaban por el norte y por el sur, abriéndose al mar. Un embarcadero con muelle para tres embarcaciones de mediana eslora. Divisamos barracones, algún edificio de piedra, de una sola planta, dos embarcaciones en fila de muelle, otra abarloada a la situada al sur, y una cuarta, anclada en mitad de la rada. Y el normal ajetreo y bullicio de un puerto de mar, con naves arribadas recientemente o dispuestas a partir de inmediato.

Arreamos a nuestros mulos y lanzamos un grito de victoria. Pronto descendimos la cuesta y nos detuvimos ante el primer barracón que nos salió al paso, cerca del fin del camino, junto al acantilado norte.

Tobías preguntó, en una mezcla de latín, occitano y sardo, a un vejete tumbado sobre un banco de piedra, a la sombra del edificio, si había hospedería en aquel lugar, aunque ya sabíamos por Wifredo que la había.

—Hay dos —contestó el viejo, en occitano-sardo, sin mover un músculo—. La primera que ven, la del Aragonés. La de más al fondo, la de Anna. Las dos igualmente sucias y las dos igualmente llenas…

El viejo se incorporó, quedó sentado y continuó hablando:

—Un buen vaso de vino puede que me decida a recomendaros a Anna…

—¿No has dicho que las dos están llenas?, espetó Tobías bruscamente.

El hombre levantó una mano y en tono más divertido respondió:

—Llenas, sí, pero no completas… Anna me debe favores y sabe compensármelos cuando le traigo buenos clientes. Y sus señorías son sin duda clientes y, por las apariencias, principales… ¿Hace?

—¡Hace! —casi gritó Tobías divertido, para continuar—: Si eres capaz de que alguien compre estos dos mulos, tendrás tu recompensa. ¿Hace?

— ¡Hace! —replicó el vejete, elevando su figura de forma que le hacía parecer menos viejo y más dispuesto.

La hospedera nos acogió amablemente. No parecía un lugar tan sucio ni su comedor tan lleno como había dado a entender el viejo. Era la hora de la comida, y la señora nos obsequió con una escudilla con la sopa de ajos que le solicitamos, un poco de pescado y un inexcusable pote de vino que aguamos profusamente. Le manifestamos nuestra necesidad de embarcar para algún lugar de la costa sur-occidental del continente.

Anna se volvió hacia el fondo del local, donde un mozarrón comía solo en una mesita abarrotada de escudillas, potes y botellas. "¡Alfredo, pasaje!" —gritó Anna.

El aludido miró hacia nosotros, se levantó con una inimaginable agilidad y se acercó a muestra mesa.

—¿Para dónde? —preguntó con interés.

Al día siguiente, al alba, nos encontramos Tobías y yo alojados en la cubierta de un magnífico mercante, con ruta habitual entre Sicilia, Cerdeña, Ibiza y regreso.

Con la ayuda del viejo del embarcadero, de Alfredo y de la desconocida habilidad negociadora de Tobías, habíamos vendido los dos mulos a un tratante, en unas condiciones aceptables para nosotros, que sin duda serían una bicoca para el tratante. Claro que, para nosotros, no se trataba de una operación de actividad comercial habitual, prohibida por nuestras normas, sino un acto de pura necesidad al servicio de un orden superior.

Entre los dos palos de la nave y el puente, la cubierta se hallaba abarrotada de toneles, rollos de cuerda, cajas, sacos y mil y un artículos envasados o a granel que imposibilitaban una aceptable movilidad de pasaje y marineros.

El día había transcurrido con normalidad. La nave avanzaba cabeceando, con las velas cuadras y latinas henchidas.

Al mediodía, se nos acercó un sujeto malcarado. Se dirigió a Tobías y le espetó en voz baja, pero firme:

—Yo te conozco…

Tobías se quedó mirando al marinero. Repasó su rostro y respondió:

—Yo también —y se puso de pie, para agregar—: ¿Repetimos aquello, pero, ahora vestido de marinerito?

—No será necesario. Nos dirigimos al mismo puerto…

—Yo sé al que voy —replicó Tobías—. No sé a cuál llegarás tú, si es que llegas.

—¿Me amenazas? —se creció el individuo.

—Tú me has amenazado primero, con lo de la llegada a puerto…

El sujeto dio la vuelta y desapareció entre los fardos que nos rodeaban.

—¿Quién es? —pregunté a Tobías.

—Un antiguo compañero de armas, a quien largué una espléndida cuchillada por una cuestión de botín y dignidad… Eran aquellos azarosos tiempos de soldada.

—Deberás ir con cuidado —aconsejé.

—¡Siempre hay que ir con cuidado, Simón!

—¿Puede denunciarte a las autoridades cuando lleguemos a puerto, por algo…?

—No. Esta clase de gente ventila sus diferencias con sigilo, a traición… y en compañía. Siempre he sabido y podido librarme de ellos.

La tarde transcurría como la mañana, pero rolando el ligero viento de sur a oeste y empezando a levantar un más encrespado oleaje. Vino a mi mente aquellas horas de 1245, a bordo de aquella nave de piratas bereberes, que muchos pronunciaban "beréberes".

Me habían llamado la atención en el puerto, frente a la nao, el mayor desarrollo de la vela latina, la mayor envergadura de los palos en relación con las de las naves que veía fondeadas en Formentera, y el palo situado en el extremo de la proa… El capitán, hombre de apariencia tranquila, de algo más de cincuenta años, orgulloso de su nave, habló de ésta frente a unos potes de vino, mientras arreglábamos lo de nuestro pasaje:

—Algunas mejoras han sido incorporadas a los actuales bajeles y naves en general; unas, de más antigua invención; otras, más recientes; pero, todas ellas divulgadas a partir de unos pocos años atrás. La más importante, la brújula magnética, ya era conocida por los chinos en tiempos remotos, pero fue divulgada en occidente en 1200 por el amalfitano Flavio Gioja. Y en un orden de, asimismo, gran importancia, ese palo al que los francos llaman "bauprés, con su vela, tan útiles uno y otra para facilitar la maniobra y poder ceñirnos en mejores condiciones al sentido del viento. Sin olvidar la incorporación del timón de codaste; y el mayor desarrollo de la vela latina (complemento de la cuadra), que permite una más eficaz navegación con el viento en contra, por medio de sucesivas bordadas…

Avanzaba la tarde y, con su avance, traía contra los costados de la nave más frecuentes y contundentes embates de las olas y un todavía lejano peligro de rasgar o malbaratar el velamen. La lluvia, a rachas, arreciaba contra la cubierta; una densa niebla hacía visibles sólo los contornos de los objetos situados a escasos metros de donde estábamos; y todo parecía indicar que íbamos a "disfrutar" de una noche de leyenda. Ya había vivido yo esa situación y temía que también se repitieran aquellas lejanas consecuencias.

Las voces del capitán las oíamos como apagados gritos entrecortados y lejanos, y se me antojaban perentorias órdenes a la marinería sobre escotas, bauprés, estays, gavias, velamen…, y términos como éstos o parecidos, con los que estaba yo familiarizado por haber nacido y vivido en un puerto de mar.

Agarrándose a cabos y salientes de los fardos, y esquivando zarandeadas vergas, la silueta encapuchada, de lo que debía ser un marinero ajetreado, se acercaba hacia el lugar en que estábamos sentados, al arrimo del mesana. La densa oscuridad de la noche fue quebrada por un repentino destello metálico, arrancado por el fugaz resplandor de un rayo. No tan fugaz, que no percibiésemos el brazo alzado del marinero y el objeto cuyo destello nos había prevenido. Se le adelantó Tobías, y un grito de espanto o sorpresa o dolor vino a confundirse con el ulular del viento.

Ayudé a Tobías a lanzar por la borda el cuerpo, vivo o muerto, del agresor, seguros como estábamos de que se trataba del viejo compañero de armas de mi amigo. Aquella avanzadilla de huracán, galerna… o como pudiera llamarse lo que anunciaba ser una horrible tempestad en su grado más alto, me pareció que no había sido sino una coartada de la divina providencia para resolver, a favor de Tobías, el contencioso que amagaba entre él y su compañero de armas. Y escribo esto, porque apenas nos habíamos desprendido de aquel cuerpo, surgió, a través de un jirón de la bruma que nos envolvía, la lívida blancura de la luna creciente. El vendaval fue cediendo; el oleaje persistía pero, menguando su altura y el rugiente embate contra los costados de la nave; la niebla fue disipándose; las siluetas de los marineros fueron concretando sus respectivas figuras... Al amanecer del nuevo día, el capitán informó de la pérdida de un marinero durante la tormenta. Pocos días después desembarcamos en Ibiza.El gran puerto me deslumbró por eso mismo, por su amplitud, y por el esplendor de los edificios portuarios, la longitud de los atracaderos y, allá arriba, sobre una colina, cuya altura me pareció algo superior a los trescientos pies, la primera línea de edificios de la ciudad. Ibiza había sido reconquistada por Jaime I y, como mi patria, Formentera, bajo la acción del arzobispo Guillermo de Montgrí fue incorporada, por tanto, a la Corona de Aragón. Dios y el nuevo Reino de Mallorca en medio.

No pude por menos que manifestar a Tobías el fuerte sentimiento de pertenencia que me estaba asaltando... Saberme a menos de dos tercios de una milla marítima de Formentera, donde tal vez podría estar vivo mi padre, y donde tantos vestigios de mis diez primeros años de vida podrían todavía contemplarse, constituía una poderosa fuerza de atracción. Tobías me quiso hacer ver el escaso tiempo de que disponíamos para culminar nuestra empresa. Callamos ambos. Permanecimos en silencio durante un buen rato. Tobías resolvió el embarazoso momento iniciando una leve sonrisa y confirmando lo que estaba pensando, con el siguiente comentario:

—Estamos cerca, Simón, muy cerca... Sólo hace falta un requisito: Que podamos encontrar pasaje Ibiza-Formentera-Península...

Faltó poco para que me abrazase a Tobías. Pero mis palabras se llenaron de tanta emoción y gozo que estoy seguro de que Tobías llegó a notar el calor y emoción de mi cuerpo, idealmente apretado al suyo.

El puerto disponía de buenos servicios y visitamos una tienda que nos indicaron era la de un comerciante-armador.

—No todos los días hay servicio hacia Formentera —nos indicó el comerciante—; pero, su cercanía permite recorrer el canal que nos separa, con cualquier barquichuela de pesca. De eso puedo encargarme... Lo complicado es seguir viaje a la península desde esa isla. Pero puedo darles una carta para mi buen amigo y colaborador Jacobo Eilen. Seguro que él lo podrá arreglar con alguno de los pescadores que siguen los antiguos caladeros Formentera-Denia, pertenecientes ambas, en tiempos, a la taifa dianense. En cualquier caso, siempre les quedará el regresar a Ibiza y, desde aquí, embarcar para tocar cualquiera de los diferentes puntos de la costa peninsular. Las salidas son muy frecuentes y, para algunos de ellos, una o dos por semana.

FORMENTERA

Pudimos embarcar. Desde lejos contemplé la grisácea línea de la costa de Formentera. A medida que nos acercábamos, avanzaba en mi ánimo la sensación de estar ante un paisaje desconocido. Atracamos en el antiguo embarcadero, del que sólo restaban unos cuantos pies de carcomido tablado, algunas barcas fondeadas cerca del mismo y otras, tumbadas sobre la arena, alrededor de las cuales se veía gente, tal vez reparando su aparejo y calafateando sus viejos costados.

Desembarcamos llevando con nosotros nuestros pertrechos. Los únicos seres que había en el muelle eran los marineros que nos habían traído en su nave y un hombre de avanzada edad, apoyado más que sentado sobre uno de los pocos norays de que disponía el embarcadero. Más adelante se distinguía lo que al parecer era tienda y cantina, a la que se dirigían los marineros.

Nos dirigimos al hombre y mantuve con él la conversación que transcribo:

—Buenas tardes —dije en romance. El hombre nos devolvió el saludo en lo que era evidente mezcla de occitano y provenzal, y así seguimos comunicándonos—. ¿Hace mucho tiempo que habitáis esta isla? —fue mi primera pregunta.

—¿Mucho tiempo? —pareció dudar el hombre, para continuar—: A ver; los aragoneses entraron en la isla en 1235, y yo con ellos: Estamos en... 1256 ¿no?, pues la cuenta es de...

—Veintiún años —ayudó Tobías.

—Veinte y un años —repitió el viejo como reflexionando—. Ya nadie queda aquí de aquellos tiempos. Ni nada que pueda seguir atrayendo a los piratas. Se cansaron de desembarcar y no encontrar botín que justificase su trabajo. Para entonces, sus anteriores acometidas provocaron el despoblamiento de la isla. ¿Quién podía tener interés en acabar en la sentina de un bajel sarraceno? Y los que lograban esconderse y no ser atrapados ¿qué interés podían mantener en criar animales, cultivar cosechas que acabarían en las naves de los piratas, reparar las chozas que acabarían siendo quemadas de nuevo...?

—Pero, vos habéis permanecido —argüí con cierto desaliento.

—Cuando llegué aquí, tenía yo cincuenta años... Demasiados para los infieles; hablaba su jerga a la perfección y me hice pasar por almohade: un almohade que se había establecido aquí tras la llegada del arzobispo.

Me dirigí al hombre, temiendo la respuesta que pudiera dar a la pregunta que iba a formularle.

—¿Conocisteis a Cristino, el guarnicionero? —pregunté como en un eco...

—¿Cristino? ¿El aragonés? ¡Y al moro que le servía y que al final lo denunció!... ¿Pero cómo sabéis?...

—Era mi padre —respondí aturdido. En tantos años de ausencia jamás me había causado tanta congoja la evocación de mis padres.

—Te recuerdo, Cristín. Se habló mucho de tu rapto… En una de las frecuentes *razzias* de los piratas, tu padre se había escondido, como tantas veces, en un hueco disimulado que había excavado dentro de su tienda, al pie de una de las dos paredes laterales. En las otras ocasiones, los piratas habían penetrado en la casa, robado todos los aperos y guarniciones que tu padre tenía terminadas o en preparación y se habían marchado como llegaron. En esta ocasión, en la acometida de Agosto de 1248, su ayudante quiso congraciarse con los piratas para que lo llevasen con ellos, y les señaló el lugar donde estaba escondido. Uno de los piratas arrimó unas brazadas de paja que había en un rincón y les prendió fuego antes de emprender la fuga… En unión de dos viejos que habían permanecido escondidos, como yo, acudí a apagar el fuego denunciado por el denso humo que salía de la tienda. Logramos apagar las escasas llamas, una vez que el fuego había destruido casi toda la paja amontonada. Íbamos a salir de la casa, cuando nos pareció oír unos lamentos provenientes de la base de la pared de la izquierda… Removimos los troncos y ramas que tapaban el escondite y sacamos a tu padre… Aún vivía, pero nada pudimos hacer. Murió de asfixia. Era un buen hombre y un buen cristiano…

—¡Ahmet!... Ahmet Djebar… —exclamé con todo el dolor que me causaba el recuerdo y la traición.

Tobías me acompañó por la vereda que conducía hasta aquel lugar santo que tantas veces había visitado con mi padre. Era un recinto al que se había intentado añadir, en una esquina, una pequeña iglesia. Los vecinos habían estado colaborando para que la construcción, si bien modesta, fuera suficiente para santificar el lugar. Ahora, quedaban cuatro paredes de piedra, desmochadas y con la techumbre hundida. Yo fui directamente al lugar que tan bien conocía: Una piedra basta enhiesta, con una cruz y una inscripción grabadas en ella:

†
MARINA
15 Enero 1236

Me arrodillé ante la tumba de mi madre, como tantas veces había hecho, y recé. Recité aquellas fervorosas oraciones que mi padre me había enseñado y que repetía con él en aquellas visitas a mi madre; visitas que se habían convertido en gozosas; no, naturalmente, porque mi madre hubiera muerto, sino por el hecho de que "también yo" iba a visitar a mi madre. Mi madre. Una madre a la que no había conocido.

En tan breve espacio de tiempo, recogido al pié de la tumba, pasaron por mi mente escenas que nunca había evocado, como ahora, ligadas a encontrados sentimientos: La presencia de mi tío, el religioso devoto y noble que con tanto agrado me recibía en el claustro de su monasterio; la misa oída, con tanta devoción, en la pequeña iglesia. Los dulces que me regalaba en la quietud de su celda; sus buenos consejos… La vida en mi casa, con mi padre cumpliendo los preceptos de la religión con sincera devoción y manifiesta alegría. Unas devoción y alegría tan lejos de la confrontación, dolor y hasta espanto con que tuve que vivir la fe en aquellas apartadas tierras sardas.

Este pensamiento me provocó un profundo escalofrío… ¿Confrontación, dolor, horror?... ¿Era cierto que, desde los diez años que tenía yo cuando forzosamente "arribé" a las costas de Cerdeña, tuve que vivir la religión como inmerso en una batalla permanente, que sólo podría alumbrar una general derrota?... ¿Derrotados todos, todos los contendientes de uno y otro bando? ¿Era eso la religión? ¿En eso la habían convertido los hombres? Seguramente, el Dios de todos estaría profundamente contrariado por el abandono de los designios de un destino marcado desde el inicio de los tiempos: Destino marcado, pero desde la libertad dada al hombre de seguir o no el rumbo… Me pareció que no era el lugar ni la circunstancia adecuados para profundizar en estas tristes e inmaduras reflexiones. Me levanté. Junto a la lápida de mi madre, a derecha e izquierda, había otras tumbas. Busqué la de mi padre y distinguí su estela junto a la de mi madre.

✝

CRISTINO
20 Agosto 1248

Repetí arrodillado las oraciones que había recitado al pie de la tumba de mi madre. Y lloré. Lloré, y me embargó una extraña sensación de abandono. No recordaba haber llorado alguna vez desde mis diez años. Y no pude evitar el recuerdo de un Ahmet inclinado sobre mis papeles, corrigiendo los ejercicios, relatándome historias de su juventud en su Fez natal.

Regresamos al arruinado embarcadero: el viejo superviviente, las cabañas derruidas, los mismos hombres y mujeres sobre la arena, más allá del embarcadero, remendando redes, calafateando una lastimosa barca de pesca.

Preguntamos al viejo el paradero de Jacobo Eilen. El hombre se encogió de hombros antes de contestar con desgana:

—El judío es especie rara. Llega, trata con los pescadores por la mañana y desaparece.

—¿Y todo eso lo hace a menudo? —preguntó Tobías.

—Cuando se le antoja. No tiene día fijo. Vive en Ibiza, según creo... o al menos llega aquí con las naves ibicencas, en.las que carga el pescado y vuelve a embarcar. ¡A ese no le pillarán los piratas si deciden regresar...!

—Queríamos saber —indiqué— las posibilidades que tenemos de embarcar aquí, para Denia o cualquier otro destino en la península, en cualquier embarcación de pesca...

El viejo se nos quedó mirando.

—Es posible. Mañana al amanecer llegarán pescadores de Denia, como hacen cada dos o tres días. Si están dispuestos a pagar el peaje, seguro que aceptarán llevarles. El patrón es mi amigo y puedo...

—Bueno —dijo Tobías—, vos no ibais a perder nada, señor —e hizo una reverencia. Nos acomodamos en uno de los derruidos barracones que nos indicó el viejo. Hicimos dos confortables lechos con ramones que desgajamos de la escasa vegetación que crecía en el vecino montículo pelado. Y nos propusimos salir a visitar la isla, de la que a cada paso que dábamos, iba yo reconociendo los lugares que constituyeron mi mundo hacía ya once años. Nos acercamos al recinto de lo que había sido mi pueblo, muy cerca del mar, en un leve promontorio. Quedaban las casas derruidas, las calles polvorientas en las que crecían matojos resecos. Y mi casa; aquella casita de dos plantas en cuya parte alta vivía con mi padre y en cuyo bajo tenía éste su taller. Volví a llorar, como lo hiciera en el cementerio ante las tumbas de mis padres. Tobías se había quedado a la entrada de lo que quedaba de pueblo, y me dejó a solas con mis recuerdos y mis sentimientos. Luego, penetramos en un ralo bosquecillo de pinos, a cuyo amparo y sombra nos propusimos consumir el ligero condumio que llevábamos en nuestras bolsas. A media tarde, regresamos al embarcadero. Desde lejos divisamos, acercándose, una barca ligera pertrechada con vela latina, en la que apreciamos las figuras de tres o cuatro marineros. La distancia no era tanta que no nos permitiera distinguir, erguida, la figura del capitán de la nave que nos había llevado a Ibiza.

—No me gusta —manifestó Tobías mirando fijamente hacia la barca y como meditando o concibiendo algún mal augurio.

—¿Qué puede haber pasado? —pregunté sin entender la preocupación que nublaba el rostro del hermano.

—Pronto lo sabremos...; algo que nos concierne, intuyo —agregó Tobías y aceleró el paso hacia la cabaña que habíamos ocupado por indicación del viejo del embarcadero. Tobías penetró en ella, vistió su larga capa de peregrino e hizo que yo vistiera la mía, y acomodara bajo ella las habituales armas que me acompañaban en todo viaje. Aunque sentí una gran desazón y extrañeza, opté por obedecer y seguir las indicaciones de Tobías… Éste abandonó la cabaña con paso ni atropellado ni lento y yo le seguí a escasos pasos. Se plantó ante la nave. Acababa de ser amarrada a los arruinados norays de madera del embarcadero; a su lado estaban el capitán y los tres marineros que lo acompañaban.

—Buenas tardes, capitán —saludó Tobías en un tono que no denotaba sorpresa.

—No son muy buenas para Tonio —respondió con aspereza el capitán. La figura del mercenario al que habíamos creído muerto durante la tormenta, avanzó unos pasos hacia nosotros y nos señaló con el brazo extendido:

—¡Ellos lo mataron, capitán! —gritó el marinero. Noté en Tobías una leve turbación. Duró solo un soplo, porque avanzando hacia el marino con la rapidez del rayo lo rodeó, dio un salto y aferró su cuello con sus potentes manos. Fue tan rápida y decidida la acción de Tobías que ni el capitán ni los otros dos marinos pudieron reaccionar con rapidez. Pasado el efecto de la sorpresa, el capitán empezó a relatar lo que sigue: —El mar ha devuelto el cuerpo de Tonio a una playa de Ibiza, junto al puerto. Alguien le asestó una terrible estocada y lanzó al mar el cuerpo, mientras la tormenta arreciaba. Este marinero dice que contempló atónito la acción, y que no pudo reaccionar debido al imponente balanceo de la nave, al vendaval, al batir del oleaje

—Capitán —replicó Tobías sin aflojar la lazada alrededor del cuello del malandrín—, puede que haya atravesado con mi espada a Tonio, en lugar de a este desalmado, en un acto de defensa que ruego me permita relatar. Créame capitán si considero a Tonio tan culpable como éste, Zólter, si, como presumo, aquél fue el malvado sicario que vendió su alma por unos dineros jaqueses ofrecidos por este cobarde.

El capitán y los otros marineros quedaron en suspenso. No se movieron de su lugar.

Tobías hizo un movimiento de cabeza y gritó muy cerca del oído de Zólter:

—Weber, hoy Zólter, anteayer Bernard, otro día Lucas… Estoy empezando a pensar que este asunto lo voy a terminar esta tarde, aquí, ahora, rompiéndote el cuello.

La resolución, la firmeza con que Tobías pronunció estas palabras hicieron que Zólter soltase un gemido, deformado por la presión que las manazas de mi amigo ejercían alrededor de su cuello.

—¿Lo conocéis de antiguo? —preguntó el capitán, para agregar tras una ligera interrupción, como reflexionando—. ¿Insinuáis que Zólter pagó a Tonio para que os matase?

—¿Y tú qué opinas, Weber? —contestó Tobías con otra pregunta. Luego, calmado, se dirigió al capitán—. Señor capitán: de nada conocíamos a Tonio, ni a vos. No puedo decir lo mismo de Weber, a quien conocí en unas tristes circunstancias… —y como ejecutando alguna treta que acababa de ocurrírsele, vi cómo distendía el férreo cerco a que tenía sometido el cuello del facineroso.

Weber, o Zólter, o comoquiera que se llamara el individuo, notando la casi nula presión sobre su cuello, se atrevió a gritar, intentando zafarse de Tobías:

—¡Miente, capitán! ¡Jamás conocí a este individuo antes de que embarcase en nuestra nave!

Tobías había conseguido, al parecer, que Weber confesara vehementemente que nunca lo había conocido. Atrapó de nuevo el cuello del marinero y demandó del capitán:

—Señor, por favor, descubrid vos mismo el hombro derecho de este reptil. Descubriréis la hermosa y larga cicatriz de lo que fue la herida provocada por una fuerte cuchillada.

Weber pareció estremecerse. Tobías le soltó el cuello y esperó a que el individuo, en el paroxismo de su desconcierto, cometiera el error definitivo que acreditara su propia inculpación. Y así fue: Weber se vio libre y emprendió una loca carrera en dirección al poblado. No fue muy lejos. Los otros dos marineros se lanzaron en pos del huido y no tardaron en darle alcance. Lo echaron a los pies del Capitán, de un empujón.

—¡Miente, miente, miente! —gritó Weber, retorciéndose en el suelo. Uno de los marineros le rasgó la camisa y dejó al descubierto la larga y atroz cicatriz del hombro derecho.

Tobías refirió a los marineros la escena habida con Weber, cuando embarcamos en Cerdeña y la amenaza velada que dirigió a mi amigo. Relató éste la escena de la noche de la tormenta: cómo surgió de las sombras, bajo el fortísimo viento, la figura irreconocible de un individuo embozado en capa y capucha; el destello que un relámpago arrancó a la daga o espada que enarbolaba y la rapidez con que tuvo que lanzar la estocada, casi a ciegas, contra aquel fantasmagórico agresor.

—Si cayó o no al mar —mintió Tobías— no lo podíamos saber, dada la nula visión que a pocos pasos podían alcanzar nuestros ojos. Ciertamente, pensé que se trataba de Weber y no lamenté cómo había acabado el percance. Nada comenté con vos, señor capitán, porque podríais creer o no nuestra historia y, desaparecido o no el cuerpo, al día siguiente veríamos lo que correspondiera hacer... Cuando vos, señor capitán, anunciasteis al día siguiente la baja del marinero Tonio, pensé que era el nuevo nombre del que para mí era Weber. Luego, el resto de los días de la travesía no reparé en él. Tuvo buen cuidado en zafarse de mi vista. En cualquier caso se evadió y no quiero interpretar su porqué...

—¿Cómo supisteis que había contratado a un sicario...? —indagó el capitán.

—Lo supe en el preciso momento en que vi a Weber en este embarcadero y a vos diciendo que el mar había devuelto el cuerpo de Tonio… Nada tenía yo contra éste y nada podía tener Tonio contra mí. Pude intuir que el golpe lo descargaba contra mi persona, a pesar de que mi amigo estaba más cerca del individuo y más expuesto… Y la amenaza al embarcar… No tuve duda alguna de que había contratado a Tonio. Al ver que el cuerpo había sido arrojado a la playa, y comprobable la herida que le había causado la muerte, no le sería difícil atestiguar que había sido yo el causante. Vería así logrado su viejo deseo de venganza, ese sentimiento de los débiles contra los fuertes cuando los creen vencidos y derribados.

—Una cosa más, señor —prosiguió el capitán—, ¿por qué tardó tantos días Tonio en denunciar el crimen?

—La mente de los depravados y de los asesinos, señor capitán, no funciona como la del común de las gentes… Me imagino que, al denunciarme, habrá argüido turbios sentimientos encontrados de seguridad y prudencia; falsos escrúpulos por si se equivocaba.. Todo ello para hacer fácilmente creíble su acusación…

La tarde era cálida, pero aliviaba el calor la tenue brisa. El mar se mostraba con esa lisura brillante de las tardes sin viento.

Weber había sido maniatado y fuertemente atado al palo de la vela. Los marineros esperaban junto a la barca la hora de regresar a Ibiza. Y el capitán, como despedida, había manifestado a Tobías que en otras circunstancias, en otro lugar, los hechos le hubieran obligado a entregarlo al poder de la jurisdicción.

—¿Adónde os dirigís, Tobías? —preguntó el capitán.

—Deseamos embarcar para la península. Nos dicen que la próxima madrugada llegarán a este puerto unas embarcaciones de pesca que hacen la ruta hasta las costas de Denia…

—Esperad —dijo el marino; dio la vuelta y se dirigió al viejo del embarcadero. Mantuvo con él una breve conversación y regresó a nuestro lado.

–Está arreglado. Bernardo dará mis instrucciones a Francisco y éste os llevará a Denia mañana al anochecer. Hemos de partir ya de vuelta a Ibiza y preparar el regreso a Cerdeña.

CAPÍTULO V

MARIETA

Descendimos hasta la playa. El sol se deslizaba hacia su ocaso. Jugaba a sol y sombra con los aleros de los edificios: unos, de pura madera despintada; otros, tres en total, guardando la hermosa y ya arruinada fachada de sus antiguos constructores, con las impostas de yeso sobre los vanos de las ventanas y de las puertas; construcciones éstas que ahora servían de alojamiento de la tropa que, espaciadamente, visitaba la isla; y de alguna autoridad o recaudador de impuestos que de muy tarde en tarde se acercaba *"a ver lo que caía"*, en palabras del viejo.

Un par de hombres jóvenes se afanaba en rascar la superficie del casco de una barca, desprendiendo el caracolillo, las lapas y las algas que se adueñaban de sus costados. Junto a ellos, tres mujeres se ocupaban de la antigua tarea de remendar las casi irreparables redes. Las viejas tonadas, casi musitadas, que salían de las bocas de las mujeres me transportaron, como tantas y tantas otras cosas, a los lejanos (o no tan lejanos) días de mi niñez. La larga trenza de negro cabello que emergía del pañuelo con que se tocaba la cabeza la mujer que me daba la espalda, hizo que rememorase las ya tan lejanas niñas de mi edad. La mujer giró su cabeza hacia mí. Bajo las anchas alas del sombrero de paja que coronaba su cabeza, sobre el pañuelo, los negros ojos se detuvieron en los míos, hice pantalla con una mano y vi que era una joven de, aproximadamente, mi edad la que de forma tan insistente me miraba. La joven se levantó de un salto, vino hacia mí y, sin rubor, se abalanzó con los brazos extendidos… Yo correspondí a su abrazo.

—¡Cristín! —gritó la joven. Las otras dos mujeres se levantaron tan rápidamente como les permitían sus trabajados miembros y se acercaron. Confundido, miré hacia el lugar que presumí estaría Tobías… Le observé alejarse hacia las casas.

Separé a la chica con cuidado, le quité el sombrero, contemplé su hermoso rostro y me atreví a aventurar un nombre:

—¿Marieta? —me salió el nombre en un dubitativo tono bajo. La joven me dedicó una expresiva gozosa sonrisa.

—¡Me has reconocido! —agregó triunfante de las dudas que pudiera albergar sobre mi capacidad para recordar los lejanos días…

Las tres mujeres me asaetearon a preguntas y parabienes. Fueron dándome cuenta de los acontecimientos pasados en la isla. Cómo tenían que residir en Ibiza, y cómo, cada dos o tres días, regresaban a Formentera a cumplir con su cometido de remendadoras de las redes de quienes así se lo solicitaban y pagaban.

Se alejaba la tarde. Las mujeres tomaron sus bolsas y se fueron hacia el poblado. Marieta quedó a mi lado, sin dejar de hablar más que para escuchar mis respuestas, en todo caso breves, a sus casi fervorosas preguntas.

Iniciamos un paseo a lo largo de la playa, sobre el húmedo borde de la arena, invadida intermitentemente por las adelgazadas olas.

Relato de recuerdos de los días perdidos. Relato de las ilusiones infantiles deshechas como castillitos de arena. Las andanzas de Pablo y de Juan y de Marina y de José y de María y de… las incursiones de los piratas, la pérdida de vidas y de haciendas, la vida imposible en un lugar como éste… y el paso de los días, el trabajo en la playa, la llegada de la noche sin un atisbo de feliz esperanza… Sufrir la desaparición de tus padres, de muchos de tus amigos... Y, tan triste como todo ello, saber que no habrá un día mejor para una niña que con el paso de los años se convierte en moza, en mujer... en nada.

Marieta me había cogido de la mano. Yo respondí al calor de su tacto apretándosela con la mía. A la ya escasa luz del anochecer vi rodar unas lágrimas por sus mejillas. Las enjugué con mi otra mano. Nos sentamos sobre la arena mojada. Quedamos un buen rato en silencio. Marieta acariciaba en ocasiones mi cara con su cálida mano. Yo apenas osaba corresponder a sus caricias. Marieta pasó un dedo de su mano por mis labios y sentí que el cielo desaparecía allá en lo alto, que las olas dejaban de entonar su lenta e insistente melodía, que diez o doce años no habían bastado para borrar de mi corazón determinados sentimientos por Marieta, por María, por Marina.... Y por Pablo y por Juan y por todas aquellas cosas y personas que habían constituido mi mundo.

La crecida noche, el lento murmullo del mar, el calor de nuestros abrazados cuerpos, la ansiedad de nuestros sentimientos...

No sé cómo ocurrió, pero nunca imaginé que pudiera producirse la enorme explosión de júbilo que estalló en mis entrañas. Ni el estremecimiento bajo mi cuerpo de aquella joven por tantas circunstancias desgraciada, como si hubiera roto a golpe de desesperanza un sortilegio y hubiera hallado junto a mí, derramados, recobrados impulsos de rebeldía.

–¡Quédate conmigo! –con el rostro oculto tras las palmas de sus manos, Marieta dijo estas palabras, no como un suspiro, sino como un grito largamente contenido, resueltamente liberado– ¡Quédate o llévame Cristín, ...¡Llévame o quédate¡.

Ahora, cuando transcribo todo esto, todavía restalla en mi mente, como un trallazo, la súplica desesperada de Marieta.

–Mi vida no me pertenece, Marieta... Adonde voy no puede encontrarse más que penalidades y una dura lucha por una empresa en la que muchas veces no creo... Y quedarme..., representaría la triste cobardía de quien no quiere presentarse ante sí mismo como un cobarde...

Marieta separó su rostro del mío. Sus ojos brillaban y sus labios temblaban.

—No te entiendo —dijo como sollozando y se abrazó a mi cuerpo con la fuerza y angustia de quien ve escapársele su postrera tabla de salvación.

Los dos callamos. Apretados el uno contra el otro. Me dormí. No recuerdo si soñé.

El alba tiñó de palidez el confuso ámbito que contemplaron mis ojos al abrirlos.

Palpé con mis manos alrededor de mi cuerpo, pero solo noté la humedad de la arena en mis dedos. Marieta había desaparecido, desvanecida como si solo hubiera sido la imagen de un sueño. Pero allí estaban las huellas de su cuerpo, un sucio pañuelo, la quemazón en mis labios... Regresé al poblado. Tobías parecía dormir. Me tendí en mi improvisado lecho. Oí la voz de mi hermano. Lenta, en tono bajo...

—Simón, deberías saber a estas alturas que no vas a ser un *perfecte*. Te atan demasiadas cosas al mundo de tu infancia, de las que su presencia física no es lo más determinante, sino las que forman la masa de tus recuerdos.

—No lo sé, Tobías, no lo sé. El regreso a Formentera puede que haya sido un triste error: mi pueblo, mi casa, el cementerio... Marieta y todas las Marietas que perdí un día lejano...

—Quédate, Simón, hijo mío... Yo proseguiré la tarea porque, a mi edad, tengo tan arraigada mi fe que nada, espero, podrá destruirla.

—Siento que mucho le debo a Marcons... Confiaba en mí...

—La fe, desde el conocimiento de las opciones, es patrimonio personal del individuo: no se le debe a nadie... Ahora durmamos un poco. Reflexiona. Luego ve a visitar a tu amiga de la infancia.

—Tobías... —pregunté con temor—; algo debió pasar con Laura... Tobías tardo en responder. Lo hizo como quien medita:

—Laura, Laura…; sí, volví a por ella dos años después. Una vecina me dijo que Laura se había ido a la Bretaña, con su familia. Incluso me precisó la villa bretona a la que se habían mudado.

—Lo siento —respondí en voz baja. Tobías se volvió de espaldas e hizo como si se aprestase a dormir. Pero yo insistí. Tal vez, egoístamente, mi interés por este episodio de la vida de mi amigo estaba presidido por mi propia zozobra.

—No la volviste a ver, ¿verdad?

—De lejos —respondió Tobías con tristeza— vi lo que quedaba de mi esperanza. Acudí a Saint Malo, tras variadas dudas y reflexiones… Un antiguo compañero de armas, normando, nos llevó, caballo y caballero, en su nave comercial, océano arriba, hasta la amurallada ciudad bretona. Relucía el granito de su muralla circular, en construcción todavía. Vacilé… Pero me aventuré a inquirir sobre el paradero de Laura… Lo averigüé. El vecindario me dio noticias de la "jovencísima lemosina esposa de Bryan"… Me aposté cerca de su casa y la vi salir por la tarde, acompañada por lo que sería su sirvienta, o su suegra. Me zafé como pude de mi angustia. Me dispuse a regresar al sur, sorteando las vanguardias francas que no dejaban de alentar la idea de cruzar el vado del río Rance, en cuyo centro se asentaba la ciudad, y conquistarla.

—Y, ya en Bretaña, ¿no sentisteis la necesidad de volver a vuestra tierra, como yo a Formentera? —pregunté de un tirón, sin pensar si era lo más oportuno…

No Tobías tardó en responder y, cuando lo hizo, apenas pude entender si en esos momentos sintió más la pérdida de Laura que cualquier otro dolor.

Despertamos, o al menos nos pusimos en pie, cuando ya el sol invadía la cabaña a través de las innumerables aberturas que el tiempo, los piratas y la naturaleza habían practicado en paredes y techo del barracón. Salí a la calle y miré, angustiado, hacia la playa, hacia las barcas que el día anterior aparecían varadas en la arena: Allí estaban las barcas; y las redes extendidas en el suelo…, pero no las mujeres…

Me dirigí al viejo. Éste me respondió:

—Han salido de madrugada, como de costumbre… Su amigo ha hablado con ellas ¿no, señor? Han regresado a Ibiza y como de costumbre regresarán dentro de unos días…

Interrogué con la mirada a Tobías. ¿Hablar con ellas? ¿Tobías había salido del barracón, sin ser notado por mí, y había hablado con Marieta?

Mi amigo sonrió y dijo que no había podido dormir, que salió a la calle, se acercó a la playa y despidió a las mujeres…

Le dije a Tobías, lleno de resolución, que aquella huida de Marieta, como sin duda había acontecido con su pérdida de Laura, no eran más que los signos con que Dios nos había querido mostrar el camino que no podíamos abandonar…

—Querido Simón… —replicó Tobías a mi comentario— Si la historia pudiera ser reescrita, ten por seguro que Laura, de no haberme rechazado, estaría ahora conmigo…

Volvimos a la cabaña. Nos aprestamos a pasar el día de la mejor manera: yo, continuando la redacción de mi crónica; Tobías se fue a pescar con unas *jábegas*[21] que le prestó el viejo. Tras la frutal pitanza del mediodía, tendidos en nuestros lechos verdes, comentamos los avatares de la jornada. Pedí a Tobías que me completase el cuadro de su vida, desde el momento en que salió de la casa de Wifredo hasta el día en que, empapado por la lluvia, apareció en el enclave, frente a la cabaña de Marcons.

Tobías me manifestó su cansancio.

—Tendremos ocasión para ello, Simón. A media tarde hemos de embarcar. Yo ya estoy viejo y he de cuidar mis fuerzas, si hemos de seguir protegiéndonos y culminar nuestro viaje.

Como nos había prometido el capitán, un zagalón robusto apareció con su barca y dos pescadores a bordo. Nos invitó

---

[21] Redes para la pesca.

a embarcar. E iniciamos la travesía cuando el sol empezaba a hundirse en el mar.

BAIRÉN

—¡Denia!... —gritó un pescador. Desembarcamos en una extensa playa. Al sur destacaba la mole de un peñasco que se precipitaba sobre la playa. Tobías se orientó y decidió seguir a pié por la arena. Al poco, nos desviamos hacia la población, al pié de la roca, en busca, según dijo Tobías, de algún mercado o venta donde adquirir dos monturas.

Anduvimos durante varios días por veredas, caminos y sendas perfectamente practicables. Pernoctamos en ventas y, algunas noches, al claro bajo las rutilantes estrellas. Habíamos comprado dos caballos y sus arneses, algo flacos para lo que, dijo Tobías, estaba acostumbrado a montar en sus días de caballero. A mi me parecieron unas extraordinarias monturas..., y seguimos nuestro camino.

Transitábamos bordeando la sierra. Habíamos rebasado Gandía. Al frente, sobre un montículo en avanzadilla sobre la tierra baja de extensos marjales, se recortaba en el cielo la imagen de un castillo. No tardó en llegarse hasta nosotros la ronda de un capitán y cinco soldados.

—¿Quiénes son vuestras mercedes?

—Somos viajeros que vienen del reino de Mallorca y se dirigen a la ciudad de Huesca. ¿Qué castillo es éste? —preguntó Tobías con el fin de interrumpir el interrogatorio.

—Bairén —respondió el capitán.

—¿Existe alcaide en el castillo? ¿Es un noble de cierta edad? —siguió perorando mi amigo, sin que yo pudiera entender el porqué de su inquisitoria sobre la edad del alcaide.

—Sí. El alcaide Mateo, más o menos de vuestra edad, según me parece. ¿Qué interés puede tener para vos su edad?

—No mucho, en verdad, pero uno siempre espera encontrar compañeros de armas de los tiempos del rey D. Pedro, padre de nuestro actual rey D. Jaime, para quien luché en Calatrava y La Losa…

Observé cómo el capitán cambiaba de actitud. Tobías había logrado, al menos, que no apareciésemos como reos de alguna mala andanza. Pero, era muy aventurado mentir ante la posibilidad de que el alcaide hubiera vivido también aquellos lances y Tobías no pudiera salir airoso de la confrontación con el alcaide. Unos nombres, unos sitios, unas circunstancias…

—¡Ah! —exclamó el capitán, y agregó—: nuestro alcaide estará muy complacido en recibiros y rememorar sus viejas gestas. También él estuvo en aquellas batallas al sur de Toledo, a principios del siglo.

Me pareció que Tobías había dado un mal paso. Quedó pensativo. Interpreté que estaba ocupado en hilvanar nuevas mentiras con las que redimir pasadas mentiras. Yo conocía el rápido y brillante intelecto de Tobías y esperaba que aquel episodio no acabara mal para nuestros cansados huesos.

—Simón, amigo, ya has oído la invitación del capitán —dijo Tobías sin asomo de inquietud.

—Síganme, por favor —indicó el capitán, dejando al que parecía su lugarteniente al mando de la ronda, y emprendimos el camino hacia el castillo.

Por la zigzagueante y pina vereda, orlada de aulagas y extensos romerales, subimos hacia el castillo. Accedimos a la puerta principal por el paño de la muralla norte. El capitán mandó que ataran nuestros caballos en sendas argollas fijadas al suelo y nos pidió que lo aguardásemos, junto a la guardia.

Por el norte, no muy lejos, se alzaba la mole piramidal de un pico, el más alto de la sierra. Desde nuestra posición no podíamos contemplar el mar. Di la vuelta a la muralla y allá abajo, el liso mar de julio me trajo el rumor de mis tierras de Formentera, la evocación de mis años de niño, la figura de Ahmet volcada sobre mis ejercicios, las humildes tumbas de mis padres, la presencia de Marcons con su grave continente, Capoterra, Boldo, el cambio de actitud ante los ataques de los inquisidores... El mar, casi única cuna de mi niñez y fragua de mi adolescencia... Y siempre ya Marieta..., como una estaca clavada en mi pecho... Oí que me llamaban, di la vuelta a la muralla y seguí a Tobías y al capitán hacia el alcázar.

Lo que parecía sala principal del alcázar no era muy grande, pero sí holgada. Una gran chimenea apagada ocupaba una buena parte de la pared del fondo, y el alcaide aparecía de pié frente a una saetera, demasiado ancha para serlo, y demasiado estrecha para ser ventana. Se volvió hacia nosotros y nos saludamos al uso entre gente desconocida, pero con agrado.

—El capitán Gonzalo me indica que sois superviviente de La Losa... —dijo el alcaide, y agregó— ¿Cómo debo llamaros?

—Tobías; y mi ayudante, Simón, a vuestro servicio.

La cortesanía con que mi hermano estaba pronunciando y casi escenificando la información de nuestros nombres, me dejó agradablemente sorprendido. En cada lance con Tobías me daba más cuenta de la enormidad de enseñanzas que me quedaban todavía por asimilar del antiguo paje. El alcaide Mateo nos ofreció asiento en los sillones dispuestos junto al suyo, y se le veía ansioso por rememorar aquellas viejas batallas que habían constituido, sin duda, lo único destacable de su vida y el núcleo más recurrente de sus recuerdos.

—¿Cómo fue vuestro alistamiento?, porque sin duda no sois aragonés ni castellano ni navarro...

Tobías levantó una mano, sonriendo, y explicó:

—Soy, señor alcaide, Wilhem de Vermandois, noble de las tierras del norte de la Galia. Desde que adopté, por una serie de motivos familiares, como tantos segundones, el oficio de las armas, soy conocido como Tobías. Conocí en Limoges a un noble caballero procedente de Normandía, quien iba a ofrecer sus servicios al rey Pedro, ante los preparativos que en todas partes se estaban haciendo para frenar y, en su caso, hacer retroceder el terrible empuje de las hordas almohades. El rey había dado ya cima a importantes conquistas al sur de Toledo, con la gran coalición cristiana formada por los reyes navarro, aragonés y castellano, en ausencia del lusitano y del leonés, y con las fuerzas de arzobispos, condes y dignidades, junto a un formidable ejército de más de treinta mil ultramontanos...

Tobías calló, sonrió y dijo que todo eso era ya conocido por el alcaide.

—Sí, señor de Vermandois... —iba a añadir algo el alcaide, pero mi hermano le detuvo con una mano alzada y le rogó:

—Tobías, señor alcaide; llamadme Tobías...

—Bien, Tobías, pero sabéis que los ultramontanos desertaron —adujo Mateo.

—La mayoría...; no menos de quince mil soldados tomaron el camino de regreso. Tras los desmanes de Malagón, el señor López Díaz de Haro hizo saber lo dispuesto por los reyes: Respetar la vida de los vencidos que rindieran las poblaciones; darles un trato humanitario; respetar las condiciones pactadas en la rendición... Parece ser, que esas reglas no eran lo que los soldados esperaban. Querían carta blanca con el fin de conseguir las mayores ganancias posibles... Otros pocos seguimos leales a nuestros señores.

—Yo mismo tuve que utilizar mi espada —dijo el alcaide, con un cierto aire de orgullo en sus palabras— para atajar bastantes insubordinaciones en ese sentido...

Tobías volvió la vista hacia mí, y sonrió mientras decía:

—Mi fiel Simón ha sido testigo, hace tan solo unos días, de las consecuencias de un desgraciado incidente que tuve con un ultramontano. Tras la conquista de Calatrava, nos dirigíamos al sur. Nos cruzábamos con fuerzas que se dirigían al norte. En un arrabal al que los musulmanes llamaban llorando y gritando *Qalat Rabaj*,[22] oí llantos y gemidos que, sin duda, salían de una casucha cercana. Me apeé del caballo y, llevándolo de la rienda, penetré por la puerta abierta. Ante mí, apareció un ultramontano, esgrimiendo la espada, amenazante. Un viejo en el suelo, protegiendo a lo que no era más que una niña, lloraba y gemía uniendo sus llantos a los de la niña. Al entrar en la casa, oí gritar al soldado: "¡El oro o la niña, viejo!". Puse mi mano en su hombro y le afeé su conducta. El soldado se revolvió contra mí, levantó su espada y… sus ojos expresaron todo el odio, el daño, el terror, la sorpresa que le produjo la terrible cuchillada que descargué contra su hombro derecho. El viejo y la niña desaparecieron por una poterna situada al fondo de la sala. Yo di alcance a mis compañeros, cerca del arrabal, en la embarrada ribera del Guadiana.

Tobías me volvió a mirar, zanjando con aquella mirada cualquier pregunta que me quedara por formularle en relación con el aquel suceso.

—Avanzaba el mes de julio y en nuestro rápido movimiento hacia el sur…

—Dejadme, Tobías, que os cuente mi versión… ¿Os place? —pidió Mateo.

—Si, si, señor —respondió Tobías.

Me di cuenta de los centenares de veces que el alcaide habría relatado aquellos sucesos, por tantas razones, gloriosos para la cristiandad. Y cuántos de ellos se los habría repetido a sí mismo, en la soledad y silencio de aquel apartado destino. El alcaide relató pormenorizados detalles de la batalla; la superioridad numérica de las tropas de Al-Ándalus, acrecentadas en sus alas por las formidables formaciones de las fuerzas almohades, recién derramadas por todo el territorio musulmán.

---

[22] La Calatrava musulmana.

—Yo estaba con la tropa del señor de Vizcaya, Lope Diaz de Haro, y asistí al derrumbe de los esclavos de la Guardia Negra del califa Miramamolín, así llamado Muhammad An-Nasir. Encadenados los guardias y fijadas las cadenas al suelo, protegían la tienda del califa sin posibilidad de escape: fueron masacrados, y las huestes del rey navarro llevaron a éste las cadenas. An-Nassir logró huir en dirección al sur. Calló el alcaide, tal vez evocando en silencio tan extraordinaria victoria a la que en mayor o menor medida le cupo la gloria de contribuir.

Tobías se sintió en la obligación de rendir homenaje a los compatriotas que, de una u otra forma, colaboraron en tan extraordinaria victoria, porque tomó la palabra y exclamó:

—Puesto que hemos denostado, con toda razón, señor alcaide, la cobarde acción de los ultramontanos, permitidme que cite como justo testimonio la colaboración de los Caballeros de Malta, los soldados lusitanos (aunque no acudiera el Rey Alfonso de Portugal) y las mesnadas de los obispos de Narbona, Burdeos y Nantes...

—Recordado queda, Tobías: y es de justicia. ¿Qué ocurrió después? En cuanto a mí se refiere, regresé a Huesca, al servicio del rey, y allí permanecí hasta que en 1216 falleció el gran Papa, Inocencio III. El nuevo Papa, Honorio, propició la quinta cruzada, que había sido aprobada por el papa Inocencio. Embarqué con unos contingentes aragoneses. Llegamos a Acre en 1217... Bajo el mando de Oliver de Colonia, sitiamos el puerto de Damietta, en condiciones tan penosas que, si bien logramos conquistarlo, ello fue a costa de la pérdida de muchas vidas: de los cruzados y de nuestros enemigos... Yo fui herido... No tan leve que pudiera seguir luchando, ni tan grave que no pudiera ser embarcado en una nave veneciana y devuelto a Italia. Regresé a Huesca, y allí permanecí hasta que el rey Jaime inició la penetración por estas tierras. Me trajo con él y, reconquistado este litoral, me encargó esta senescalía... Espero que muy pronto me dé licencia para regresar a morir a mi tierra del Sobrarbe.

—Don Jaime… —dije como meditando—. Parece que nuestro señor quedó huérfano muy niño. Había sido rehén de Simón de Monfort, hasta que los caballeros aragoneses y el Papa reclamaron su libertad. Conseguida ésta, fue puesto bajo la tutela de los templarios, en su castillo de Monzón. Hasta los nueve años en que fue coronado Rey.

—Estáis bien informado, Simón. Y vos, Tobías, ¿qué hicisteis tras la gloriosa batalla de las Navas?

—De mí puedo deciros —empezó a relatar Tobías—, que seguí al rey, a uña de caballo, en dirección al Languedoc. El conde de Tolosa era entonces vasallo de Aragón, y las apetencias territoriales del rey franco consiguieron que el papa Inocencio aceptara la cruzada contra el conde, bajo la excusa de la lucha contra la herejía cátara, a la que el conde brindaba protección. Las fuerzas reales fueron puestas al mando de Simón de Monfort. Contra los deseos del Papa, D. Pedro II se dispuso a defender a su vasallo. No fue óbice para que así ocurriera el que el rey hubiera sido ungido por el papa, con pago de vasallaje. Llegamos con las tropas a las cercanías de Tolosa. El rey se encontraba seguro de su victoria…, y esto fue su ruina. Lanzó sus fuerzas contra Tolosa pero, cerca, en los alrededores de Muret, una lanza acabó con su vida. Se dice que el rey fue víctima de un engaño de Simón, pero nada fue probado… Mi grupo andaba cerca. Hicimos parihuela con cuatro picas, y llevamos lo que ya era cadáver al lugar que nos indicó un soldado de la zona: los Hospitalarios de Tolosa, donde no sé si todavía reposan…

—No, Tobías. En 1217, por mandato de D. Jaime a la sazón rey de Aragón, de nueve años de edad, se trajeron los restos del rey Pedro al panteón real de Santa María de Sigena, en Huesca, donde esperamos goce del eterno descanso…

Mateo calló. Esperaba tal vez la anuencia de Tobías, quien en un tono como ausente, casi recitó:

—Santa María de Sigena. Vamos a ponernos a disposición de mi antiguo compañero, Eric el Normando, por él mismo reclamados. Por su extraordinario valor y entrega, en aquellos duros días de las batallas al sur de Toledo, mi amigo fue premiado por el rey con una senescalía en un territorio sito al norte de Jaca. Y ahora que conocemos por vos, señor alcaide, el lugar de reposo de los restos del buen rey Pedro, nos detendremos en Huesca a rendirle nuestro postrer homenaje.

—Rogad también en mi nombre, Tobías —pidió el alcaide, para agregar haciendo un gesto con la mano para que se acercase el joven sirviente que aguardaba al fondo de la sala—. Pero ahora, cenaremos. La cena en estas soledades la celebramos antes de media tarde…

—Nos gustaría, señor alcaide, no procuraros más molestias de las que ya os hemos causado —dijo Tobías con tono compungido. Yo interpreté de inmediato que alguna treta estaba hilvanando mi amigo para que su rechazo de alimentos prohibidos por nuestra fe no fuera interpretada como signo de nuestra condición. Sin apenas transición, agregó Tobías:

—Lo cierto es, que la extraña dolencia que arrastro desde los viejos tiempos de campaña, no me permite digerir alimentos de pesada digestión. Me alimento de verduras, frutas, pescado, tortas de harina y ocasionalmente, un poco de vino aguado.

Tobías terminó este último alegato con una estruendosa carcajada, saeta que siempre tenía emballestada, y que tan buenos resultados le daba.

El alcaide levantó la mano, sonrió y manifestó a su vez:

—¡Ah, amigo!, que los años son nuestro peor enemigo… o nuestro mejor guardián, según se mire… Tampoco yo, a mis sesenta y tres años, puedo holgarme con mejores viandas. Pero, creedme si os digo que los productos que habéis citado no pueden encontrar en huerta alguna del mundo la excelencia que aquí nos ofrecen. Los musulmanes, al menos, nos han legado estos primores de sus huertas... Pero vuestro ayudante, Simón...

—¡Ay de mí, señor, que los años de andanzas por esos mundos al lado de este caballero, comiendo su comida, bebiendo el agua de su vino, durmiendo en blandos lechos o sobre rocas, bajo las estrellas, han conformado de tal modo mis tolerancias y mis apetencias, que milagro sería que yo no muriera de un empacho de conejo, si a tal lisonja de los sentidos me atreviese a abandonarme...

Celebraron mi "salida" los presentes, y Mateo indicó al joven que sirviese la cena habitual, aumentada, convenientemente, para atender al inusual número de comensales. Se sentó a la mesa invitándonos a que hiciésemos lo propio a su lado y junto al cordial capitán de la guardia. La locuacidad de Mateo, no daba respiro. Ciertamente, estaba emocionado con unos visitantes que, a la vez que romper la monótona soledad de sus días, habían sido compañeros en aquellas gloriosas batallas de reconquista evocadas aquella tarde.

—Mañana es domingo. Podríais acompañarme a la misa que un religioso del lugar celebra en el castillo todas las fiestas de guardar —invitó Mateo con cierta alegría

—¿Mañana ya es domingo? —soltó Tobías sobresaltado.

—Así es, claro... ¿No lo sabíais?

—Los largos viajes nos hacen perder un poco el sentido del tiempo... Pero, es que yo estaba convencido de que hoy era viernes. ¿Y tú, Simón?... ¿Ha pasado ya una semana desde nuestra última misa, en Ibiza?

—Yo no sé en qué día estamos —dije con cierto aplomo, para no comprometer la treta que sin duda estaba urdiendo Tobías—. Pero, sí, hoy debe ser sábado...

—Podríamos asistir a esa misa, Simón —dijo mi amigo.

—Como vos queráis, señor—asentí humildemente.

—De todas formas tendríamos que detenernos en cualquier pueblo del camino para cumplir con el precepto —remachó Tobías, llenándome de una zozobra indescriptible. Luego, agregó—: ¿A qué hora celebra la misa el hermano?

—Bueno, primero celebra la misa en el pueblo, a prima; después asiste a los enfermos, en el pueblo y en alguna alquería; sube luego hasta el castillo, celebra la misa, y come conmigo y con mi lugarteniente.

—¡Ah, qué pena! —exclamó Tobías en un tono de sincera contrariedad—. Te diré lo que haremos, Simón —y dirigiéndose a Mateo le sugirió—: Estamos ya tan demorados por culpa del tiempo perdido en Ibiza, y luego en Formentera, y luego buscando un mercado o venta para adquirir los caballos… Vos, señor, me habéis dado la solución. Nos levantaremos al alba; regresaremos a Gandía con nuestras pertenencias, acudiremos a la misa, y sin pérdida de tiempo proseguiremos el viaje —y sin dar tiempo a Mateo para que planteara contradicción alguna, preguntó con ostensible interés—: Ya sabéis, D. Mateo, nuestro último destino; decidnos, ¿cuál es la ruta inmediata más conveniente que desde Gandía, después de oír la Santa Misa, debemos seguir?

—Desde Gandía o desde aquí, vuestro próximo destino debe ser Al-Yazirat Suquar.[23] Desde Gandía, podréis seguir el camino que os trajo a este castillo; seguiréis bordeando estas sierras y en poco tiempo os encontraréis, a la izquierda mano, a la entrada de un profundo y magnífico valle. Es el valle de Alfandech. Al fondo, se abre el camino que sin posibilidad de pérdida os conducirá a la villa indicada, predilecta de nuestra triunfante majestad D. Jaime… ¿Sabíais que D. Jaime eligió Al-Yazirat para completar la conquista de Valencia? Cuenta, lo que ya es una divulgada leyenda, que el ejército de D.Jaime se encontraba limitado en sus movimientos por el cinturón del Xúcar, ese río que dificulta un ágil tránsito entre el norte y el sur de las tierras que deseaba

---

[23] Alzira.

conquistar. Los soldados de la avanzadilla habían apresado a un viejo musulmán, que conducía un carro arrastrado por un rocín de imponente alzada. El hombre manifestó que sólo era un pobre hortelano de Corbera que trasladaba sus verduras al mercado de Swêqa.[24] "¿Hay barcazas en la orilla del río, tan grandes que puedan transportar vuestro carro, y vuestro enorme caballo, a la otra orilla?" —demandó escéptico el capitán. "No, gran señor. El viejo puente es sólido"… —respondió el musulmán un tanto sorprendido por la pregunta del soldado. "¿Puente? ¿Qué puente?" —demandó vivamente interesado el capitán, volviendo la mirada hacia los soldados a su lado. "Al-Yazirat Suquar, señor. No existe otro en muchas leguas al norte, sobre el río…, si es que existe otro. ¡Gracias sean dadas al cielo por ser navegable con medianas barcas hasta Gujera!".[25] Y la leyenda se hace santa cuando agrega que, tan pronto hubo pronunciado el viejo las últimas palabras, desaparecieron rocín, carro y musulmán, y sobre la rama de un viejo almez que crecía en el mismísimo borde del camino, un pájaro inició un melodioso trino, que a todos dejó el ánimo en suspenso, emprendiendo seguidamente el vuelo hacia las alturas… Nadie se ha atrevido nunca a reconocer en el ave la intervención de Sant Bernat,[26] ni tampoco yo lo haré, pero es un rumor que hasta mí ha llegado y como tal lo rumoreo… Una vez en Al-Yazirat, os darán cuenta del camino en dirección a la gran villa de Requena, también conquistada por mi señor, pero cedida a su yerno, el castellano Alfonso el Décimo. Y luego, un

---

[24] Sueca.

[25] Así denominada Cullera (Valencia) en el Poema de Mio Cid. Colla-Aeria en la Hispania romana.

[26] San Bernardo de Alzira: Carlet: 1135 - Alzira: 1181. Ibn Ahmet Al-Mansur. Noble musulmán. Se convirtió al cristianismo, así como sus dos hermanas Zaida y Soraya. Adoptaron los nombres de Bernardo, María y Gracia, respectivamente. Perseguidos por su hermano, fueron apresados y muertos en 1181, en Alzira, en el lugar que luego mandaría construir una capilla dedicada a los mártires Jaime I, tras la conquista de Alzira, en 1242.

largo camino hasta Mora; y, ¡por fin, Caspe y el Ebro! ¡El gran río ciñendo el valle!... ¡Y no digo más, señores! —terminó Mateo su largo parlamento con la emoción que destilaba la evocación de su patria. Pero, tras un grave silencio por parte de los tres, Mateo se repuso y retomó la palabra.

—Hay otro camino desde Gandía, sin pasar por aquí. Pero, es muy abrupto y no os lo recomiendo.

Con las debidas licencias y parabienes, nos retiramos a la sala que nos habían reservado. Era ésta suficiente para los camastros que había instalado, bajo dos aberturas cubiertas por sendos lienzos espesos. La luz menguante de la tarde mantenía en semipenumbra la sala.

Pedí permiso a Tobías para encender y mantener encendidas las velas que en una buena cantidad había en una pequeña alhacena practicada en la pared. Tenía necesidad de continuar la crónica de los últimos acontecimientos, y así lo expresé a Tobías. Pasé una buena parte de la noche en tal menester, mientras mi hermano dormía plácidamente, regalándome con el casi continuo miserere de su extrañísima forma de roncar.

CAPÍTULO VI

BRUNO PISANO. ZÓLTER DE NUEVO

Era ya noche cerrada, o alta madrugada, o sería el alba blanquecina la que había arrancado de la garganta de Tobías la postrer letanía de ronquidos, cuando mi amigo sacudió mi sueño con un, para su fuerza, leve zarandeo de mi cuerpo.

—¿Sabes lo que haremos, Simón? —inquirió Tobías mientras recogía sus cosas. Mi respuesta correcta sería la siguiente: "Llegar a Gandía, saludar al religioso en nombre del alcaide, y haciendo de la necesidad virtud, oír su misa y bebernos el pote de leche o vino con que, sin duda, querrá obsequiarnos." Pero, dado el empeño con que siempre estáis dispuesto a sorprenderme, sólo diré, para no equivocarme. "Sí, Tobías… haremos eso que estáis pensando."

Tobías rió de buena gana mis palabras y, sin dejar de sonreír, continuó la exposición reflexiva de su propuesta. Tal vez, lo que había estado haciendo mi amigo no era roncar, sino expeler los detritus de sus oníricas cavilaciones.

—El cura subirá al castillo al mediodía… Lo primero que hará el alcaide, será preguntar por nosotros… No podemos mentirle ni defraudarle después de la acogida que nos ha dispensado. Es natural de Aragón y dada su edad es posible que en poco tiempo regrese a la villa de su nacimiento… ¡Ya le habéis oído!… Necesitaremos amigos en Aragón… Iremos a Gandía, despertaremos al religioso y (mucho mejor si nos abre la puerta algún sirviente) le diremos que nos proponíamos acudir a su misa, pero que nos veíamos obligados a seguir nuestro camino. Que contase al alcaide la indisposición que os había sobrevenido aquella noche, Simón, y que habíamos decidido salir cuanto antes hacia Al-Yazirat, donde seguro que encontraríamos un buen físico…

—Así que, hermano, soy yo el enfermo…

Tomamos nuestros pertrechos y caballos y, estábamos dispuestos a franquear el portalón de la muralla, cuando desde el adarve oímos que alguien nos llamaba en voz baja. Miramos hacia arriba y el capitán estaba ya a nuestro lado. Nos deseó un buen viaje en santa compaña. Le manifestamos nuestra intención de acudir a la misa, en Gandía, y regresar para seguir nuestro viaje por el valle de Alfandech. Pero que no nos detendríamos en el castillo, puesto que Simón necesitaba contactar en Al-Yazirat con un médico. Y agregó rápidamente, para no dar tiempo a pensar al capitán:

—No es dolencia que no pueda esperar, pero no es conveniente que sea demasiado larga la espera… ¿Conocéis Al-Yazirat? ¿Tardaremos mucho tiempo en llegar? ¿A cuántas leguas se encuentra?

—A siete leguas, creo, señor… ¿Puedo ayudar en algo? —ofreció apresuradamente el capitán, por cuanto continuábamos andando hacia el camino de descenso, sonriendo al capitán, y repitiendo una y mil veces nuestro agradecimiento por su gratísima acogida.

Llegamos al pueblo y encontramos lo que sin duda era ermita, iglesia o capilla a la que había adosada una pequeña construcción de piedra. Yo permanecí sin descabalgar, con el rostro cubierto por la capa. La noche amainaba, pero todavía hacía proyectar densas sombras a los aleros de las casas y en el cielo brillaban las estrellas, corte insigne de una luna llena que se resistía a continuar su marcha hacia el oeste.

El aldabonazo propinado por Tobías en la pequeña puerta de madera resonó formidable. Pronto asomó su rostro un viejo, con gorro de dormir, que preguntó, sin inquirir el santo y seña del intruso, quién necesitaba el viático, las preces del bien morir.

—Nadie, señor rector —dijo Tobías en voz baja, firme y en tono conciliador—. Nadie. Somos viajeros acogidos por el noble alcaide de Bairén y, puesto que hoy es domingo, nos aprestábamos a oír la santa misa. Pero ved que mi acompañante necesita de los servicio de un médico y nos dirigimos a Al-Yazirat donde esperamos hallar cumplida asistencia... No hemos querido reemprender la marcha sin pediros vuestra dispensa. Humildemente os la pedimos...

—No soy el rector, señor. El rector está algo indispuesto y no sé yo si estará en condiciones de llevar a cabo su habitual ministerio...

En ese momento se oyó en voz queda la requisitoria de alguien que, desde el interior, preguntaba lo que ocurría.

—Descansad, señor rector —respondió quien, al parecer, era sirviente—. No ocurre nada. Son dos viajeros acogidos por D. Mateo que desean solicitaros dispensa por no poder quedarse a asistir a vuestra misa.

—Buenos cristianos serán, Roque, si a tan temprana hora se molestan en pedir la venia de la Iglesia... —replicó, más animada, la voz del oculto rector... Si se dirigen a Al-Yazirat como dicen, sin duda podrán acudir allí al santo oficio.

—Déle estos dineros al señor rector para sus obras pías —agregó Tobías, mientras daba unas monedas al criado, en un tono de voz algo más alto y transmitiendo al clérigo el saludo que por su intermedio le mandaba el alcaide. Montó a caballo, me hizo un gesto y salimos disparados hacia el camino de vuelta hacia el castillo, en busca del valle de Alfandech.

No estábamos solos en el camino: a poca distancia, delante de nosotros, cabalgaban lo que sin duda eran soldados. Soldados ultramontanos a buen seguro, por sus vestidos y los arreos de los caballos. Refrenamos el raudo galope de nuestras monturas, y dejamos que los soldados se distanciaran... Al pié del castillo, a la entrada del camino, los caballeros aparecieron detenidos por la ronda del capitán. Nadie había desmontado, y estaban manteniendo una difícil conversación, motivada por sus diferentes idiomas. Se trataba de cuatro caballeros. Nos acercamos, y Tobías saludó en el romance latino de las tierras toscanas de las riberas del Arno, que yo entendía muy bien. Se prestó a servir de intérprete, y cual no sería mi sorpresa cuando distinguí, tratando de ocultarse bajo la capucha, al que sin duda era nuestro conocido marinero Zólter, Tonio, Lucas... o como realmente se llamara... No dije nada; aparté lentamente mi caballo del camino, situándolo al lado de la montura del capitán.

Interpreté que los soldados venían del sur, como nosotros, procedentes de la isla de Ibiza, y se dirigían a Castilla.

—¿Castilla? Muy grande territorio —exclamó el capitán—. ¿Vais alistados como caballeros de fortuna?

—No, capitán —respondió el que parecía cabeza de la partida—. Formamos parte de la avanzadilla que nuestra patria, Pisa, se ha dignado dirigir a Medinaceli, donde se encuentra el Rey Alfonso. Nuestras autoridades esperan conseguir que el rey castellano acepte la corona del imperio germánico, durante tanto tiempo vacante, como nieto del anterior emperador, el gran Federico el segundo...

—No todos vosotros sois pisanos....

Estaba claro que Tobías se había percatado de la presencia de Zólter, a pesar de la media luz de la madrugada.

—Efectivamente... —respondió el cabecilla mostrando una ligera sorpresa._ ¿Cómo lo habéis adivinado? En Ibiza se nos ha unido este soldado... —y señaló a Zólter con el brazo extendido—. Es del Languedoc, entiende casi todos los romances del sur y puede sernos de utilidad...

—Bien hallado, Zólter… Espero que sirváis bien a estos nobles caballeros —se dirigió Tobías al viejo conocido, con una amplia sonrisa.

—No lo dudéis —respondió el interpelado sin hacer amago de salir de su posición.

—¿Porqué le habéis llamado Zólter? —preguntó el jefe de la partida.

—Bueno —respondió Tobías con una media sonrisa—. Yo llamo Zólter a todos los francos del sur… Tuve un buen compañero en Tolosa que se llamaba así.

—No somos francos, los del sur… —intervino Zólter.

—Ya lo sé —replicó Tobías—, pero es una vieja costumbre que no creo pueda ofender a nadie…

El capitán de la ronda se creyó en la obligación de acabar con esta no demasiado amable conversación, por cuanto había observado una cierta acritud en el tono de las palabras de Zólter.

—Puesto que os dirigís a Castilla y estos caballeros, Tobías y Simón, tienen la intención de hacerlo a Aragón… podrá seros de utilidad hacer juntos buena parte del camino —indicó el capitán. Tobías se adelantó a cualquier conjetura que pudiera hacer el cabecilla y respondió de inmediato.

—Es una buena idea, capitán. Y la estimamos en lo que vale, que es mucho. Pero hemos de hacer noche, seguramente, en Al-Yazirat, por los motivos de salud que conocéis y luego desviarnos hacia el este, de inmediato. Nuestros amigos deberán tomar caminos hacia el oeste tan pronto como puedan, si han de alcanzar el occidente aragonés en el menor tiempo posible…

—Eso es cierto —intervino el pisano—, y tal vez nuestras costumbres de marcha y propósitos difieran demasiado de los de estos caballeros.

—Como gustéis… —concluyó el capitán.

—Nos despedimos aquí —dijo Tobías haciendo ademán de poner al galope a su caballo—; no sin antes daros las gracias por todas vuestras atenciones, y rogándoos que reiteréis nuestro agradecimiento y afecto a don Mateo…

Seguí a Tobías sin azuzar demasiado a mi caballo y al pronto cabalgaba detrás de él en dirección al norte. No pasó mucho tiempo antes de encontrarnos a la entrada de lo que sin duda era el valle que nos habían anunciado en Bairén. Seguimos el camino que bordeaba la sierra; muy pronto el camino abandonaba ésta y se dirigía al noreste a través de campos de labor y acequias, en los que se mostraba mano de musulmán… A mediodía, nos encontramos al final del valle, en el inicio de un paso entre dos cerros. Seguimos adelante para, a poco, distinguir lo que se nos dijo eran los arrabales de Al-Yazirat.

—Ésta, Simón, es la villa preferida por el bravo rey Jaime, por los magníficos servicios que le prestó durante la reconquista de estas tierras del Reino de Valencia. Cruzamos el puente, sin detenernos en la villa, y seguimos la dirección que, según fuimos informados, conducía a Requena. Ya tarde, nos encontramos a las puertas de una venta. Determinamos detenernos con el fin de cenar y pasar la noche en ella.

La noche estaba algo fría; una intensa humedad nos tenía ateridos los miembros.

Mediada la cena, por el ancho portalón aparecieron los soldados pisanos. Se apresuraron a acercarse a la larga mesa que habíamos ocupado.

—¡A fe de buen pisano, que es grato el encuentro! —exclamó el jefe de la partida.

Zólter se colocó a su lado, a medias protegido por el cuerpo del cabecilla y compuso una desvaída sonrisa.

—Estamos condenados a encontrarnos mucha veces últimamente, Tobías-Wilhem —espetó Zólter sin dejar de protegerse tras el cuerpo de su capitán.

Éste volvió la mirada a su soldado; luego la dirigió a Tobías y, por fin, exclamó:

–¡Ya me pareció que os conocíais de viejo!

–Sólo nos queda una vez para que volvamos a encontrarnos, capitán… Este bastardo me debe una, desde los tiempos lejanos en que los dos éramos dos jóvenes soldados… Una afrenta, y una cuchillada dada a traición que casi me transporta al infierno… –Zólter se iba animando a medida que hablaba; de un manotazo retiró capa, jubón y camisa y dejó al descubierto la calamitosa cicatriz que, con los años, había ganado lustre y presencia, según apreciación de Tobías.

–No creo sea ahora tiempo y lugar para convencer a estos señores de lo mendaz y traidor que, en todos los días de su vida, ha llegado a ser el amigo… Mendacidad y traición que al parecer ha cultivado con mimo y que cada día se muestran más acendradas… Mi palabra contra la tuya, Zólter, Lucas, Tonio… Pero tenemos al alcance un buen idioma: ese que todo caballero conoce y respeta… Tobías adelantó unos pasos, y se dirigió al capitán con una severidad en el rostro como nunca le había yo visto.

–Este hijo de perra es el más vil de los cachorros de perra. No voy a contaros la minucia de esta afirmación. La creeríais o no; no tendríais por qué creerla ni por qué dudar de ella. Puesto que a esta alimaña y a mí corresponde acabar con este largo asunto, dejadnos capitán que nuestras armas digan nuestras verdades.

Observé un temblor bajo los bigotes de Zólter, temblor que trasladaba a sus hirsutos extremos.

–¿Qué proponéis, señor…? –preguntó mosqueado el capitán.

–Reto a muerte a Zólter. Con espada, lanza, puñal, honda, saeta, sable, alfanje o cimitarra…; con cualquier medio, y en cualquiera de las circunstancias que elija nuestro afrentado bellaco… Cualquier arma que elija…, excepto la más perversa de todas, no tanto porque de ella sea nuestro amigo el más experto y consumado muñidor…, sino por ser el mayor oprobio en que pueda caer todo cristiano: la calumnia.

—¿Qué decís, Bertrand? —demandó el capitán al antiguo Zólter, Lucas, Tonio…

Por toda respuesta, Zólter desenvainó su espada —un viejo alfanje de hoja reluciente, con el doble filo de su punta que, incluso para un profano, podía verse que estaba recién aguzado—. Lo levantó por encima de su cabeza, con ambas manos, y lo hizo caer con todas sus fuerzas buscando la cabeza de Tobías.

Apenas pudimos percatarnos de la acción del individuo. Tobías tuvo tiempo de dar un paso atrás, trastabillando y cayendo pesadamente al suelo. El capitán desenvainó su sable, propinando por su parte convexa tal golpe sobre la cabeza de Zólter, que éste soltó su alfanje, se llevó ambas manos a su indigna testa y cayó de bruces sobre la mesa.

—Te has denunciado, amigo —le reconvino el capitán.

Yo me había apresurado a lanzarme en socorro de Tobías, pero éste se levantó presto, con su daga empuñada, permaneciendo en jarras mientras contemplaba la derrumbada figura de su ya excesivamente antiguo e innoble contendiente.

—¿Lo mataréis? —demandó el capitán.

—Si no se bate, no. No lo mataré, si no es en duelo.

Los soldados ayudaron a levantarse del suelo a Zólter. Éste recuperó su alfanje, se dirigió hacia la puerta y desapareció tras ella. Se oyó el galopar de un caballo, cuyo sonido fue apagándose poco a poco. Salimos al ejido. Pudimos todavía distinguir la figura de caballo y caballero, empequeñecida por la creciente distancia hasta desaparecer tras un recodo del camino.

—Volvamos adentro —pidió el capitán.

Nos dispusimos a continuar con nuestra cena; el capitán y sus hombres pidieron la suya al ventero.

Tobías se sintió en la obligación de relatar al capitán lo acontecido con Zólter en la conquista de Calatrava.

—Dijisteis que procedéis de Pisa —demandó Tobías tras su relato de aquellos hechos.

—Así es: somos de Pisa: esa próspera república tan odiada por casi todas las restantes repúblicas italianas... Nuestra independiente condición de gibelinos no se aviene con lo que desea el papa Alejandro y sus aprovechados güelfos. Nuestros gobernantes desean entregar la corona del imperio al rey castellano Alfonso X. No es sólo por su derecho hereditario. Es, sobre todo, por la implacable lucha que han venido manteniendo los pontífices por elevar su autarquía al ámbito de lo temporal...

—No entiendo mucho de esas cuestiones, pero ¿puede realmente Pisa disponer de la corona del imperio? —demandó Tobías.

—No —se apresuró a responder el capitán—. Tampoco el papa Alejandro, ni papa alguno. Federico II luchó siempre por la independencia de los electores, y se encontró con anatemas y excomuniones. Nosotros no queremos quitar o poner reyes..., pero lo que sí queremos es que al fin pueda darse en este mundo al césar lo que es del césar; y a Dios, lo que es de Dios. No queremos que nuestra república acabe siendo, como se pretende, un vasallo de la curia.

—Ya veo que no estáis muy de acuerdo con la monarquía romana... —quiso fustigarlo Tobías con esa más que ingenua afirmación.

—No, no... No es eso. Reconocemos la autoridad papal en las cuestiones de nuestra común fe cristiana... Pero, precisamente, ese extralimitarse en sus ámbitos de autoridad puede que acabe o, al menos, constriña su indiscutible autoridad moral.

—A lo largo de mi ya dilatada existencia —expresó Tobías, como dando a entender que reflexionaba de pronto sobre unas cuestiones en las que no había reparado antes—, he asistido a muchos movimientos que en mayor o menor medida se apartaban del dogma romano... A lo largo de mis correrías por toda Europa, he tenido ocasión de cruzarme con antiguos soldados que abandonaron las armas para abrazar determinadas creencias.... He disputado con albigenses, publicanos ingleses, valdenses de Lyon, patarinos de Milán, bogomilos búlgaros, livonios teutónicos... y hasta conocí a un judío que se decía continuador de la mística esenia. ¿Ha conocido Pisa tal profusión de confesiones?

El capitán seguía la perorata de Tobías con un aparente interés. Se mesó con la derecha la pequeña barba rala que lo adornaba, clavando su mirada en los ojos de Tobías y exclamó sin vehemencia:

—Amigo Tobías: Pisa no hubiera podido protagonizar un Mont Aimé, ni un Beziers, ni un Montsegur... si es lo que deseáis saber. ¡Claro que han sido nuestros vecinos toda clase de creyentes! Pisa es una gran metrópolis. Nunca alentó la herejía, en absoluto, pero aprendió a convivir con ella... Pero es que tampoco tenía nada que ganar con su destrucción. Los francos querían, a toda costa, anexionarse los ricos ducados y condados... Aquitania, Lemosin, Languedoc, Provenza Lograron del papa Inocencio la convocatoria de la cruzada contra los cátaros. Todo fue una conjunción de intereses..., por mucho que el santo celo de los legados lo tiñeran todo con la púrpura del ya atávico "Dieus lo volt".

Tobías miraba al capitán con no sé si admiración o sorpresa...; y en un silencio del pisano, quiso indagar:

—Vos no sois un soldado: como entendemos corrientemente el serlo... El capitán sonrió. Había tomado asiento en el banco frontero al nuestro y sus hombres se estaban holgando, en otro banco, con la libación del vino que una joven ventera les había proporcionado en vidriadas jarras verdes.

—¡Ahora me siento como un soldado! —exclamó alborozado el mílite, para seguir en un tono contenido y de sosegada elocución—: En mi infancia tuve la fortuna de pertenecer a una próspera familia de comerciantes de mi ciudad. Mis padres encargaron mi educación a un mozárabe toledano llegado a Pisa con su familia. Era el año 1212, yo tenía diez de edad y Pisa constituía, junto a Venecia, Génova y Amalfi, el cuarteto de ciudades-república marítimas más importantes de Italia, y tal vez de todo el Mediterráneo. Mi maestro estuvo con nosotros hasta el 1219, año en que fue reclamado por la ilustre Escuela de Medicina de Salerno, tanto por el prestigio que había conseguido como médico, como por su condición de conocedor de los textos de medicina árabes y judíos, de los que había una extraordinaria dotación en la biblioteca de Montecasino, y traducciones al latín de Avicena, Averroes, Hipócrates, Galeno y Dioscórides... Mi maestro, Ildefonso Ahedo, que a la sazón contaba cuarenta y siete años de edad, quiso que le acompañara yo a Salerno, con el fin de que siguiera los estudios de medicina y derecho. Por aquellos años, mi padre había sufrido un terrible contratiempo: dos de sus mejores naves, que hacían la derrota de vuelta a Pisa desde el norte de Egipto, cargadas con las exclusivas y costosas mercaderías del comercio pisano, fueron atacadas y hundidas por piratas berberiscos, ya cerca de la costa sur occidental de Italia. Hundió a mi familia en una momentánea miseria, de la que no logró salir hasta pasada una década. Ahedo consiguió que la ciudad pagase mis estudios en Salerno, aduciendo mi capacidad y la buena preparación que de él mismo había yo recibido. Obtuve el plácet de médico y doctor en derecho. Unos años después, en 1231, el emperador Federico II, rey a la sazón de Sicilia, en la Constitución de Melfi consagró la supremacía de la licenciatura en medicina por la Escuela de Salerno, hasta tal punto, que ordenaba que sólo podía ejercer la medicina quien hubiera obtenido el diploma por nuestra Escuela Médica Salernitana... Olvidaba decir que mi nombre es Bruno Pisano y fui bautizado en el Duomo de Pisa.

Bruno, calló. Tobías siguió guardando silencio y de mí se apoderó un fuerte sentimiento de envidia y respeto por aquel caballero, paradigma de lo que yo hubiera deseado ser. Nos fue servida una cena a base de magníficas verduras, cereales y carne. Con disimulo fuimos apartando los trozos de carne que nos habían mezclado con el arroz. Bruno se dio cuenta, sin duda, de nuestro gesto, pero no dijo nada. Mientras comíamos, el pisano fue completando su biografía.

—De vuelta a casa, la República tuvo a bien servirse de mis conocimientos; mi familia se había recuperado del desastre, y mi maestro siguió residiendo en Salerno con su familia... excepto con su hija María, médico también por Salerno, amantísima esposa mía que se vino conmigo a Pisa, como era de razón y buenos principios... —terminó sonriendo.

—¿Médico? ¿María? ¿Una mujer? —exclamó incrédulo Tobías. Bruno lanzó una contenida carcajada y añadió—: Sí, una mujer. Una hermosa hispana de grandes ojos negros... La Escuela de Salerno era la única que admitía como alumnas y como profesoras a las mujeres... ¡Pero en fin!, decía que mi República contrató mis servicios y, ahora, con ocasión de haber decidido ofrecer al rey castellano la corona del imperio, me pidió que me adelantase hasta Medinaceli y comenzase los trámites de nuestra oferta. Me ofrecieron esta escolta de tres soldados y me invistieron con la categoría de capitán de tropa, ¡ya veis qué puedo saber yo de espadas, picas, rodelas, sables y cimitarras turcas! —apostilló sonriente. Terminada la cena, Bruno extremó su cordialidad, deseándonos una buena culminación de nuestro viaje y de nuestros propósitos. Dejó entrever que intuía la naturaleza de nuestras creencias, aunque tal vez no acertara a encasillarnos en una de las muchas que circulaban por Europa, porque introdujo en la despedida el siguiente comentario:

—Aragón es tierra tolerante, infinitamente más que Castilla. Deseo que los nobles, bajo los que deberéis vivir, respondan a esta estimación mía ¿Regresaréis a vuestra patria algún día?

Tobías meditó la respuesta; al cabo la dio cumplida, ayudando finalmente a que Bruno disipase cualquier duda que tuviese sobre nosotros.

—Junto a la Nueva Jerusalén plantaré mi cabaña. Voy a cumplir sesenta y tres años. Tal vez Simón empiece allí una nueva vida, para seguirla después por Dios sabe qué territorios y circunstancias... De mucha gente me ha llegado la noticia de una Nueva Jerusalén..., plasmación de la profetizada por el Apocalipsis de San Juan... ¿Es el tiempo de su advenimiento?... ¡Pero no quiero entreteneros más! Todos deberemos madrugar para seguir camino. Nosotros, yo al menos, regresaré por esta misma ruta... Traigo el encargo de mi ciudad de adquirir la mayor cantidad de papel de Xátiva que pueda transportar hasta el puerto de Denia.

—¿Papel de Xátiva...? —indagué yo.

—Los musulmanes introdujeron la fabricación de papel en Europa, cuya técnica conocieron en el extremo oriente. La primera fábrica la establecieron en dicha ciudad, capital de la *kora*[27] de su nombre, dependiente del califato de Córdoba. La calidad de su papel está reconocida en toda Europa —ilustró Bruno. Luego, hizo un gesto con la mano, nos dio las buenas noches, atendió a sus soldados, requirió la atención del ventero y desaparecieron escaleras arriba.

—Papel de Xátiva —dije yo como meditando—. ¿Estamos muy lejos de esa población? —me volví hacia Tobías reflejando en mis palabras y en mis ojos toda la emoción que me había acometido—. ¿Estamos muy lejos?

—No hay nada tan lejos que la vehemencia de un joven no pueda acortar a distancia asequible —me respondió Tobías, sonriendo—. Pero, ya sabes, Simón, el retraso que venimos acumulando. Ciertamente, no es perentoria nuestra llegada a Jaca... —y añadió cuidadosamente, mirándome a los ojos, al parecer tratando de vislumbrar el efecto que sus palabras hacían en mi ánimo—. Después de las experiencias que este viaje nos está haciendo vivir..., no sé si al final tendrás que responderte a algunas nuevas y turbadoras preguntas.

Le miré con desasosiego. No comprendía demasiado bien el sentido de su último comentario. O no quería comprenderlo.

---

[27] Provincia musulmana.

O lo comprendía cabalmente... Me limité a bajar los ojos y responder que desde niño estuve siempre asaltado por preguntas... Preguntas que casi nunca había sido capaz de discernir si las estaba respondiendo correctamente... Pero lo cierto es que la Medina-Xateba de los musulmanes apareció ante nuestros ojos, al sur, en el cerro frontero, presidida por un inmenso castillo almenado. La cinta de un cauce semivacío la limitaba en primer término. Y hacia allí nos dirigimos, espoleando a los caballos a lo largo de la extensa llanura que se abría ante nosotros, por un camino orillado de granados de untuosas hojas y esferas rojizas, pequeñas cabezas reales coronadas puestas bocabajo. No nos costó mucho trabajo encontrar los arrabales y, en ellos, varios talleres dedicados a la fabricación de papel. Se nos dijo, que Jaime I había concedido a los mudéjares la exclusiva de su fabricación, industria que había llegado a Xateba mucho antes de su conquista por los aragoneses, en 1244. Comprobé que el papel que nos ofrecieron era de mayor calidad que el que nosotros fabricábamos en Capoterra, en pequeñas cantidades, pero idéntico al que Marcons me había traído desde el mercado del pueblo, por lo que no tuve duda de que el papel que yo venía utilizando en mi crónica era de esta procedencia de Xateba.

El mudéjar que nos atendió, se extendió acerca de la calidad de su papel, de la perfección de su verjurado y del intensísimo comercio de que era objeto, tanto con la península e islas, como con el resto de países del continente.

El artesano se extendió en elucubraciones acerca de la penetración en Europa del papel de Medina. Xateba:

—Los más ilustres caballeros utilizan nuestro papel para escribir sus obras, desde Roger Bacon en Inglaterra y París, hasta los grandes Alberto y Tomás de Aquino y en todo el continente: Esto es, al menos, lo que nos indican los representantes de Génova, Pisa, Luca, Venecia..., para los que apenas podemos fabricar toda las cantidad que nos demandan... También nuestro rey

Jaime, por lo que sabemos, está dictando la crónica de las conquistas de Mallorca y Valencia, al parecer conocida como *Llibre dels Feits*,[28] escrita por los amanuenses en papel de nuestra aljama... Y, por favor –dijo fervorosamente el mudéjar en una transición de su discurso–, digan "Xátiva" cuando deseen nombrar a nuestro pueblo... Es el nombre que ha fijado nuestro Rey.

La ruta hacia Aragón se nos antojaba esquiva: Tobías diseñó en voz alta alternativas que fue desestimando. Recordaba muy bien el trazado que se había propuesto seguir, durante la preparación del viaje en Cerdeña. Pero, ahora, aquellas rutas se le antojaban largas, molestas, peligrosas... y sabía, con toda clase de certezas, que desde Xátiva podríamos seguir la antigua ruta romana, mejorada por Octavio, –por eso conocida por algunos como vía Augusta– hasta un punto de conexión con el jacobeo camino del Ebro. El mudéjar nos dijo que él había conocido bien el tramo desde Carmona, pero desconocía el proceloso mundo del norte... No obstante, el papelero se ofreció a hacer algunas averiguaciones, salió del obrador y regresó al cabo de un buen rato. Traía noticias aceptables.

–Deben sus señorías ir a Valencia, seguir hasta Murviedro y subir hacia Teruel... El camino podrán tomarlo en Caspe, junto al Ebro, y seguirlo hasta Huesca, sin pérdida alguna..., si logran sobrevivir a las cuadrillas de bandoleros... u otra clase de tropa que, en tan largo recorrido y con tan menguada guardia que les sirva, frecuentarán su andadura...

Salimos de Xátiva a media tarde. Tomamos la senda hacia Valencia; nos propusimos llegar tan cerca de la ciudad como nos lo permitieran las sombras de la noche.

---

[28] Libro de los Hechos del Rey D. Jaime. Crónicas de las conquistas y actuaciones de Jaime I el Conquistador. La copia a la que hemos tenido acceso está escrita en minúscula gótica, por desuso en la época, al parecer, de la carolina.

CAPÍTULO VII

LOPE. ESPIOCA

A aquellas horas de la tarde, no se distinguía un alma por caminos ni campos.

Nuestros caballos habían comido y descansado a su satisfacción, seguramente, porque nada dijeron y mantenían un trote ligero que se nos antojó "ejemplar". El campo aparecía salpicado de edificaciones huertanas, no excesivamente lejanas las unas de las otras. Los moros las llamaban *alqaríyya,* voz rápidamente asimilada como *alquería* por los cristianos. Fue avanzando la tarde; las primeras sombras comenzaron a poblar el entorno. Transitábamos por un largo tramo del camino, recto como un hilo tenso. Ya se distinguía las oscilantes luces procedentes de algunas alquerías. Se simultaneaban breves bosquecillos y campos de labor. No muy lejos del camino, giraba la gran rueda de un azud, haciendo sonar el continuo canto del agua al ser vertida por los cangilones de arcilla. Alcanzamos un recodo. Refrenamos el ímpetu de nuestros caballos para no dar en el suelo: habíamos percibido unos lamentos procedentes de nuestra derecha. Tobías puso pié a tierra, y me dio las riendas de su caballo. Yo lo seguí, manteniendo con firmeza las riendas de los dos. Los até presto en un parco cañaveral que distinguí al borde de una acequia que corría paralela al camino. Tobías me daba la espalda, agachado sobre lo que no tardé en distinguir era un ser humano. Me propuse ayudarlo. Me pareció un varón de avanzada edad. Entre los dos lo sacamos de la acequia, dejándolo boca arriba sobre la mullida hierba de la orilla. El hombre no cesaba de gemir, con una voz apagada. Tenía una herida en la frente. Había sido despojado de la prenda de abrigo que, sin duda, habría vestido sobre la camisa. Saqué una manta de las alforjas de mi montura y se la entregué a Tobías. La extendió sobre aquel cuerpo aterido, se puso de pie, fue hasta su caballo y extrajo el atado que yo conocía bien: su particular colección de milagreros remedios médicos. Llevó a la boca del hombre el gollete de un frasco. Debió tragar una buena parte de su contenido, porque Tobías, cuando lo retiró de la boca del herido, lo alzó a la altura de los ojos y movió la cabeza: le vi sonreír.El hombre pareció repuesto. Le hicimos montar a la grupa del caballo de Tobías, enfajado solidariamente con el cuerpo de éste, con un lienzo plegado, y nos propusimos detenernos en la primera posada a la que llegásemos.

Eso ocurrió una clara noche de principios de julio, con una luna redonda y blanca. Se mostraba como la más espaciosa y limpia posada que jamás habíamos visitado. Había algunos parroquianos sentados a las largas mesas; otros, zascandileaban alrededor de jóvenes sirvientas; y en el ambiente flotaba un aire de celebración, como hacía tiempo que no habíamos visto en venta alguna.

Ocupamos una mesa al fondo de la amplia estancia, y Tobías se dirigió en busca del ventero. Nuestro acogido pidió un poco de vino. Lo pedí a una de las jóvenes, rogándole que se diera prisa, por la necesidad en que se encontraba el viejo (así me lo parecía ahora), y pude gozar de la hermosura como de la diligencia de la zagala que, tal vez porque tenía preparadas varias, regresó rápidamente con una buena jarra de vino.

El hombre bebió ansiosamente. Yo lo observaba. Lucía pobladas cabellera y barba completamente canas. La piel de sus manos era asimismo blanquecina y aferraba el recipiente con largos, delgados y huesudos dedos.

Regresó Tobías a nuestra mesa. Había concertado los aposentos.

—¿Qué pasó? —solicitó Tobías.

—Apenas lo sé —respondió el anciano—. Viajábamos en nuestros caballos. José, mi asistente, delante. Yo, detrás. Alguien surgió de un cañaveral y noté un golpe en la frente. Caí del caballo y no pude recuperarme. Pero pude percibir cómo José huía al galope, camino adelante, perseguido por dos caballeros. Mi asistente llevaba en su caballo la mayor de nuestras alforjas, lucía una capa nueva con ancha capucha y tal vez pensaron los facinerosos que se les escapaba el botín... Me di cuenta de que me habían desprovisto de capa y resto de mi ropa, excepto de la camisa, y mi caballo había desaparecido. No sé si le dieron alcance y qué le ha ocurrido a mi acompañante... El resto es conocido por sus señorías.

—De momento, quedáis bajo nuestra pobre protección —manifestó Tobías, obsequioso.

—Gracias... No tengo dinero para pagar... —balbució el anciano—. Me lo han robado todo... Sus señorías me han salvado. ¿A quienes debo mi agradecimiento?

—Somos viajeros hacia el Alto Aragón, donde un alto senescal nos espera.

—Yo soy Lope, Lope Isidoro, de antigua estirpe de mozárabes, vengo de Toledo; voy en busca del camino de Santiago...

—Extraña ruta, D. Lope —manifestó Tobías.

—Sí, si no os aclaro que previamente deseo visitar a mi único hermano, Agustín, freire en el priorato de Valencia o en el de Burriana... Dada mi edad, esta será tal vez la única ocasión que me quede para abrazarle, después de quince años de habernos separado... Ya habéis comprobado que casi no lo consigo.

—Somos pobres viajeros, con escasos recursos, pero, si os avenís a compartir nuestras propias penurias, tal vez podamos dejaros salvo en Valencia, o en Burriana si ese fuera el destino de vuestro hermano... –Tobías me miró, como pidiéndome perdón por no haber contado con mi aquiescencia. Yo hice un gesto afirmativo con la cabeza y sonreí un poco, solo un poco, por la constatación de ser depositario de una bolsa cada vez más flaca.

–¡Dios proveerá y os pagará con creces!... –exclamó casi divertido Lope.

–Eso esperamos –afirmó rotundamente Tobías–. Todos nuestros afanes, desde hace muchos años, van dirigidos a obtener del Todopoderoso un pedacito de cielo...

–También en la tierra, pueden tener premio las buenas acciones...

Lope apartó un pliegue de la manta que le habíamos proporcionado, metió una mano bajo su camisa, a la altura de su cintura y mostró una bolsa blanca, plana, al parecer de lino embreado, cosida a la camisa.

–Son mandamientos de pago dirigidas a encomiendas templarias. Son dinero en el momento que las presente en cualquiera de ellas –sacó unas hojas dobladas de papel y las dio a leer a Tobías. Este las observó, leyó una de ellas y las devolvió a su dueño.

–¡Muchos dineros son éstos! –exclamó Tobías–. Pueden robároslos.

–No son nada, si los presenta un tercero... Los templarios han desarrollado unos códigos en forma de marca de verjurado y que hacen referencia a signos que los complementan, memorizados por el portador y que éste debe revelar al freire pagador... ¡Así transitan por todo el mundo ingentes cantidades de dinero, oro, plata, especias...!

–Y si alguien necesita disponer de una parte pequeña, mediana o grande de un mandamiento... ¿cómo se las arregla? –indagó Tobías.

–Siempre, en una encomienda. Nunca, fuera de ellas. Se dispone de una parte y se renueva el mandamiento por el resto. Nuevos códigos de verjurado y sus complementarios, a ser memorizados.

—¿Porqué nos habéis revelado vuestro secreto? —exclamó Tobías sin asomo de diversión en su semblante—. Podríamos obligaros a que nos confiarais los complementarios, robar los mandamientos…, y luego mataros o simplemente abandonaros a vuestra suerte.

—Podríais hacer casi todas esas cosas…

—¿Casi todas?

—Todas las que habéis detallado… dependientes de vuestra voluntad. Pero, en modo alguno, la que depende de la mía: revelaros el complementario. Ni bajo amenaza de tortura o de muerte. Por otra parte, me han salvado la vida; están dispuestos a darme comida y alojamiento a sabiendas de que yo no iba a poder pagar la cuenta. ¿Por qué iban a matarme?

—No; no deseamos sus bienes —quise adelantarme a Tobías, aunque solo para que el anciano no creyese que era yo mudo. Y, para adentrarme en el conocimiento de todos los aspectos que pudieran ser de interés para la modesta y real crónica de mi tiempo y andadura, me permití preguntar a nuestro acompañante:

—Permitidme que os pregunte, cómo se compaginan los mandamientos de pago con la diversidad de monedas acuñadas por las diferentes cecas, de diferentes composición y valor…

El anciano volvió hacia mí su mirada y sonrió.

—Sepan, que las monedas principales se acuñan en determinadas proporciones; que la Orden tiene establecidas tablas de equivalencia, con los valores de las monedas en curso en los diferentes reinos. Los valores se establecen atendiendo al valor de las partes de cobre y de plata que intervienen en las respectivas acuñaciones. Hay otros aspectos que no vale la pena detallar. Os baste saber que en cada encomienda puedo conseguir el importe de la moneda local, equivalente a la indicada por los mandamientos. Mis mandamientos van extendidos en *sous*[29] *de Valencia,* por el inicial destino que os he indicado antes.

Una de las doncellas se acercó a nuestra mesa con una bandeja conteniendo tres escudillas humeantes, una cesta con pan moreno, una banasta con frutas, una gran fuente colmada de ensalada, una gran jarra vidriada y tres potes de barro. Dejó la batea sobre la mesa y animó a que nos sirviéramos. Nuestro convidado removió su escudilla: sólo halló sopa, trozos de pan, ajos…

—¡Bonita aventura! —dijo el hombre, sonriendo— ¡Vuestras mercedes parece que vienen, trabajosamente, de lejos!...

Tobías y yo mismo aparentamos sorprendernos, como indicando que no entendíamos sus palabras…

—¡No, no —agregó el viejo—, yo tampoco como carne!... —y agregó bajando la voz— Pero, seguramente, yo no la como por motivos diferentes a los de vuestras mercedes. Cambió de tono, esbozó una media carcajada cristalina y dijo:

—No, amigos, no deben responderme si no desean hacerlo.

—Me parece, señor —replicó Tobías—, que, bien comidos y mejor bebidos, podremos hablar luego de todas las cosas. Tomó un pote de vino, lo levantó en un gesto de brindis y lo llevó a su boca. Luego, agregó:

—"Este vino es la esencia, no la existencia: ésta sale del trabajo de la tierra y del hombre; y aquélla es emanación del Supremo". Quedé anonadado por estas filosofías de Tobías; yo estaba seguro de que formaban parte de un plan destinado a no sé si al acercamiento o alejamiento de los pensamientos que, respecto a nosotros, pudiera estar incubando Lope…

---

[29] (Sueldos). Moneda de cuenta en el Reino de Valencia desde 1247 = Lliura y Sous. 1 lliura = 20 sous = 240 diners o reals. (¿Les suena lo de 1 libra = 20 chelines = 240 peniques del sistema monetario inglés hasta finales del siglo XX?). Moneda denominada de tern por su aleación: 2/3 de cobre y 1/3 de plata.

El anciano se quedó mirando fijamente el rostro de aquel robusto viajero... Dejó en silencio que Tobías se levantara y nos animara a brindar con él. Ambos, tomamos nuestro respectivo pote y bebimos en silencio.

—Aceptable vino... Aristóteles ha llegado también a vuestra sensibilidad —dijo el anciano mientras se sentaba—. "Esencia y existencia" —pontificó— ...Platón está siendo sustituido, en nuestros días, por Aristóteles. Observó la mirada de Tobías y afirmó con cierta rotundidad: —Sois algo más que viajeros corrientes; trotamundos sin origen ni destino... ¿Un *perfecto,* acaso, y un *auditor?*

—¡No solo los años pueden dar... la perspicacia que mostráis! —exclamó Tobías, sin asomo de sonrisa en sus labios—. ¡Perspicacia! —se apresuró a replicar el anciano, con severidad en el rostro y agitando las manos en círculo como queriendo abarcar un todo—. Llevo desde mi juventud devanándome los sesos tratando de descubrir la verdad de nuestro origen, de nuestro destino y de las creencias y prácticas verdaderas a través de las que alcanzar el ¿cielo? He conocido santísimos católicos y no menos santos "herejes". Pero ni los unos ni los otros han podido evadirse de la miseria en la que sus respectivos correligionarios han sumido sus más santas certezas. Ni Francisco de Asís ni Domingo de Guzmán, por una parte; ni Valdo ni Marcons por otra, han podido desterrar de entre los suyos el uso desmedido y, en muchas ocasiones, cruel de sus dogmas: unas veces por intereses de poder, de gloria y de privilegios; otras, por simple y no menos culpable execrable fanatismo. Los santos modelos han quedado para ellos como una referencia de celebración y justificación... y poco más.

—¡Marcons! Ha citado vuestra merced a Marcons... ¿Qué sabéis de Marcons?

Mi hermano se había inclinado hacia el anciano. Yo estaba confundido... ¿Quién o qué era aquel hombre que, sin transición, había nombrado a nuestro obispo colocándolo en parangón con Francisco de Asís y Domingo de Guzmán? Lope continuó:

—¿Responderéis a mis preguntas?... Pero antes de que me contéis vuestra historia, es justo, y os debo, que sea yo el primero que relate la propia... Aunque, amigos, si me permitís la amistad..., y puesto que ya habéis aceptado mi abuso de vuestra caridad, debemos dar cuenta de esta sacratísima pitanza... Nadie añadió palabra. Atendimos cada uno a nuestra frugal cena y nos dispusimos, Lope, a contar su vida, Tobías y yo, a no perdernos palabra de aquel anciano que, por tantas razones, nos parecía singular.

—Sabéis, señores, lo que es un mozárabe. Todos mis ancestros, hasta donde alcanza el conocimiento de mi genealogía, fueron cristianos hispano-godos emigrados al sur de Hispania desde las tierras altas de los vascones, y sorprendidos por la invasión de los africanos en el 711. Ya conocéis que, por uno u otro motivo, y tal vez por el más importante de todos, como era el no despoblar las tierras conquistadas, los musulmanes respetaron religión, propiedades, usos y costumbres de los hispanos. Otra cosa es lo que andando el tiempo ocurrió en determinados sitios y bajo determinadas autoridades... Mis antecesores vivían en Sevilla. Regentaban prósperos negocios comerciales vinculados con el mundo árabe, y consiguieron no solo riquezas sino el aprecio y consideración de las autoridades musulmanas. Pero la llegada de los almorávides marcó un cambio definitivo en sus relaciones con los mozárabes. Ya en 1085, con la conquista de Toledo por el Rey Alfonso VI, mis antepasados tuvieron la premonición de que nada iba a ser igual en adelante en el Al-Ándalus para los mozárabes... Y prepararon con cautela su emigración a tierras cristianas. Consiguieron poner a buen recaudo sus importantes recursos e intereses, abandonaron Sevilla y se instalaron en Toledo a finales del año del Señor de 1091. Nací el día de Pentecostés de 1192, en Toledo, hijo quinto del matrimonio formado por mi padre Isidoro y mi madre Leonor. A los nueve años, mi padre decidió que debía iniciarse mi formación. Parece que tenía muy claro que, inmersos en aquella sociedad tolerante de las tres culturas, mi formación no podía escapar a esa realidad y que, como ya había hecho con mi hermano Agustín, debería recibir una formación en las tres. Así, que recibí las enseñanzas de mi inteligente y cuarentón judío Isaías; las del joven poeta beréber Al-Bakr, y la de un también joven y paciente, pero inflexible templario frei Antonio. A los tres impuso mi padre una limitación: su magisterio se centraría en cuestiones del saber, renunciando, solemnemente, todos y cada uno de ellos, a todo intento de proselitismo hacia mi persona, en función de sus respectivas religiones: "Somos cristianos —recuerdo vívidamente las palabras de mi padre—. Y seguiremos siéndolo por los siglos de los siglos… La formación religiosa de mi hijo, como la de su hermano Agustín, está siendo confiada al franciscano Ambrosini, al que conocéis muy bien". Todos ellos comenzaron por enseñarme sus respectivas lenguas. Cada uno de ellos conocía, con un nivel aceptable, las lenguas de sus dos compañeros. Isaías utilizaba textos del que decían ser el mejor médico y filósofo de nuestro tiempo, Moshé ben Maimón,[30] el errante cordobés, retirado ya, a sus más de sesenta y cinco años, en Al-Fusat.[31] Al-Bakr me leía poemas del también cordobés Ibn Hazm y, sobre todo, textos del célebre Ibn Rushd[32] (también nacido en Córdoba, que había fallecido en Marrakech hacía unos cuatro años… Mi buen frei Antonio, tan cerca de mi corazón, se esforzaba en que aprendiera latín, a través de los textos de los Séneca, padre e hijo, en su afán de que su enseñanza se produjese por medio de ilustres varones, también cordobeses.

[30] Maimónides 1135-1204.

[31] El Cairo.

[32] Averroes, 1126-1198.

Ya veis, señores, cómo teníamos en Córdoba, y sin salir de ella, parte de los más conspicuos filósofos que ha conocido el mundo... Y para que se aviniese su aportación al mundo de las tres culturas, muy pronto introdujo frei Antonio los textos de Isidoro de Sevilla, nuestro santo padre hispano-godo, tan cercano a nuestra sensibilidad mozárabe... Claro que, por la licencia que se permitió con San Isidoro, Al-Bakr aportó su conocimiento acerca del Canon de Medicina, del enorme médico persa Avicena, Cheikh el-Raïs,[33] escrito, según mi maestro, en árabe clásico. Pasaron los años; crecía yo física e intelectualmente... y apareció Eli. Tenía yo dieciséis años y Eli, quince. Cuando Eli vino a mi casa acompañando a su padre, Isaías no pudo prever el fuego que la presencia de Eli iba a prender en mi pecho. No, no voy a narraros sentimientos tan comunes entre jóvenes, por mucho que entonces a mí me pareciese que estaba siendo protagonista de la más excepcional, inusitada y singular experiencia amorosa... Solo os diré que fui presa del amor adolescente; que Eli compartió mis sentimientos; que aquel amor se saldó con la exclusión de Isaías del claustro de mis profesores... y la incorporación de un joven judío, Leví Hans; que Eli y yo no renunciamos a nuestro amor; que una madrugada de Agosto tomé caballo, dineros y comida de la casa de mi padre; que Eli se vino conmigo y galopamos hacia el norte. Ambos nos habíamos creído que las tres culturas se habían fundido en una sola, con tan esplendorosos antecedentes... Pero, no sabíamos que donde la cultura, en abstracto, bebe de las aguas de tan dispares ríos, para acabar confluyendo en otro río mayor y único, cada religión labra su propio surco, paralelo con los de las demás religiones; siguen y siguen adelante, paralelos, paralelos, no importa que avancen cercanos los unos de los otros..., pero no se juntan nunca en un solo surco... Comprendo ahora que entonces se hablase de la convivencia de las tres culturas, pero comprendo

---

[33] "El príncipe de los sabios". 980-1.037.

ahora que esa convivencia nunca llegó a ser pacífica permanentemente; y, desde el punto de vista de la religión, nunca lo fue.

Lope calló. Quedó frente a su escudilla. Había ido desmigando el pedazo de pan que tenía ante sí. Tobías guardaba silencio y, como yo había hecho con mi pitanza, había devorado su sopa, algo de su pan, sus verduras, y bebido su vino...

—¿Qué pasó con Eli...? —preguntó al fin Tobías. Lope salió de su abstracción, nos miró, esbozó una triste sonrisa y volvió a tomar la palabra.

—Eli, murió. Murió en nuestra huida Se cayó de mi caballo. La arrastré hacia una gran encina, al borde del camino. Era mediodía. Habíamos cabalgado toda la mañana y me encontraba a unas veinte leguas de Toledo. Había un poblado cerca y una construcción reciente que me pareció abadía. Cubrí el cuerpo de Eli con ramas de la encina y me llegué hasta el convento. Conté lo ocurrido al hermano portero. Éste se comunicó con el abad. "Soy cristiano, Eminencia; y mi acompañante es judía...". El abad dispuso un carro tirado por una mula; con acompañamiento de tres hermanos y por mí, nos dirigimos en silencio en busca de Eli. La trajimos en el carro. Me permitieron regresar a Toledo para dar aviso a mi familia. Les excuso las escenas de mis padres, de los de Eli y sus numerosos hermanos. Y la consecuencia final de todo ello fue que mi padre decidió mi alejamiento de Toledo. Dispuso mi desplazamiento a Palencia, a cursar Teología en su Studio general, recién elevado a la categoría de universidad por nuestro Rey Alfonso VIII. Me acompañaría mi maestro frei Antonio. Villalcázar de Sirga sería su morada templaria y, prácticamente, la mía si no cuento como tal el aposento que durante la semana ocupaba yo en Palencia, para regresar a la abadía tan a menudo como me lo permitían mis obligaciones escolares. Con dieciséis años, me vi separado de mi casa, de los lugares que había compartido con Eli. En Palencia pude alardear de mis conocimientos del árabe y del hebreo; mis profesores apreciaron mis traducciones a viva voz de pasajes de las obras de Isidoro de Sevilla, de Séneca, de Moshé ben Maimón, de Ibn Rush, de Avicena... Esto llevó a que requiriesen mis servicios para la traducción de obras de las tres culturas, y a que alcanzase yo un gran prestigio entre mis profesores y condiscípulos. Introducido a la filosofía de los griegos —Sócrates, Platón y Aristóteles fundamentalmente— y comparado su respectivo pensamiento con el de San Agustín y San Isidoro de Sevilla, por una parte, y con los dos sabios, árabe y hebreo, por otra, me pareció que todos ellos giraban en torno a una misma concepción del mundo, si hacíamos abstracción de las concretas implicaciones en la religión que cada uno de ellos profesaba. Entré de lleno en una crisis de misticismo activo. Me sentí llamado a llevar más allá de Castilla la fe de mis mayores, tan sentida y peligrosamente preservada a lo largo de casi cinco siglos, bajo la dominación musulmana. Nos llegaron a Palencia las noticias de los desastres de Beziers y Carcasona, pero nadie pudo o quiso explicarme la dudosa verdad, justicia y santidad de las acciones de los cruzados, bendecidas al parecer por nuestro gran Papa Inocencio III. Me pareció que en Palencia había ya agotado cuanto en ella podía aprende, y sobre todo, por la falta de recursos de la universidad y, por tanto, de maestros verdaderamente dignos de tal nombre. Bajo la influencia de frei Antonio, mi padre consintió que me desplazase a París e ingresase en su Universidad. Puesto que os habéis mostrado tan interesados..., os diré que fue allí donde entró Marcons en mi vida... Os lo relataré más adelante...

Lope se dio una tregua. Guardó silencio. Estaba, sin duda, terriblemente cansado. Cerró los ojos y afirmó sus brazos a lo ancho de la mesa, frente a él. Acunó su cabeza entre sus brazos.

—Debemos retirarnos —propuso Tobías—. Puedo llevaros a vuestro aposento. Mañana temprano reemprenderemos nuestro viaje. Os acompañaremos hasta Valencia o hasta Borriana si es necesario. ¿Tras hora prima os parecerá bien?

—¿Prima? —dudó Lope.— ¿Quién se preocupa por medir el tiempo en estos andurriales, lejos de toda abadía?

—No os preocupéis. El ventero es un mudéjar cuyos antepasados instalados en este reino se remontan a los tiempos de Tarik. Al indicarle que deseamos seguir nuestro viaje desde muy temprano, me preguntó si estaría bien que nos avisase entre laudes y prima… "No os sorprendáis —me dijo el moro—; laudes o prima no son mas que nombres… La división del día está en el cielo, haga bueno o nublado, y, antes que vuestros nombres fueran conocidos en Al-Ándalus, ya mis padres… y los suyos… y los suyos, sabían distinguir y nombrar las porciones que del día nos regala Alah, El Único. También conocieron y utilizaron el consumo uniforme de una vela encendida".

—Gracias —agradeció Lope en un susurro, se levantó y se dejó guiar por nosotros. Íbamos a abandonar el comedor ya desierto, cuando franqueó el portalón de entrada un joven de rostro lívido, seguido por dos aguerridos mozarrones. El joven miró hacia el fondo de la estancia, donde avanzaba nuestro grupo en dirección a la escalera de acceso a los aposentos.

—¡Maestro Lope!… el joven gritó estas dos palabras mientras se precipitaba hacia nosotros con los brazos abiertos. Lope se volvió, abrió sus brazos y recibió en ellos el abrazo de José, puesto que no cabía duda alguna de que se trataba del asistente de Lope. Regresamos al refectorio y ocupamos sitio en uno de los bancos. José indicó que los otros dos hombres eran vecinos de la cercana *aljama* de Espioca, de apenas tres casas judías, apiñadas alrededor de la torre cercana a la antigua Vía Augusta, a la que había llegado, buscando la forma de regresar al sitio donde maestro y sirviente habían sido atacados.

—En el camino de regreso, distinguimos en una venta, atadas, cuatro caballerías. La vuestra, entre ellas. Sigilosamente, la desatamos. Tenía puesta todavía la pequeña alforja, con que viajáis. Montamos nuestros caballos; yo llevaba atada a la grupa del mío a vuestro bravo roano. Nos inclinamos para soltar las otras tres caballerías y las azuzamos con las puntas de nuestras espadas, para que se dispersaran...; lo que así hicieron, de estampida. Y creo –sonrió José– que aún corren por los impresionantes campos de este terriblemente rico Reino de Valencia.

–¡Mi alforja! –casi gritó Lope.

–Lo siento, maese Lope, pero estaba vacía –contestó José compungido.

–No importa –atajó Lope–. Ya sabes que quedaron a buen recaudo en Toledo mis libros, mis manuscritos, mis pequeños recuerdos de los lugares que habité... ¡Ah! –parecía haber despertado de un mal sueño–. ¡El breviario! El pequeño breviario que regaló a mi familia un comerciante de Bolonia, al saber de mis estudios en la universidad de Palencia. Dijo, que el breviario había sido escrito de su mano por Domingo de Guzmán, santo varón que había estudiado en Palencia durante seis años, en las postrimerías del pasado siglo.

–No, señor. El breviario apareció entre la ropa y papeles esparcidos por el suelo que encontramos cerca del lugar del ataque... Mojado. Muy mojado, lleno de barro, con la tinta corrida..., ilegible. En su prisa por ver la excelencia del botín, seguramente echaron mano a la alforja e irían lanzando al aire todo lo que no les pareciera de utilidad... Todo lo recogí y está, de nuevo, en la alforja de vuestro caballo... en espera de que algo podáis recuperar. Tobías preguntó al ventero si era de buen musulmán, como de buen cristiano lo era, acoger al viajero. Lo dijo en ese tono entre divertido y conminatorio que yo tan bien le conocía. Todos fuimos alojados convenientemente y, antes de prima, Almur, el mozo, golpeó la puerta de nuestro dormitorio y, con ello, iba a iniciarse un nuevo día de gloria y penuria para

esta recua de buenos y heteróclitos cristianos, equivocados he-
braicos y perseverantes *muslimes*.[34]

Un fulgurante relámpago que, atravesando aberturas y ventanas mal cerradas, inundó con su efímera claridad la estancia en
la que nos encontrábamos, dio paso al estruendo imponente del
trueno. Por los síntomas, supimos que la tormenta veraniega la
teníamos sobre nuestras cabezas.

—Dentro de unos momentos, la huerta estará inundada y los
caminos intransitables —apareció el ventero con una vela encendida, encajada en una palmatoria de madera. Se acercó hasta
donde estábamos todos los viajeros, frente al abierto portalón
de entrada principal a la venta, contemplando la catarata de lluvia que se precipitaba desde el oscuro cielo. El ejido se había
cubierto rápidamente de una amplísima lámina de agua, de la
que la lluvia arrancaba y componía con su fiero impacto breves
surtidores que morían tan pronto como surgían.

Los lugareños que acompañaban a José mostraron su intención de regresar a Espioca, tan pronto como la lluvia amainase.
Lope convino con nosotros que sería imprudente salir con los
caballos, por el estado en que habrían quedado los caminos tras
la tormenta, a menos que la lluvia cesase en su ímpetu y no se
prolongase más allá del mediodía. Convinimos en consumir una
colación, de acuerdo con lo que el ventero pudiera ofrecernos a
tan temprana hora.

---

[34] Musulmanes "practicantes".

CAPÍTULO VIII

Lope: Marcons en la memoria

—He recuperado el poco dinero que llevábamos en las alforjas del caballo de José —manifestó Lope—. Podré pagar nuestro gasto —sonrió y agregó—. Me permitirán que, en atención a su generosidad, pague también el de vuestras mercedes…

—¡En todo mostramos que somos mendicantes! —exclamó Tobías sin gravedad—. Es por ello que no pueden, ni deben, rechazar mi ofrecimiento —recalcó Lope.

—Pero nosotros somos mendicantes, como vos habéis descubierto, pero no receptores de regalías por las buenas acciones que, pecadores de nosotros, podamos hacer… —protestó Tobías, esta vez con algo más de seriedad en el tono de sus palabras

—¡Tenéis razón! —exclamó divertido Lope—. No debo pagaros vuestra buena acción. Pero nadie ni nada me puede obligar a no dar posada al peregrino ni a no socorrer al menesteroso… Y vuestras mercedes son peregrinos; y menesterosos. Y reos de imposibilidad moral para obligarme a que yo no cumpla con mis deberes de buen cristiano.

Nos aprestamos a capear la tormenta de la mejor forma posible. Ocupamos ambos bancos cabe una larga mesa: Lope y José por un lado, y Tobías y yo, frente a ellos.

Los dos mozos lugareños permanecían de pié ante la puerta, vislumbrando lo que de sí podía dar la tormenta, para regresar a sus casas cuanto antes.

Almur nos trajo unos cuencos con leche y una banastilla con pan moreno.

—Anoche citasteis a Marcons… —pregunté, con avidez, dirigiéndome a Lope.

—¡Ah, Marcons…! —exclamó Lope—. Recuerdo la emoción que os produjo mi referencia a Marcons; emoción que me ratificó en mi idea acerca de la naturaleza de vuestras creencias.

—Evidentemente, sabéis que soy un *perfecto* acompañado por este, hasta ahora, auditor. Discípulos de Marcons. Simón, desde su naufragio y arribada a unas playas de Cerdeña, a sus nueve o diez años de edad; yo, desde los azarosos tiempos de los cruzados contra los condados de las tierras de Oc… y, más concretamente, tras las catástrofes de Beziers y Carcasone y la muerte del Rey Pedro en Muret.

—Os relaté cómo decidí dejar Palencia y avecindarme en París. También en esta ocasión pesó en mi ánimo la consideración de que mi dominio del hebreo y del árabe, así como de la buena formación que había obtenido en Toledo y Palencia, me abrirían las puertas de la Sorbona, el antiguo colegio ya convertido en Universidad de París.

—¡Marcons, Marcons…, señoría…! —exclamé sin poderme contener; tal era la emoción que suscitaba en mí la expectativa de descubrir, al fin, la historia de mi protector maestro durante tantos años.

—Si, Simón; os tengo en vilo sin necesidad… —dijo con seriedad Lope, dirigiéndose a mí.

—Ya os dije que conocí a Marcons en París. Por alguna extraña y oculta corriente, sentimos ambos una mutua atracción Yo, de tradición mozárabe y fuertemente católica; Marcons, nacido en el castillo de Termes —en el mismo año que lo hiciera Olivier, hijo del señor del castillo, Raymond III Trencavel–, de tradición y práctica de la Glesia de Dio, verdadero reducto de la fe albigense en aquel enclave, situado entre Carcasona y Perpignan. Marcons me relataba, con la circunspección que le era propia, los juegos de los dos niños en aquel recinto. De qué manera, su natural reservado le permitía aceptar, con agrado, las lecciones del maestro que el señor del castillo había puesto a disposición de la formación de ambos. Cómo Olivier se zafaba de la disciplina escolar, para asistir a los ejercicios, con armas, a que se entregaban a diario los soldados de la dotación del castillo. Cuando, en 1210, fueron desalojados de la fortaleza, tras más de tres meses de asedio por las fuerzas de Simón de Monfort, el señor de Termes y sus deudos se vieron obligados a dejar sus tierras y establecerse en el Vallespir. Marcons fue alojado en la casa de unos familiares de su madre, en pleno campo auvernés, hasta que la todavía potente mayoría de los creyentes, dada la demostrada capacidad para el estudio del muchacho, decidió sufragar su estancia en París y los estudios en su Universidad. Esto ocurrió en el año del Señor de 1218, recién regresados a Tolosa los duques Raymon, padre e hijo, vencedores en la revuelta que contra Simón de Monfort habían alentado. El viejo Raymon recobró Tolosa y el de Monfort pereció en una de las refriegas. Marcons siguió en París. Coincidimos, en una docta lección que, sobre Aristóteles daba, a un nutrido auditorio de alumnos y profesores, el muy afamado inglés Grosseteste, franciscano y padre de la famosa Cosmología de la Luz. A la salida del aula, escuché un comentario del que luego supe que era Marcons, dirigido a otros dos jóvenes. Venía a decir que Grosseteste preconizaba el regreso a la teología de San Agustín, tan cercana a Aristóteles. "Pero –recuerdo que culminó Marcons–, ha olvidado el profesor que San Agustín abandonó su creencia en la teología de Mani, de la que nunca debió apartarse". ¿Era posible que existieran todavía seguidores del maniqueísmo? ¿Era posible que un joven universitario en París profesara la fe herética de los antiguos bogomilos? Quedé perplejo. Yo sabía poco, entonces, de la fuerte raigambre, en los territorios del sur, de la herejía albigense; y mucho menos de su código de creencias. Aquel joven alto, delgado, de claros ojos verdes, de largo cabello rubio, imberbe, al parecer de una edad similar a la mía, de ademanes cadenciosos; de voz grave, sugestiva y sugerente... me sedujo. Me propuse entablar una amistosa relación con él, siquiera fuera para convencerle de lo errado de su alegato maniqueo. Y conseguí su amistad. De la forma más inesperada. Marcons reparó en mí y en el movimiento de mi cabeza, negando lo que estaba oyendo. "No estáis de acuerdo... hispano –dijo mirándome a los ojos". "Llamadme Lope –balbucié confundido, y agregué–: ¿Cómo habéis sabido que soy hispano?" "Me lo habéis parecido, sencillamente. Y por lo que veo, he acertado"... Siguieron días de intensas y recíprocas exposiciones apologéticas. Ninguno de los dos convencía al otro. Me reprochaba los dogmas romanos. Yo, los de su fe. "Dios –me dijo en una ocasión– creó el espíritu del hombre, el alma humana a su imagen y semejanza. Y el maligno creó el mundo... la materia... El pájaro blanco sobrevoló el mundo de las almas y les dio a conocer el edén prometido. El pájaro negro sobrevoló los cuerpos de la humanidad y les dio a conocer los deleites de la carne en todas sus manifestaciones. Es por ello, que es necesario destruir la obra del maligno, para que triunfe el verdadero edén de los justos". Marcons necesitaba propagar su fe. No perdía ocasión de hacer proselitismo: "Si bien –decía–, no es hora del martirio... Tengo muchas y muy santas razones para seguir vivo". Por lo tanto, su proselitismo lo ejercía a través de su conducta: no visitar los burdeles, tener siempre a punto un ejemplar del evangelio de San Juan, dar limosna a los pobres y, al propio tiempo, pedirla él mismo a las puertas de las iglesias, ejercer los trabajos más humildes, siempre que se le presentaba la ocasión; no comer carne, ni huevos, ni beber leche… Y, en privado, deplorar, compungidamente, la ostentación y molicie del clero católico, "tan apartado, decía, de las enseñanzas de Jesucristo". Llegó el año de 1224, y Marcons se despidió de mí: Iba a regresar a Termes, su lugar de nacimiento. Olivier había recobrado su castillo y tierras, y Marcons se creía en la obligación de seguir allí su magisterio, robustecidas sus ideas con los estudios, y depurada su capacidad de catequesis… Llevaba en mente una idea que nunca llegó a explicarme bien, pero que tenía algo que ver con una fundación, o refundación de un templo. Me pidió que le acompañara, pero me negué. Mi sitio estaba, de momento, en París. "Además –le dije–, acompañaros sería como haceros concebir una propensión por mi parte a abrazar vuestras creencias. Y ya sabéis lo lejos que estoy de todo ello" …Os di a entender que Marcons era un hombre justo. Aspiraba a que un clima de completa tolerancia se instaurara en todo el mundo, de modo que todas las creencias, si no compartidas, lo que sabía imposible, fueran respetadas por todos. Que cada cual fuera libre para practicar, observar y difundir su fe, sin coacciones ni violencias. Yo, con toda la vehemencia que me era posible, le hacía ver la conformidad de nuestra fe católica con tales principios… Que recordara a Francisco de Asís, a Domingo de Guzmán, santos católicos cuyas prácticas apologéticas se enmarcaban fielmente en tales propósitos. Que el problema lo constituía el ansia de dominio de los reyes y señores de todos aquellos territorios que deseaban, a toda costa, conquistar. Que las diferencias de creencias religiosas no eran sino pretextos para justificar sus acciones… Que no obstaba el que determinados miembros de la curia se plegasen a dichos deseos de conquista, la mayoría de las veces por sus propios egoísmo y ambición. Tras su regreso, creo que en 1225, volví a encontrarme con Marcons en París. Me relató la inestabilidad de las fuerzas dominantes en el sur; los continuos cambios de poder; las luchas de su amigo y casi hermano Olivier para recuperar, perder, volver a recuperar sus posesiones de Termes. Me confió su activa predicación por todas las tierras de oc…, y su amargura por la total impermeabilidad de las gentes de las tierras de oïl ante la fe que predicaban los *bons homes* y, sobre todo, lo lejos que se estaba de alcanzar el clima de tolerancia y respeto que él mismo perseguía. Marcons volvió a despedirse de mí. En la universidad, no había dejado de debatir, con firmeza, pero con el más exquisito respeto, con los discípulos de los sagrados maestros Bacon, Hales, el obispo de París y otros sabios docentes. No recuerdo si Marcons coincidió en París con los grandes maestros Alberto y Tomás de Aquino. No volví a verlo, aunque se supo en Toledo, adonde yo había regresado, la masacre que se perpetró en Avignonet, cerca de Toulouse, a finales de Marzo de 1242: fieles procedentes de Montsegur, reducto cátaro, con la colaboración de vecinos de la ciudad, todos ellos dirigidos por Pierre-Roger de Mirepoix, degollaron a los miembros del grupo de inquisidores que se había detenido a pasar la noche en el pueblo. Yo pensé en Marcons, y lamenté los malos momentos y amargura por los que estaría pasando, no obstante saber yo que entre los masacrados figuraban el dominico Arnaud y el franciscano Saint-Thibéry.

—Simón —concluyó Lope—, no puedo deciros más de Marcons, uno de vuestros obispos, según habéis dicho. Solo agregaré que creo, sin dudar, que Marcons era incapaz de verse involucrado en venganza alguna. Fue un hombre tan justo como equivocado.

—No sé si debo rebatir vuestras verdades… tan amadas por vos por ser vuestras y herencia del ancestral linaje del que procedéis —replicó Tobías—, después de la vigorosa, noble y respetuosa semblanza que habéis trazado de nuestro buen obispo Marcons. Más he de decir, empero: que las equivocaciones en cuestión de creencias son de difícil discernimiento. ¿Estamos equivocados porque juzgamos como deleznable la avaricia y egoísmo de vuestros clérigos? ¿Estamos equivocados porque deseamos conformar nuestras vidas a las prácticas de las virtudes teologales? ¿Estamos equivocados porque no reconocemos la autoridad de la iglesia romana? ¿Estamos equivocados porque aspiramos a divulgar el Evangelio entre todas las gentes, contra la prohibición de vuestra iglesia? Seguramente, Lope, no sea yo lo suficientemente ilustrado como para mantener con vos una, medianamente rigurosa, controversia. Soy..., he sido durante demasiados años un guerrero. Soldado de fortuna. Mercenario. Ultramontano en vuestra tierra... Vos, en cambio, sois un aventajado erudito... Y aunque vuestra erudición no valdría nada si no fuera sostenida por vuestra, seguramente, inquebrantable fe, bien podéis enhebrar con singular ventaja vuestros conocimientos, vuestra inteligencia, vuestra oratoria y vuestra capacidad para el discurso. Nosotros, Simón y yo mismo, sólo disponemos de nuestra fe. En esa virtud somos iguales, Lope.

—Quiero recordaros, Tobías, Simón, que también la fe necesita de la razón, como la razón necesita de la fe. Lo dijo así nuestro Santo Padre Agustín de Hipona. Quiero recordaros, Simón, Tobías, que las manzanas podridas no pueden prejuzgar la bondad o maldad del manzano... Bueno; al fin dejé París, pocas fechas después que lo hubiera hecho Marcons. Mis hermanos habían recibido el encargo de manifestarme el deseo de las autoridades docentes de Toledo de que me incorporase a la Escuela de Traductores... Es cierto que, en buena medida, yo era miembro activo de la Escuela, ya que hacía algún tiempo que venía remitiendo a la misma mis traducciones de aquellas obras de la antigüedad que caían en mis manos. Ya se sabe que la Escuela no nació al estilo de los Studii o de las Universidades, formando un centro específico, sino que la suya fue una actividad de diversos eruditos que traducían por su cuenta, sin deberse a la disciplina de un organismo director... Claro que, ahora, nuestro Rey le había dado un carácter reglado y orientado hacia unos objetivos claros. La consecuencia fue que todo el

saber antiguo, recogido por los árabes, pasara por la Escuela y fuera difundido a lo largo y ancho de Europa: ese está siendo el importantísimo papel de nuestra Escuela de Traductores de Toledo. Difusión, amigos, ya desde los tiempos de nuestro Rey Fernando y que tanto contribuyó a la granazón del pensamiento de un Tomás de Aquino…, y de tantos otros.

Iba avanzando la mañana. La lluvia había amainado y los mozos de Espioca se habían marchado. Observé que José les entregaba unas monedas y los jóvenes se mostraron contentos con expresivas zalemas de servicial sometimiento.

Pregunté al joven Almur en qué estado creía que estarían los caminos.

—Estas tormentas —replicó el mudéjar— suelen hacer que se desborden las acequias y, aunque los labradores cuidan de limpiarlas a la entrada del verano, son demasiado estrechas para contener tantas aguas… Pero aun sí, en una media tarde después de la lluvia, los caminos pueden ser transitados, si no lo son, de inmediato, por un excesivo número de carretas y caballerías… Creo que deberíais esperar a mañana si no queréis tener contratiempos o que la noche os sorprenda antes de llegar a un lugar conveniente.

Trasladé a Lope y Tobías la opinión de Almur, y decidieron que pasáramos la noche en la hospedería. Así lo hicieron saber al huésped, quien demostró su contento obsequiándonos con una cesta repleta de morados racimos de uvas, maduración muy temprana para la estación, recolectados de la frondosa parra que, a manera de dosel, se solazaba en largo, verde y frutal voladizo sobre el portalón de entrada y todo el blanco muro sobre el que éste se abría..

Lope y Tobías subieron a sus respectivos aposentos. José se entretuvo por las encharcadas huertas circundantes.

—No había tenido ocasión de ver —me dijo—, en todos los días de mi vida, huertas tan feraces como éstas… Son un don de Dios.

He tomado mi avío y me he puesto a continuar la redacción de mi crónica, cabe una mesita que el buen Almur ha tenido a bien disponer para mí, junto a la gran ventana de la pared del este. El sol aparece en lo alto de su gloria entre jirones de blancas nubes, y hay una luz abundante para escribir sin molestias. He estado largo rato en suspenso, con la pluma alzada del papel, tras haber redactado los últimos parlamentos de Lope y de Tobías. Admiraba la erudición del ilustre y rico mozárabe. Admiraba más la sagacidad, el discernimiento y la fe de Tobías... Y no pude evitar una especie de inquietud, de ansia reprimida, de dudas, zozobras, razones y sinrazones que en tropel asaltaban mi espíritu y mi cabeza, de tal modo que, tras unas pocas horas de intermitente escritura, no he podido continuar mi crónica. Guardo pluma, papel y tintero. Había dejado de llover. El cielo azul pálido de aquellos territorios se muestra ya libre de nubes.

JOSÉ. MARCONS EN EL RECUERDO

El sol se acerca, redondo y rojo, a las cimas que al oeste se elevan, incendiadas, y presto a sepultarse tras ellas. A la sombra de un alto y tupido cañaveral, que corría a lo largo de una interminable y anchurosa acequia, José y yo devoramos la rotundidad jugosa y roja de la sandía con que nos hizo gracia un obsequioso campesino musulmán.

—Sois un joven afortunado... —me soltó José de improviso, con una buena tajada de sandía entre las manos.

—¿Afortunado? —respondí confuso.

—Viajáis con un franco que a la legua se distingue como valiente, sensato, y creyente. Y sé que os dirigís a fundar lo que muy pocos hombres se atreverían ni siquiera a concebir...

—¿Cómo sabéis eso?

—Es una larga historia… No sé si nuestros principales nos darán ocasión y tiempo para que os la relate…

—Tenemos todavía tiempo, en esta apacible tarde, para iniciarla al menos… —rebatí ansioso.

—La historia, respecto a mi conocimiento de la fundación de la Nueva Jerusalén, perseguida por Marcons, no es larga… Cabe en pocas palabras. Tal empeño, lo oí de la propia boca de vuestro obispo. Es algo más prolija la referente a las circunstancias que rodearon mi encuentro con Marcons. Pero como os veo especialmente ansioso por conocerlas, puedo resumirlas para vos. Ya sabéis que Toledo rogó el regreso de Lope a su ciudad. La familia de Lope consideró que yo mismo, acompañado por dos aguerridos soldados de su confianza y de la mía, me dirigiera a París con el fin de trasladar a Lope tal ruego y hacer, con él, el camino de regreso. ¿Por qué yo? Mi nombre es José. Como los señores Isidoro, mis antepasados llegaron a Toledo, acompañando a tan ricos mozárabes. Los míos, no lo eran, sino arraigados judíos sevillanos al servicio de los señores desde que unos y otros llegaron a Sevilla: los mozárabes, procedentes del norte de Hispania; mis antepasados, procedentes de Palestina, vía norte de África. Varias generaciones de judíos al servicio de la familia Isidoro. Eli —¿os suena?—, era mi prima mayor. Yo sabía bien los honestos propósitos que guiaron a Lope al arrancarla de nuestra casa. Tenía apalabrada su boda con Eli, tanto con un sacerdote católico, como con un rabino hebreo. No sé cómo lo hizo ni quien fue el tercero que logró convencer a uno y otro clérigo para que celebraran, simultáneamente, tan extrañas nupcias. Cuando se supo todo ello, ambas familias trataron de olvidar, o de hacer como que olvidaban, tan cruel desenlace. Pero Lope guardó en su espíritu joven la presencia siempre viva de su Eli. Recordad, y anotad después en vuestra crónica, el verso que Lope compuso y repite a menudo:

"Eli vive mi vida. Yo viviré su muerte".

Vedme, pues, camino de París. Y vedme asaltado cerca de Tolosa, herido tras dejar atrás Tours, robado en los arrabales de París... e íntegro en el aposento que Lope habitaba. Dos atardeceres después, Marcons vino a nuestra casa. Iba a regresar al Languedoc, su tierra de Termes, y deseaba despedirse de su amigo. Charló largo y tendido con Lope. Cenó frugalmente la pitanza que le servimos y, ya tarde, se manifestó mareado. Todos insistimos para que pasase la noche con nosotros. A lo único que se avino fue a que yo le acompañase a su aposento, al otro lado del Sena. Montó a la grupa de mi caballo y emprendimos la marcha. Acabábamos de cruzar el puente, cuando una pandilla de unos cuatro o cinco facinerosos nos cerró el paso, conminándonos a apearnos de nuestra montura, que uno de ellos había conseguido asir por la brida. Yo no me había percatado, pero cuando abandonamos nuestra casa, Lope había dado instrucciones a mis dos guardias para que nos siguiesen. Irrumpieron en tromba contra los ladrones, dando fuertes alaridos y golpeando con furia con sus picas el suelo enlosado. Los salteadores se dieron a la fuga. Marcons y yo proseguimos camino y mis amigos quedaron a retaguardia, esperando un trecho para volver a seguirnos. Marcons me iba hablando de su fe. De su proyecto de fundar un templo, en el norte pirenaico de Aragón, según la descripción contenida en el libro del Apocalipsis de Juan... No había sido tan explícito con Lope, me dijo, porque éste era católico. Yo, como judío, podía ser depositario de tal revelación y alegrarme con algo tan relacionado con mi tierra y con el Templo de mis mayores, sin parar mientes en el evangelista, mero mensajero de tan buena nueva.

—Puede que no comprendas la fe de mi maestro... —me atreví a decirle—. No tenemos mucho tiempo, pero deseo decirte que la fe de Marcons es a la de la iglesia de Roma, lo que la de vuestros esenios lo fue a la de vuestros sanedrines, fariseos y saduceos...

—Mis antepasados —retomó la palabra José— fueron de la familia de Juan Hispalense. Ya he dicho que éste y los suyos llegaron a Toledo (como judíos conversos se dijo después, o como judíos, simplemente, como yo sé). Él traducía las obras del árabe al castellano y el eminente segoviano Domingo Gundisalvo las trasladaba al latín clásico: se complementaban. En cualquier caso, mi línea judía no puedo tenerla más clara ni más apreciada… Marcons tuvo razón al suponer que la suya era una noticia que no podía causarme desasosiego o pesadumbre, antes al contrario. Dejamos atrás los andamiajes de construcción de la fachada y torres de Notre-Dame, señora ya en su isla, como un bastión o un santuario. Pasamos ante el viejo Colegio de la Sorbona y, en una callejuela lateral, ante un portalón de recia madera oscura, hizo Marcons que detuviera nuestra montura. "Hemos llegado —me dijo, y, como si alguien estuviera aguardando con ansiedad su llegada, se abrió un postigo en el portalón y una discreta y parpadeante claridad recortó la figura humana de quien elevaba, a la altura de los ojos asombrados, un candil de cuatro bocas encendidas". "Obispo… —oímos susurrar al portero—, ¿sois vos? ¿Os traen herido?" "No, no, Cristóbal. Vengo con este hermano que ha querido hacerme la gracia de acompañarme a tan altas horas." Marcons se apeó, de un salto, de la grupa, y se dirigió a mí con suavidad y voz baja: "José, poca cosa puede ofreceros la casa del pobre, si no es su oración y su agradecimiento… Dadle también las gracias a Lope por la amistad con que me ha distinguido durante tanto tiempo…, y decidle que podemos encontrarnos de nuevo". Marcons desapareció en la obscuridad. Por mi parte, me propuse regresar. París, oscuro, triste, con el Sena repitiendo inacabable su líquida letanía. Reflejando en su seno las estrellas que escapaban a las raídas nubes que mal cubrían el cielo. Sombras en los rincones de las callejas, al resguardo de la muralla de los muelles, en los aliviaderos de los puentes. Ladridos confusos y lejanos de perros o lobos, lastimeros y premonitorios de tristes fallecimientos de jóvenes núbiles, en casas de caridad o sotobancos infectos. París del creciente esplendor de ladrones, sabios, meretrices, comerciantes, artistas, profesores, juglares, espadachines, alcahuetas, clérigos y seglares... París bajo la noche, creciendo a un ritmo, como se decía, inigualado por ciudad alguna. París donde, en algún rahal extremamuros, multiplicarían mis hermanos el coraje que la necesidad templa para conseguir su pan y su sombra, a despecho de tanta intolerancia y de tanto milenario desprecio Marcons fue el primer contestatario cristiano que yo había conocido, surgido de la iglesia de Roma y tan ostensible y trágicamente combatido. ¡Nueva Jerusalén! ¡Si fuera verdad! Descalzo y de rodillas mi cuerpo seguiría la ruta trazada hasta su pórtico... No sabes, Simón, que mis ancestros fueron aquellos esenios de los que Marcons —¿sin saberlo?, ¿intuyéndolo?, ¿adivinándolo?, ¿sin intención?— habló aquella noche. Y aunque mis antepasados abominaron de la descomposición moral en que cayeron rabinos y saduceos, la Santa Jerusalén de Salomón también era su Templo, porque lo era del Arca de la Alianza y presencia inmutable de Jehová.

Regresamos a la venta cuando anochecía. Se había acordado reanudar el viaje a la mañana siguiente. Aproveché hasta media noche, en el aposento que compartí con Tobías, para redactar en mi crónica los últimos acontecimientos. Cuando los quise leer a mi hermano, éste lanzaba furibundos ronquidos. Y no obstante, pude dormir.

CAPÍTULO IX

VALENCIA

En nuestro acercamiento a Valencia, constatamos la elevadísima proporción de musulmanes de entre la gente que hallábamos a nuestro paso. No sólo en el campo, también en los poblados, distinguíamos la gran cantidad de artesanos musulmanes establecidos en aquellos parajes. Por doquier, oíamos el habla de los moros, junto al altoaragonés y occitano de mi niñez. Claro está que tan solo habían transcurrido dieciocho años desde aquellos finales de septiembre de 1238, en que ondeó por vez primera la enseña aragonesa sobre uno de los bastiones recién ocupados: la Torre de Alí Bufat.

Hacia dicha torre nos conducía Lope, bordeando la muralla, siguiendo la dirección este de la misma, para continuarla hacia el norte. Llegamos al pié de la torre. Por indicación de Lope, descendimos un ribazo, en dirección al río. En su arbolado soto, bajo los altos álamos, detuvimos nuestras monturas, nos apeamos y nos dispusimos a improvisar un menguado campamento.

Lope nos dejó. Prefería ir sólo, según manifestó, al encuentro de la encomienda del Temple, y tratar de dar cima al proyecto que le había traído hasta la hermosa ciudad. Se abrevaron nuestros caballos, directamente, del río y reposaron nuestros huesos sobre el mullido manto de hierba que cubría el soto. A trechos, sobre la orilla del río, había numerosos y pequeños embarcaderos de madera. Diversas barcas aparecían atracadas junto a ellos; otras, cruzaban el río; otras, permanecían como varadas en mitad de la débil corriente. Parecía que el río era navegable desde el muy cercano mar hasta este rincón, bajo la torre de *Alí Bufat* y la hermosa *Bab ibn Sajar*.

Tras esa puerta, que ya algunos nos indicaron como Puerta del Cid, se extendían los dominios de los freires, con su convento, su iglesia y sus casas, todo ello donado a los templarios por D. Jaime, por privilegio de 1238, tan pronto como fue ocupada la ciudad. Los templarios venían colaborando activamente con las empresas de D. Jaime. Por otro lado, mostraba el Rey su agradecimiento a la Orden, por los cuidados con que Guillem de Mont-Rodon lo cuidó en su castillo templario de Monzón, durante su minoría de edad.

Lope regresó bien entrada la tarde. Vino acompañado por dos freires de blanca capa y roja cruz patada. Sonreía. Uno de los freires era su hermano.

—Cenaremos en el refectorio y pasaremos la noche en una de las casas de la Orden —se adelantó a informarnos Lope.

—¿Debemos? —preguntó Tobías con firmeza.

—¡Deben! —casi gritó Lope— La posada al peregrino no es una cuestión litúrgica. No es un derecho rogado. Es una prerrogativa multisecular de todo peregrino, vaya por donde vaya, piense lo que piense... Es una bendición añadida para el buen hospitalario, a quien se le brinda la oportunidad de cumplir con el precepto divino de dar posada al peregrino. Yo descansaré en una estancia con ventana abierta a la iglesia: no quiero perderme ninguna de las preces... fundamentalmente maitines...

A la mañana siguiente, ante unos cuencos con leche y unas bandejillas con pequeños panes morenos, Lope nos indicó que, si lo deseábamos, podíamos continuar solos nuestro viaje.

Tobías contestó de inmediato:

–Lope, sólo si lo deseáis vos os dejaremos aquí. Considerad que faltó poco para que os mataran. Nos ofrecemos a que hagáis el camino con nosotros, al menos hasta Caspe, en el valle del Ebro, donde podréis tomar el camino jacobeo, o más al norte, hasta el camino francés… A menos que decidáis permanecer en Valencia por un tiempo…

Lope nos ilustró acerca de la conquista de Valencia.

–Una verdadera reconquista –enfatizó nuestro ya amigo–. Considerad la trabajada y épica conquista de esta joya por el gran Rodrigo Díaz de Vivar… Su pérdida a manos de los musulmanes tras la muerte del ya legendario guerrero… Y la gloriosa reconquista llevada a cabo, paciente, fervientemente, por el Rey Jaime.

La mañana estaba hermosa. La gran llanura se abría ante nosotros, salpicada de casas diminutas y grandes construcciones, dispersas, rodeadas de campos de labor y espléndidas formaciones de hortalizas. Y, más al norte, la azul crestería de las sierras que deberíamos asaltar en nuestro camino hacia el alto Aragón.

Valencia se había perdido a nuestras espaldas, envuelta en la calima de oro del mediodía. Julio avanzaba. Nuestra animosa cabalgada no traía turbios presagios a nuestras mentes. Éramos una tropa de cuatro caballeros, dispuestos a alcanzar sus objetivos a toda costa y contra cualquier evento.

Lope se permitía alardear de sus buenos resultados: el abrazo emocionado, seguramente el último en esta vida, con lágrimas en los ojos y un fuerte nudo en la garganta, a su querido y respetado hermano mayor; su bien saneada bolsa por los magníficos servicios dinerarios del Temple; las cartas de buen acogimiento que le fueron entregadas con destino a cualesquiera de las numerosas encomiendas y casas templarias establecidas a lo largo del camino; y –esto lo decía con una socarrona sonrisa– la perseverancia de sus nobles *herejes* en acompañarle en el viaje... "hasta sólo Dios sabe dónde".

Parábamos donde nos parecía más propicio, fuera a cielo raso o a cubierto —al arrimo de pinares y sabinares acogedores— fuera bajo el regalo de ventas y hospederías no raras de encontrar a lo largo de nuestro camino. Lope y Tobías convinieron en que la mejor ruta era la que conducía al viejo Alpuente, cabeza de la antigua, pequeña y orgullosa taifa.

No transcribiré las conversaciones que durante las cabalgadas mantuvieron Lope y Tobías, ni las de José conmigo. No eran, generalmente, sino circunstanciales alusiones al paisaje, a las noticias que en la última venta o mercado nos habían llegado. Me tenía impresionado la vitalidad, la alegría con que Lope abordaba los temas y, hasta donde yo estaba en condiciones de interpretar, la erudición y recto juicio de aquel casi anciano mozárabe.

Unas horas antes, habíamos abandonado la última venta. El camino se abría ante nosotros por un abrupto paisaje. Se retorcía ceñido a la base de redondeados peñascos, sobre profundos tajos de barrancos casi secos, seguidos por otros, más adelante, cuyo rápido caudal, a buen seguro, acabaría nutriendo más entonadas corrientes.

Cerca de un recodo, Tobías, siempre en primera posición, detuvo con suavidad su montura, descabalgó y, echando mano de su pellejo, se llevó el agua a la boca. Como pudo, hizo gestos para que nos detuviéramos. Obstruyendo como obstruía el camino, pocos gestos eran necesarios para que sintiéramos la necesidad de detenernos.

Era, pues, obvio que Tobías estaba indicando algo más... Todos nos apeamos de nuestras respectivas monturas. Tobías me dio las riendas de su caballo y, sin agregar palabra, remontó por el canalillo, entre dos peñascos, el alto muro de piedra a la derecha del camino. En un acto de inconsciente sentido de protección, los tres nos situamos detrás de nuestros caballos..., aunque no con la suficiente diligencia: un silbido rasgó el aire y vimos clavarse en la parte posterior del hombro de José el cimbreante junco de una saeta. De súbito, tres sujetos, a todas luces musulmanes, por el color de la piel, rasgos y vestidos, se dejaron caer sobre el camino, frente a nosotros, desde algún lugar protegido por el enorme peñasco. Los tres enarbolaban sendas picas de madera con una aguzada punta. Gritaban y gesticulaban, tratando, sin duda, de sembrar el terror en nosotros, ciertamente sorprendidos. No sé cómo lo hizo, pero una veloz daga vino a incrustarse en el estómago del asaltante más próximo a nosotros, salida de la mano de José, a quien, de súbito, vimos desplomarse contra el suelo… Aprovechando la sorpresa de los otros dos salteadores, me adelanté al más próximo, rompí su pica de madera con un rápido y contundente golpe de mi sable y, por el lado romo del mismo, asesté tal golpe en la cabeza del individuo que, soltando su maltrecha pica y llevándose las manos a la cabeza, trastabilló y fue a caer rodando hacia el fondo del barranco. Mientras, Tobías había golpeado a su vez al tercer musulmán, deslizándose tras él por el rebaje que sin duda habían utilizado los asaltantes. El individuo rodó al suelo sin sentido, con la cabeza ensangrentada, abierta como una granada. Lope tenía la cabeza de José apoyada en su regazo. Había sacado la saeta y contenido, apenas, la hemorragia con un trapo. Tobías me pidió el "saco de los milagros" de sus alforjas, saco que yo ya tenía entre las manos. Se acercó a José, rasgó con fuerza la camisa empapada en sangre, vertió el agua en la herida y espolvoreó sobre ésta unos polvos verdes. Sin dilación, tomó una rama seca de un pinsapo que crecía sobre la orilla del precipicio, hizo fuego con pedernal y eslabón sobre una mano de pinocha, encendió la ramilla y aplicó la llama directamente sobre la herida. José se contorsionó. Estaba sin sentido.

—¿Qué debemos hacer con estos dos? Porque el tercero ha rodado hasta el fondo —preguntó Lope.

–Darles sepultura –respondió Tobías rápida y perentoriamente.

Así lo hicimos. Cavamos unas tumbas unos pasos atrás, en una pequeña loma que habíamos visto al pasar. Por indicación de Lope, tratamos de descubrir la dirección de la Meca. Nos sirvió de *quibla*[35] la posición del sol, y en dicha dirección cavamos las tumbas y enterramos, con la mayor dignidad posible, a los desgraciados merodeadores.

ALPUENTE

Los peajeros de Alpuente nos detuvieron, antes de atravesar la puerta de la muralla, y nos exigieron pagar el peaje.

–En ningún lugar de cristianos –rebatió Lope– he visto que se les exija a los peregrinos que buscan o transitan la ruta jacobea. Así lo dispusieron los reyes castellanos y aragoneses hace al menos doscientos años… y siempre se ha cumplido así.

–También se cumple en Alpuente –replicó como ofendido el que parecía principal del grupo de tres soldados–. Pero conviene probar que tal es vuestra condición, pues muy lejos andáis del camino…

–No, capitán. No está lejos el Ebro, por cuyas riberas avanza… Por otra parte, traemos cartas que prueban nuestra condición. Cartas de los templarios de Valencia… Nos gustaría rendir nuestros saludos al señor principal de ese portentoso castillo que corona el collado.

–Llevamos un herido –tercié volviendo la cabeza y señalando la parihuela.

El capitán, o lo que fuera, ordenó a uno de sus hombres que diera noticia al castillo de nuestra pretensión. El soldado montó su flaco jamelgo y enfiló la embocadura de una pina

---

[35] Piedra u otra referencia situada en las mezquitas mostrando la dirección de la Meca.

calleja. El capitán rogó que desmontásemos, abrevásemos nuestros caballos en el canalón de piedra alineado a lo largo de un buen trecho de la muralla, y bebiésemos también nosotros de los pellejos de frescas aguas que reposaban a la sombra de un rotundo pino, junto al portalón de entrada.

Todo esto lo hicimos de buena gana y agradecidos; y aprovechamos la espera para desentumecer nuestros tensos músculos, tras la larga cabalgada y los cruentos sucesos acaecidos a no muchas leguas del pueblo. Referiré, que el alcaide se allanó a bajar en persona a la muralla. No era difícil comprobar que se trataba de un musulmán. Alto, de negra barba corta. Vestía camisa de largas mangas, calzón de cuero fino y, en el tahalí, largo puñal de empuñadura de hueso. Nariz larga, aguileña, sobre unos gruesos labios que un bien poblado bigote simulaba.

Se dispuso una sala bien ventilada, con un buen lecho para José. Tobías retiró el lienzo que cubría la herida y volvió a limpiarla y aplicar sobre ella uno de sus remedios.

—En la villa vive un viejo médico judío —informó el alcaide—. Atiende nuestras necesidades y las de los poblados vecinos. Puedo ordenar que venga…

—No, de momento —indicó Tobías—. Si hiciera falta, lo haríamos.

—¿Sois médico? —demandó el alcaide.

—Sólo de los quebrantos de las armas…, si tienen remedio —dijo Tobías. Lope tomó la palabra y refirió de forma pormenorizada el episodio que habíamos vivido a pocas leguas de la villa.

—Me apena tan mal recibimiento, por mucho que el paraje que citáis está fuera de nuestra jurisdicción —lamentó el alcaide.

En una sala del castillo, acomodados sobre abultados cojines, Ibn Zafar había contemplado las acreditaciones de Lope. Nos obsequió con roscones y vino dulce "traído de Denia, la vieja ciudad hermana", según nos dijo con afabilidad.

—No, no se sorprendan viendo a un musulmán ocupando este noble castillo. Soy musulmán, hasta lo que pueda serlo un *amazigh*,[36] descendiente de uno de los antiguos moradores del valle del río Draa, al sur de Marruecos, que acompañaron a Tarik ben Malluk, legendario triunfador en Vadi Lakka[37]... No soy el señor del castillo. Mi señor viaja a tierras de Valencia, donde ha de rendir cuentas al descendiente del señor de Javaloyas, donatario de estas tierras de Alpuente, por gracia de nuestro Rey D. Jaime. No soy sino su más humilde servidor... Y en su nombre os doy la bienvenida... ¿Os sorprende que un *moro*...?

—No puede sorprenderme —cortó Lope con énfasis en el gesto—. Vengo de Toledo y allí convivimos con respeto...

—¡Ah, Toledo! Su pérdida supuso la invasión de los almorávides, la *secta del morabito*... Beréberes también, sí, pero de estricta observancia de renovadas fe y costumbres.

—Sois lo que podríamos llamar un mudéjar... —afirmó Lope.

El moro soltó una carcajada para luego agregar, divertido:

—¡Soy un mudéjar, y mis obras fueron siempre las armas!... Nada que ver, lamentablemente, con esa habilidad de tantos otros mudéjares en combinar ladrillos, cerámicas, maderas, yesos para construir esas armoniosas construcciones tan apreciadas por vosotros, los cristianos. Hasta Teruel y Zaragoza, van alzándose vuestras iglesias y torres por obra y virtud de nuestros alarifes, en nada comparables, ni para bien ni para mal, con vuestros viejos y sabios canteros.

—De ellos —medió Lope— fue y sigue siendo el dominio de la piedra...

—De nuestros alarifes —replicó Ibn Zafar—, es el dominio del ladrillo...

—De nuestros canteros, es la gloria del severo recogimiento del románico... —apostilló Lope.

---

[36] Beréber.

[37] Laguna de la Janda, en el río Guadalete, lugar definitivo de la victoria de Tarik sobre D. Rodrigo.

—De nuestros alarifes, es la gloria de la levedad armoniosa de nuestros pináculos, dirigidos al cielo…

—De nuestros canteros, es la gloria de la grandiosidad de nuestras catedrales góticas, no menos dirigidas, física y espiritualmente, al mismo cielo…

—Gracias sean dadas al Señor Todopoderoso. Nuestros alarifes han complementado vuestras iglesias y catedrales con el milagro de sus geometrías, con los vidriados de nuestras cerámicas, con la minuciosidad elegante de nuestros artesonados de madera, con la filigrana de nuestros yesos…

—Pues Zafar —sonrió Lope—, todos ganamos.

—Pues Lope —correspondió Zafar—, nos entendemos.

He consignado en mi crónica, por considerarlo de interés, que la invasión de los almohades —*La secta de la unidad de Dios,* según nos relató Ibn Zafar—, vino a corregir la descomposición moral y patrimonial que habían causado los reinos de taifas. Descomposición que amenazaba la pervivencia y dominio del Islam sobre las tierras del Al-Ándalus. Lope no necesitaba de tales confesiones. Conocía, como pocos, la historia de Al-Ándalus y la reconquista de lo que ya se conocía como España. Pero Ibn Zafar parecía solazarse en sus relatos y, a fuer de agradecidos huéspedes, debíamos mostrar nuestra mayor atención y el más vivo interés.

—El resultado de la batalla de Alarcos, en 1195, dio a entender que los almohades restablecerían el esplendor musulmán sobre toda la península. Las taifas no se mostraron entusiasmadas. Sabían que el rigor almohade se cebaría en ellas. Como así fue. Mi padre tenía dieciocho años. Siguió sirviendo al nuevo señor de este castillo, impuesto por los almohades. Diecisiete años después, la batalla de la Losa hizo comprender a muchos que la estrella del Islam se estaba apagando en Al-Ándalus… Yo tenía cinco años entonces y más que recordar los hechos, recuerdo las narraciones y comentarios que de aquellos tiempos repetía mi padre… Nunca dejamos nuestro servicio a este castillo; y cuando las huestes del rey lo rindieron en 1236, al mando del cruzado Valoy-Crépy, como paso conveniente para la conquista de Valencia, el citado señor de Javaloyas nos confirmó en nuestros puestos. Tomé por esposa a una cristiana, establecida con sus padres en la villa, tras la conquista… Ya veis que mis hijos dejarán de ser mudéjares –y sonrió ampliamente– para engrosar esa nutridísima lista de muladíes[38]… Aquí están su destino y su tierra.

–¿No tuvisteis oposición de sus padres, cristianos vencedores, nuevos dueños de la ciudad, ni de los vuestros? –preguntó Tobías con vivo interés, tras haber asistido mudo, como yo (¡cosa en mí tan poco inusual!) a aquella interesante conversación, que tantas novedades venía a traer a mi expectante sed de conocimientos.

–En cuanto a mis padres, ya conocéis la casi imposibilidad de que una musulmana tome marido cristiano, así como la aceptación unánime de que el varón despose a cristiana. Por lo que respecta a mis suegros… considerad que el desarraigo es horrible y modela los comportamientos de las gentes. Hispano-romanos, hispano-godos, musulmanes, mudéjares, moriscos, muladíes, judíos… ¿Sabéis cómo puede llegar a conformar una nueva conciencia individual, tal sucesión y convivencia de tan dispares razas y religiones? Si venís de Toledo, como Lope, lo comprenderéis muy bien.

–Desgraciadamente –replicó Lope–, se paga demasiadas veces un duro peaje…, un cruel peaje. Lo habéis dicho bien: conciencia individual. Lamentablemente, no colectiva. ¿Pagarán vuestros hijos su condición de muladíes?

–De algún modo, Lope, de algún modo… –pude observar que el mozárabe se entristecía.

–Pero, ¿sabéis?, pasarán unas pocas generaciones y estas cosas dejarán de traer consecuencias…. Os contaré una histo-

---

[38] Hijos de musulmán y cristiana, entre otras acepciones.

ria…, que puede ser verdadera —se revolvió Zafar en su lecho de cojines y empezó su relato.

Todos quedamos expectantes. En aquel ambiente, pareceríamos súbditos atentos y respetuosos que hubieran sido convocados al diwan del sultán.

—La llegada de colonos a tierras conquistadas motivaba al Rey a llevar a cabo repartos de haciendas, entre los señores que les seguían en la conquista. Un infanzón altoaragonés de buen linaje y nulos recursos, fue beneficiado con unas porciones de campos cultivables, junto al río. El excedente de sus cosechas, vendido al castillo, constituía un buen recurso para su familia. El infanzón subía al castillo a entregar su cosecha. Su buen talante y la no menos cordialidad del intendente de la fortaleza, hicieron que surgiese una recíproca simpatía. Muy a menudo también, el infanzón-labrador se hacía acompañar por una su hija, de unos dieciocho años, morena de rostro, de vivos y grandes ojos negros, cabello negro que le caía en ondas sobre los hombros y la espalda, esbelta, risueña…; un prodigio de mujer capaz de hacer suspirar a más de un hombre… La muchacha fue recibida con el mayor agrado por la madre del intendente: poco a poco, el agrado fue mutando en cariño. La anciana mujer enseñaba a la moza el arte de la preparación de los exquisitos dulces de las gentes de Ifriqiya,[39] de la que era originaria, y el arte del bordado, de la confección de velos y camisas, la mezcla y aplicación de alhínna,[40] la preparación de sabrosísimos escabeches y toda una serie de guisos y comidas, típicas del mundo norteafricano, aumentadas y excelentemente mejoradas bajo la influencia de las nuevas culturas y los nuevos productos hallados en este bendito jardín que es Al-Ándalus. El infanzón asistía a tales relaciones sin mostrar cuidado alguno. Antes al contrario,

[39] En la época, Túnez.

[40] Alheña, Henna, Jena: Arbusto y producto elaborado con sus hojas para teñir y tatuar.

parecía feliz con el cariño que se le dispensaba a su hija. El intendente observaba y callaba. Observaba intensamente, y su madre descubrió el silencioso diálogo que a veces entablan consigo mismo los hijos. "Me da miedo, por ti y por Elena –le dijo un día su madre, después que acabasen de abandonar el castillo el infanzón y su hija". "¿Miedo? ¿Qué queréis decir, madre? –replicó azorado el intendente". "Que te has enamorado de Elena y no sabes cómo salir de este problema. Ella es cristiana". "¿Enamorado? –respondió el hijo". La madre sonrió, calló y siguió atendiendo a sus ocupaciones. Y llegó un día en que el intendente se confesó a sí mismo su ardiente enamoramiento de Elena. Se dijo: "¿Es lícito que un hombre libre guarde para sí sus puros sentimientos hacia una mujer, por razones de raza o de fe... o de ambas cosas a la vez? ¿No es lícito y moral que los comunique al ser querido? ¿Será tan fuerte el temor al rechazo que deba guardar para sí tan nobles sentimientos?". El intendente acabó manifestando a la bella su sincero amor... Las lágrimas aparecieron en los ojos de la niña. Salió corriendo en busca de su padre. El intendente rogó al infanzón que le atendiese un momento, a solas. El infanzón oyó con aparente templanza las manifestaciones del intendente y sólo dijo: "Hablaré con mi hija... No deseo forzar su libertad..., aunque bien sabéis los graves inconvenientes que se derivan, en estos tiempos de tanto prejuicio religioso, de los matrimonios mixtos". El infanzón y su hija desaparecieron. Tras una semana sin que ninguno de los dos acudiera al castillo, el intendente se acercó a la morada de sus amigos. Estaba cerrada. Un vecino le informó de que días atrás había visto al cristiano abandonar Alpuente, con su hija, en la carreta y jamelgo de que disponían. No había vuelto a verlos. Varios días después, el intendente manifestó a su madre la decisión que había tomado, tras una larga meditación: "Madre, he decidido viajar a La Meca... De regreso, me instalaré en Ifriqiya, tu tierra, o en algún sitio del sur del Al-Ándalus, entre nuestra propia gente". Vio cómo se ensombrecía el rostro de su madre. La mujer calló. Tomó las manos que su hijo le tendía. El hombre se incorporó lentamente y abandonó la estancia. El jueves siguiente, a media tarde, los peajeros dejaron franca la entrada a las dos mujeres que se disponían, con ánimo resuelto, a penetrar en el castillo. Eran personas conocidas, servidoras o proveedoras, de una u otra manera, del castillo. La madre del intendente mandó comunicar a éste que deseaba hablarle. El hijo se presentó en la estancia de la madre... y quedó confundido ante la presencia de Elena. Ésta sonreía... o lloraba —nunca pudo llegar a juzgarlo—, pero todo aquello fue el inicio de una serie de robustos muladíes, con los que la pareja contribuyó a enriquecer las dos culturas...

—Si ésta es vuestra historia, sois un hombre tremendamente afortunado —comentó Lope, desde la tristeza que le suscitaba el recuerdo de su Eli. Y narró para el intendente lo que nos había relatado a nosotros, acerca del secuestro y muerte de la muchacha judía.

La tarde avanzaba. José permanecía en su estancia. Había recobrado la consciencia. Un frío sudor surgía de pronto de su rostro. Tobías se lo enjugaba. Lope permaneció al lado de la cama de José durante casi todo el día. La madre del intendente le daba a beber de cuando en cuando, bajo la previa aprobación de Tobías, de un cuenco que le traía solícita.

Sonó la hora de vísperas en la campana instalada en la torre del castillo. Arrellanados en el lecho de cojines, que habían dispuesto los sirvientes en una esquina de la gran estancia, bajo las saeteras de la torre, confesamos con tristeza que nos encontrábamos presos de la azarosa circunstancia del estado de José. Lope nos había animado a que siguiéramos nuestro camino. Pero ni Tobías ni yo estábamos dispuestos a abandonar la partida. Tobías hizo ver a Lope que nuestra presencia cerca de José podría serle de más utilidad a éste. Tobías sabía muy bien cómo tratar aquel tipo de heridas.

–Prefiero –había dicho Tobías– un judío vivo a un "hereje" puntual. Lope lo había abrazado y le conminó a que, tan pronto como las circunstancias lo permitiesen, se viniese a discutir con él las cuestiones de fe que les separaban.

–Al parecer –replicó Tobías–, la partida será a cuatro manos…, una por cada santa morada.

–¿A cuatro manos? –quiso indagar Lope.

–Roma, La Meca, Jerusalén…

–¡Ah! –exclamó Lope– …Pero os ha faltado una morada… ¿Cómo nombraréis a la casa de vuestro Señor?

–La Nueva Jerusalén, sin duda.

Me emocionaban la entereza, valentía y fe de mi admirado Tobías. No valoraba poco las cualidades de Lope; pero éste tenía muchas más bazas a su favor, por razones de geografía, poder político y erudición.

Me pregunté si Tobías estaría a la altura del erudito Lope; si lo estarían José y el intendente.

Aquello de poder discutir acerca de las dispares creencias religiosas, sin un inquisidor a la espalda, era tan nuevo para mí como, seguramente, para los otros amigos.

Mi duda era saber si le era permitido al intendente discutir con infieles, acerca de cuestiones de fe. También dudaba de la actitud de José, si éste superaba su actual estado. Era jueves. Por la puerta que daba al interior de la casa apareció José. Su cara estaba pálida, pero una leve sonrisa la iluminaba. Llevaba enfajado el hombro por una sin duda apretada venda de lino. Lope se levantó y fue a su encuentro, visiblemente preocupado por lo que podía ser una temeridad de su sirviente. Tobías se les acercó, tomó al herido de un codo y ayudó a que se sentara en una banqueta de madera, sobre la que Lope se afanó en colocar un cojín.

–Me encuentro bien… –afirmó José.

Todos nos congratulamos de la aparente recuperación del herido y Zafar se apresuró a invitarnos a una celebración:

—Hemos de celebrar tan buena nueva —dijo—. Y la mejor celebración en estos andurriales es la que se relaciona con una buena mesa…

—Difícil me lo ponéis, Zafar… —dijo Lope en tono divertido…

—Seguramente que la perspicacia de nuestro anfitrión —agregó Tobías— sabrá salir airoso de los inconvenientes que esta tropa de menesterosos heterodoxos acarrea consigo.

—¿Os estáis refiriendo, pobres amigos míos, a las prohibiciones culinarias que vuestras respectivas infieles creencias os imponen?

Zafar parecía encantado con la presencia de tan abigarrada tropa: Un franco y un hispano heréticos; un mozárabe erudito; un judío practicante; y, él, Zafar, mudéjar, único servidor, según dijo, de la religión verdadera.

—¿Os puedo recomendar una buena comida para mañana? —demandó Zafar—. Con vuestra ayuda, la de mi madre y la de mi esposa cumpliré yo con las obligaciones de un buen anfitrión, y sus señorías habrán cumplido las suyas de invitados, sin ofender los dictados de sus creencias…

—José —indicó el intendente—, las nuestras, cosechadas en las huertas junto al río, son las más apreciadas berenjenas de Al-Ándalus. Recomendaré a mi madre que prepare un buen *almodrote* en vuestro honor… Lope, ya conocéis por vuestra condición de mozárabe los ricos escabeches de pescado… Tobías, aunque la cocina de vuestro origen franco, como la del resto de Europa, es pobre y descolorida, mi madre preparará, en honor a vuestra merced, una sabrosa tarta picarda de puerros… Simón, joven amigo, no sé qué ofreceros. No llega hasta aquí el exquisito pescado fresco de vuestras islas…, pero seguro que unos cangrejos de río y, si hay suerte, alguna perca o lamprea harán vuestra delicia…

A todos sorprendió la inteligencia y extraordinaria disposición de nuestro anfitrión. Todos podíamos comer de todos aquellos alimentos. Cuidó, como vi, de no introducir alimento alguno prohibido por alguna de nuestras creencias. Tobías tomó la palabra para agradecer a Zafar la delicadeza y exquisita sensibilidad que había mostrado para con nosotros. Agradecimiento al que nos sumamos el resto de invitados.

—¡Ah, se me olvidaba! —añadió Zafar—. Vamos a regalaros con una especial guarnición de alcauciles, producto también de nuestra huerta, y unas alcaparras criadas en parajes altamente calcáreos de nuestros cerros. Los alcauciles os serán servidos, asados... Las alcaparras, bien aliñadas con vinagre... Espero que nunca los habréis comido mejores... Y para beber, ¿vino de primera prensada? Os serviremos, también, de segunda, y de tercera por si abrigáis algún prejuicio, de que yo no esté informado, acerca del consumo de vino.

—Os prometo —dijo Tobías, dirigiendo sin duda la palabra a Zafar, pero a mí la intención y la vista—, que tan pronto como regrese de Valencia, disfrutaré de los exquisitos puerros que estoy seguro sabrá preparar vuestra madre...

Me levanté de un salto del cojín sobre el que estaba sentado, y me encaré a Tobías, lleno de perplejidad y, por primera vez desde que lo conocía, de lo que creí rencor. Pero nada dije. Esperé a quedar solos, lo que ocurrió sin tardanza, pues todo el mundo se fue a sus aposentos y yo traté de retener a Tobías en la sala, lo que dadas las circunstancias no me fue difícil...

—¿A Valencia? ¿Regresamos a Valencia, y nada me habéis dicho sobre el particular?

—No, no, Simón. Yo voy a Valencia. Tú quedarás aquí, con estos amigos y disfrutando de la imponderable hospitalidad de Zafar... Tengo estimado que en dos días llegaré a Valencia y en otros tres estaré de regreso. Cree, Simón, que muchos de los designios de que el destino nos hace protagonistas no nos pertenecen... Si, por el contrario, crees que debo comunicarte el objeto de mi regreso a Valencia, puedes pedírmelo... y te lo

La Nueva Jerusalén

comunicaré, ya que se trata de un asunto que te atañe... Pero desearía no tener que hacerlo. Estoy seguro de que la plena confianza con que en todo momento me has honrado, no querrás quebrarla en esta circunstancia.

No medió más palabra. Salí de la sala y me encaminé a mi dormitorio. He tratado de no pensar en Tobías ni en lo que me había dicho respecto que lo hacía por algo que me atañía. Me he evadido, a medias, de tales pensamientos, por el recurso, habitual en mí ante toda contrariedad, de disponer sobre la mesa o cualquier superficie, más o menos idónea, las hojas de papel de Xátiva, las bien cortadas plumas y los tres tarros de tinta. Me encuentro redactando cuanto tenía pendiente de trasladar a mi crónica, hasta el día de hoy. Y me dispongo a pasar la noche, en este castillo de Alpuente, dormido o despierto, hasta que el vestigio de que la gente trajina de nuevo me permita salir de mi estancia, seguro de que Tobías habrá cumplido ya su propósito y estará cabalgando hacia Valencia.

José se había restablecido y yo mantenía con él largas conversaciones, a la sombra de los rotundos robles que crecían alrededor de la muralla, o paseando a lo largo de los senderos que la circundaban. Zafar se mostraba obsequioso con nosotros, y mantenía largas conversaciones con Lope: en vedad, se trataba de largas respuestas que éste daba a las preguntas del intendente, ansioso como se mostraba de conocer los aconteceres del mundo exterior, alejado de este enclave, hoy tranquilo, de la vieja capital de la pequeña taifa.

WIFREDO. MARIETA

Al quinto día desde la marcha de Tobías, con una exactitud de cálculo que no me extrañaba en tan inteligente amigo de aventuras (o desventuras), apareció una pequeña cabalgada formada por tres jinetes. Entró en el patio del castillo, desmontó y tuve que restregarme los ojos para asegurarme de que no era ilusión lo que contemplaban: El corpachón de Tobías, Wifredo… (¿Wifredo de Creuse?)… ¿una mujer?... ¡Por Dios Santo! ¿Había viajado Wifredo con una mujer?... Acudí corriendo hacia el grupo. De él se arrancó corriendo la mujer y se me abrazó con fuerza, llorando desconsoladamente.

—¿Marieta?... ¡Marieta…! Grité con todas mis fuerzas estrechando aquel cuerpo querido e inesperado.

Escribo estos lances, con el sosiego que me han traído nueve días de convivencia con Marieta. Todos los amigos celebraron el encuentro. Pero todavía llora mi corazón, por las nuevas que Wifredo nos ha traído de Cerdeña.

Marieta se sienta a mi lado. Con disimulo, observo cómo me mira, cómo balancea su cuerpo, levemente, sin una palabra, observando cómo me ocupo en preparar el papel, las plumas… Cómo voy formando los apretados renglones de mi crónica… Cómo me detengo, contemplo las negras vigas de enebro del techo, medito y vuelvo a la escritura despacio, con la paciencia y respeto por su labor de un artesano, como el de los humildes tejedores, a quienes había conocido y tratado en Capoterra.

Y, ocurrió, que Wifredo había llegado al pueblo. Preguntó por el mejor camino para subir a Capoterra. "¿Capoterra?". Se había hecho un gran silencio a su alrededor. La gente se apartó y lo dejó solo. "¿Qué ocurre? —preguntó, sin hallar cercano un destinatario de la pregunta". "Sólo soy un franco que viene a visitar a unos amigos —remachó antes de desistir de su interrogatorio, sólo recibido por el viento". Se orientó mirando hacia lo alto y quiso adivinar el emplazamiento que tendría Capoterra, por las descripciones que le habían hecho durante su peregrinaje. Daré cuenta del relato de Wifredo tal como lo narró él mismo, en primera persona: "Salí del pueblo. Se acercó temerosamente un hombre entrado en años". "Vais bien por esta senda, para llegar adonde dijisteis, pero deberíais tomar otro camino: el de la costa". "¿La costa? ¿Qué ha pasado en Capoterra?". " En Capoterra, nada. Todo ha pasado en el poblado de cabañas". El viejo se situó a mi lado e iniciamos la marcha por el sendero que debería conducirnos a la costa. Empezó su relato: "Todo el mundo, en el pueblo, se distinguió como amigo de los frailes de la montaña, a pesar de la masacre de los hornos de cal". "¿Masacre? ¿Hornos de cal? –pregunté, asomándose a mis ojos, desmesuradamente abiertos, el estupor que aquellas palabras me causaban". Y continuó: "Uno de los vecinos que subían al poblado con el dominico quedó rezagado, al haber perdido una abarca entre los resquicios de unas piedras del camino. Cuando reanudó la marcha, ya el resto de la expedición había coronado la subida e intentado la captura de los religiosos de las cabañas… Oculto entre los árboles y la maleza, pudo ver el horrible espectáculo. Comprendió que ni uno solo de los atacantes se había salvado. Regresó al pueblo, tan raudo como pudo. Gritó lo ocurrido, pero todo el pueblo se mostró unánime en expresar que aquellos hechos no les concernían. Cuatro días después, sería el de visita del beneficiado de la capilla, y a ella se dirigió el hombre, gritando lo ocurrido. Acudió todo el pueblo. El cura calmó los ánimos, si bien, he de confesaros, que los ánimos de todos nosotros estaban calmados totalmente, ante el hecho de que los religiosos de la montaña, que en tantos aspectos nos habían venido favoreciendo, hubieran vencido en tan triste apremio. Los vecinos no quisimos acudir a la convocatoria del religioso, arengándonos a que diéramos cumplido escarmiento a los asesinos de la montaña. El hombre que había traído las noticias, se ofreció para viajar a Cagliari, dar cuenta a las autoridades eclesiásticas de lo ocurrido, y dejar en sus manos lo que cupiera proveer. Y así lo ordenó el vicario. Alguien del pueblo subió al poblado a dar cuenta de las noticias. Parece, que un gran ajetreo comenzó allá arriba y hace dos días que van descendiendo los freires, de forma dispersa, en dirección a la costa, hacia la rada de Teulada. Parece que sólo queda Marcons, el obispo, en las cabañas. No sé el tiempo que los frailes podrán permanecer en los escondites que hayan encontrado… ni qué se propone Marcons quedando solo en el poblado". "Yo lo averiguaré —respondí al hombre—, para lo que debo cambiar de dirección y, si os place, acompañadme". El viejo no respondió; se dio la vuelta, tomando la delantera y emprendió la subida por un sendero angosto. Con un gesto de la mano me indicó que le siguiese, y así lo hice, en silencio. Tampoco el hombre soltó palabra hasta que, coronando el sendero, se distinguió la techumbre vegetal de una cabaña. "Hemos llegado —dijo el hombre, para continuar diciendo—: Si lo estimáis oportuno, os dejo solo y regreso a mi casa…". "Me habéis servido muy bien… Creo que deberíais acompañarme" —le pedí. Y el hombre siguió conmigo… Desde el bosquecillo, salió al claro la figura conocida y amada de Marcons. Se había dejado crecer la barba y la lucía luenga y nívea. Me reconoció y vino a abrazarme. Le recibí entre mis brazos, tras una ligera genuflexión que en modo alguno me dejó terminar, y ambos comenzamos a dar gracias a Dios, a través del rezo de nuestro inevitable paternoster. Marcons me informó de los últimos acontecimientos, y del asunto de los hornos de cal, así como de la inminente llegada de las tres naves pisanas contratadas. De que fondearían en la rada de Teulada y que sólo restaba él en el enclave para recibir a los hermanos rezagados que pudieran llegar todavía, como yo. Me exhortó a que me dirigiera a la costa. Yo me negué, pero él hizo valer su autoridad y yo mi disciplina. De forma, que me propuse pasar la noche en el enclave y abandonarlo a la mañana siguiente. El viejo decidió marcharse. Saludó con respeto a Marcons, al que sin duda conocía bien, y emprendió el descenso. Marcons me informó de que uno de los hermanos había sido comisionado, para que tan pronto apareciese en el mar una de las naves de

Pisa, subiese hasta el enclave a dar el aviso, tras del que, de forma inmediata, bajaríamos los que pudiéramos encontrarnos todavía en el poblado. Según mis cálculos, por lo oído y lo entendido, habían transcurrido siete días entre el episodio de los hornos de cal y mi llegada al poblado. Marcons indicó que, de obtener el enviado a Cagliari la más rápida de las reacciones de las autoridades, no podrían personarse, inquisidor y soldados, en el poblado antes de otros siete días, tiempo más que suficiente para la llegada de las naves, según lo contratado. No contaba Marcons con que la turbulencia y escándalo producidos por la noticia de lo ocurrido en el poblado, y el abandono del enclave por los frailes, moviera la codicia de quienes tienen por oficio el apropiarse de lo ajeno. La aurora pintaba de tonalidades rosa el inicio del otoño. Nos levantamos, salimos al ejido y lo que nuestros oídos oyeron nos llenó de temor: un rumor como de ramas agitándose, a pesar de que sólo llegaba del mar una ligera brisa. No tardaron en aparecer, al borde del bosquecillo, ocultos hasta ese momento por la vegetación de bojes, ericas y algunas punzantes zarzas y aliagas, dos hombres astrosos, bien protegidas sus piernas con guarniciones de cuero y basta arpillera; con barba; de indescifrable edad, de ceño osco y gesto amenazador. Llevaban sendas largas picas de madera con punta de hierro, ostensiblemente oxidado. Las enarbolaron como quien se dispone a lanzarlas contra un objetivo cercano, mientras proferían en tono amenazador exabruptos y blasfemias. Pidieron a gritos que les entregásemos cuantas monedas tuviéramos. Dijeron que deberíamos obedecer, si no queríamos ser blanco de sus armas…; que nuestra colaboración evitaría que quemasen todo el poblado tras registrar hasta el último rincón… Marcons dijo que allí no había dinero. "No sólo es dinero —dijeron—; cuando llegue el inquisidor de Cagliari, con los soldados, habréis dejado el nido, libres de la justicia que os merecéis. Nosotros cuidaremos de que eso no ocurra". No obstante, Marcons pensó tal vez que lo único que deseaban era dinero; y agregó que, el pequeño caudal de los pobres hombres que eran, había sido repartido entre los hermanos para hacer frente al largo viaje que en estos momentos estaban emprendiendo. La pica de uno de los facinerosos voló hasta el pecho de Marcons. Su punta quedó clavada en el cuerpo de mi obispo. Mientras, libré mi espada de la pretina, la blandí, y la hice caer sobre la cabeza de uno de los hombres. El otro se me quedó mirando, con los ojos inyectados en sangre. Dio un paso hacia mí y fue su perdición por cuanto pude alcanzar con tanta fuerza su cuello, con el filo de mi espada, que en trance estuvo de quedar totalmente cercenado. Acudí de inmediato junto a Marcons. Había perdido el sentido. Retiré de un tirón la pica. Aquella me pareció una herida mortal. La limpié con un paño que dejé metido en ella, conteniendo la hemorragia. Entré en la cabaña y cogí mi saquito de cuero, habitual contenedor de los remedios que utilizamos los soldados. Apliqué sobre la herida un buen chorro de agua y la cubrí con hierbas secas: un preparado a base de hojas de ortiga, para contener la hemorragia; hojas de diente de león, para evitar o aliviar la inflamación; y una buena base de hojas de olivo para evitar la fiebre. Arrastré su pesado cuerpo hasta el interior de la cabaña y lo deposité en el suelo… Debo decir, que la llegada de dos hermanos, que venían a dar la noticia del avistamiento cercano de las naves pisanas, facilitó mi trabajo. Enterramos a los asaltantes y bajamos lentamente hacia la costa, llevando a Marcons en las parihuelas que habíamos confeccionado. Cuando llegamos a la playa, Marcons había muerto.

Sentado junto a Marieta, temblando mano y pluma con las que trazo los desmañados renglones que aquí podéis contemplar (con alguna evidencia de que apenas los podréis leer), renuncio a seguir relatando los pormenores de la muerte de Marcos, y el efecto desolador que produjo en mi ánimo tan cruel destino. Solo añadiré por hoy, que la presencia de Marieta está siendo el más dulce bálsamo de que podría disponer para aliviar este dolor que atraviesa mi pecho, de desconocida naturaleza hasta ahora. Wifredo nos dijo que debía seguir viaje de inmediato. Llegar a Jaca lo más pronto posible. La muerte de Marcons había hecho cambiar muchas cosas y era su obligación, y necesidad de "nuestra comunidad", el que él atendiese la llegada de los hermanos procedentes de Cerdeña... Al día siguiente, de madrugada, he oído los cascos de su caballo golpear el enlosado y, luego, perderse su sonido lentamente, alejándose... Dios te guarde, Wifredo de Creuse.

A través del relato de Marieta, puedo anotar su feliz venida a Alpuente. Me dio cuenta de la conversación mantenida con Tobías en la playa de Formentera, aquella madrugada de su desaparición. Cómo Marieta estaba dispuesta a seguirme. Cómo Tobías le dijo que debía cerciorarse primero, él mismo, de mis sentimientos. Y, en su caso, cómo se las ingeniaría mi amigo para hacer posible su encuentro conmigo. Tobías había arreglado la llegada de Marieta a Valencia, gracias a los buenos oficios de Lope cerca de su hermano el templario. Cómo, sin la debida certeza, arriesgó su viaje, sin decirme los motivos, por cuanto de no tener éxito en su misión, me evitaría el tormento de la decepción y amargura de que él había sido protagonista, durante tantos años, por su pérdida de Laura.

Marieta observa mi silencio. Rodea mi cintura con sus brazos; me parece que algo muy grande estoy viviendo, tal vez lo único verdadera y gozosamente grande que me ha ocurrido en toda mi vida: esta presencia impagable de esta mujer a la que amo...

CAPÍTULO X

PROMESAS...

Y esta mujer, a la que amo, acaba de recibir mi petición de matrimonio. "Sólo si lo deseas –le digo". Y Marieta, a pesar de sus demostradas resolución y firmeza ante situaciones que en el terreno personal podrían estimarse límite, llena sus ojos de lágrimas, se aprieta a mi cuerpo y deja paso a un ostensible gozo. Lo desea, lo desea vivamente. Ríe, me abraza, llora... Llora, me besa, ríe, me abraza... Y así durante un buen rato.

Le digo que la religión en que he sido formado desde mi llegada a Cerdeña no reconoce el sacramento del matrimonio. Antes al contrario, rechaza el matrimonio mismo, con el fin de acabar cuanto antes con este mundo maldito, tras cuyo fin resplandecerá la luz última. Tobías me mira con esa mirada escrutadora suya que parece penetrar hasta lo más hondo de la mente de sus interlocutores. Lope ha enjoyado su rostro lampiño y sus azules ojos de ascendencia vascona, con una sonrisa de satisfacción extrema. José sonríe y calla. Zafar no está presente.

—La encomienda de Villel será un buen sitio para una boda —dice Lope.

En un largo paseo, esta tarde, Tobías habla sin mirarme. La suya es una larga exposición que parece destinada a enumerar y reafirmar para sí mismo los principios que nos atan a la creación, de forma tan clara y contundente como Marcons enseñó a los dos.

Al final de su discurso, Tobías hace que nos sentemos sobre los tocones de unos árboles abatidos. Me mira por primera vez en todo el paseo y dice:

—Simón, hermano, ya te dije en Formentera que no podrías llegar a ser un *perfecte*. No, no lo lamento, por mucho que mi condición debiera tener por primordial tarea conservarte para nuestra fe… Ya sabes que para mí ya estás casado, por darle el nombre que se le da en el siglo a la unión canónica entre un hombre y una mujer. No sé cómo podrás seguir tu camino hasta la Nueva Jerusalén si los principios que llevaron a Marcons a concebir su erección no son ya los tuyos. No te sientas obligado a seguir el camino. Yo los tengo muy arraigados, soy viejo y voy a morir conservándolos. Ahora que Marcons ha muerto…

Se siguió un largo silencio. Pude articular palabras desmañadas que, corregidas, traslado a mi crónica esta noche.

—Hermano —dije—, nos ha movido una fe común. Era yo muy niño cuando recibí la santa influencia de nuestro obispo. Creí en él y en sus enseñanzas… pero… ¿seré capaz de sobreponer las lecciones aprendidas de Marcons a las prácticamente nacidas conmigo?…

Sea cual sea la deriva y resolución de mis dudas, siento que Jaca me espera… y no me espera en balde. Marieta vendrá conmigo y es ella la que con mayor calor, tras conocer mi peripecia, defiende nuestra perseverancia, celebremos boda o sigamos como estamos.

—¿Y cómo creéis que estáis? —inquirió Tobías.

—Decídmelo vos, Tobías, único maestro mío tras la desaparición de Marcons: Éste nos enseñó que toda unión de un hombre y una mujer con intenciones de procreación va contra todo intento de nuestra fe por terminar con este mundo del diablo… Lamento dudar de tales principios… He dicho bien, Tobías, "dudar". Son derivaciones lógicas de los postulados básicos. Y siento, cada vez con mayor ardor, que tales postulados son objeto de mi frecuente y desazonador rechazo íntimo.

No puedo continuar esta noche con estos asuntos... Marieta duerme en su jergón, a mi lado.

Hoy ha amanecido un día radiante. Hemos permanecido todavía en Alpuente, por cuanto Zafar, su esposa y su madre están preparando unos vestidos para Marieta. Entrada la tarde hemos sido llamados: Todos los acogidos nos hemos personado en la sala principal. Zafar nos ha señalado los brillantes ropajes que había dispuestos sobre la gran mesa.

—Ya que no podéis casaros por nuestro rito musulmán —ha dicho Zafar tomando y mostrando desplegado el bello traje nupcial—, vestid, al menos, nuestro traje. No habrá ofensa alguna para vuestra fe en que así lo hagáis.

José se me ha acercado. De un envoltorio extrae un bello solideo, negro, "de lana densamente tejida por Marieta", según él mismo informa, y dice en su ofrenda:

—Por la misma razón que ha señalado Zafar, y no pudiendo celebrar vuestra boda bajo nuestro rito sefardí, acepta, Simón, nuestro bello *kipá*. En nada os ofenderá. Al cabo, es el testimonio aceptado por nuestras creencias y las vuestras de que Dios está por encima de los hombres: "Que la cabeza no quede descubierta ante Dios".

Tímidamente, Elena, la bella esposa de Zafar, entrega a Marieta dos alianzas de oro que extrae de una pequeña cajita ovalada.

—Con el permiso de mi marido, recibid, Marieta, Simón, el símbolo de vuestra alianza que también recibí yo de mi madre, entre las pequeñas cosas que me legó al morir... Es el símbolo de nuestra fe cristiana...

—Se han anegado en lágrimas los ojos de Elena. Hemos correspondido todos con un absoluto silencio; Zafar ha rodeado los hombros de Elena con su potente brazo. Se estaba deshaciendo en mi mente la general y aceptada creencia de la total y absoluta sumisión de la mujer al marido musulmán. Aquella escena me pareció como celebrada por un matrimonio cristiano. Creo que todos hemos llorado un poco.

–También una "mora" de mis años puede hacer un regalo a una jovencita infiel en el día de su boda –ha tomado la palabra la madre de Zafar, adelantándose unos pasos y exhibiendo sobre un paño de lino un par de lo que denominó *assúrkas de plata*.[41]

Lope ha carraspeado. Ha ido hacia la mesa y tomado de ella el largo velo rojo y blanco. Lo ha mostrado extendido, apoyado en sus antebrazos. Con su buena voz y con cierta emoción no exenta de convicción, ha dicho:

–Marieta y Simón, amigos: vosotros sí podéis celebrar vuestra boda bajo nuestro rito cristiano. Pero el ruego de este viejo que ya a pocas bodas asistirá, es sencillo de cumplir: y el ruego encarecido, solemne, apasionado si me lo permitís, es que la celebréis por el rito mozárabe, plena y canónicamente reconocido por la iglesia romana… Este velo rojo y blanco de la velación y entrega, es el máximo exponente de nuestro rito… junto con estas trece monedas valencianas que os entregaré –y muestra una bandeja con unas cuantas monedas, al parecer de plata–, no rituales por ser valencianas sino porque constituyen las ancestrales *arras* con las que vais a dar continuidad a la bendita tradición.

Instintivamente, he mirado hacia Tobías. Lo he visto serio, al parecer muy preocupado. El matrimonio está fuera de las creencias de un *perfecte*. ¿Cómo celebrar, cómo agasajar el que va a ser celebrado por uno de los creyentes? No se me ocurre nada para sacar a Tobías de su turbación. Miro hacia Marieta. Parece que ha comprendido. Ha dejado de sonreír… Pero vuelve la sonrisa a sus labios mientras avanza hacia Tobías. Le tiende las manos. Tobías deposita en las suyas, grandes, robustas, trabajadas… aquellas manos pequeñas pero también azotadas por la aguja, la red, el salobre, la arena de tantos días de playa ganándose su

---

[41] Ajorcas, brazaletes.

pobre sustento. Marieta vuelve a sorprenderme. Su lucidez, su determinación... Ha dicho en voz alta, armoniosa como es la suya, sin dejar de sonreír, mirando con fijeza los ojos de Tobías, unas palabras cuya sabiduría es de Marieta y tan sólo mío el ropaje con el que las voy a vestir en esta crónica:

—No sé como podría demostrar a toda esta buena gente mi gratitud por los espléndidos regalos que acaba de hacerme... Sólo se me ocurre decirles: ¡gracias!. Y no creo que sientan disminuido mi agradecimiento si digo que Tobías me ha hecho el mayor regalo que una muchacha como yo, en unas circunstancias como las que he vivido, podría recibir. Me habéis traído, Tobías, a los brazos de Cristín. Sé de vuestro constante sacrificio por salvaguardarlo de todo mal. Y cómo habéis sido capaces de urdir la estratagema, que yo estimo providencial y santa, que me ha traído hasta aquí. Muchas gracias.

Y Marieta se eleva sobre las puntitas de sus pies y estampa un beso en la mejilla de Tobías... al que he visto llorar, levemente, por primera vez en toda mi vida con él. Tobías, al fin, con resolución, ha pronunciado unas palabras. Ha dicho:

—Ved, amigos, cómo se está haciendo visible hoy, aquí, la vida en común de las tres culturas... Lamento que todavía no esté presente en toda ocasión y ámbito este sentido de la tolerancia, máxima aspiración, por la que murió, mi santo obispo Marcons. Algún día, Simón, recibirás el legado de nuestro común Maestro. Te lo prometo... y deseo que aceptes como regalo esta promesa, este don inmaterial que algún día agradecerás...

Me han dejado perplejo las últimas palabras de Tobías. Sé que nada me adelantará de lo que ha querido decir. Y sé que Tobías no promete nada que no desee cumplir. Por esta noche ya basta de... emociones. Tenemos el propósito de seguir mañana hacia Villel y espero que la ascendencia de Lope con los templarios lleve a buen puerto, según nos ha asegurado, el asunto de nuestro matrimonio.

Joaquín Muñoz Romero

VILLEL. LA BODA

Dejamos hace tres días Alpuente. A nuestra izquierda se sucedían profundos precipicios desde que abandonamos la villa. La estrecha vereda que seguimos, no obstante, no resulta difícil de transitar si no ocurre percance alguno con los caballos. Estos días de mediados de julio resultan frescos, por la mañana y por la noche. Desde antes del mediodía y hasta mediada la tarde, el sol calcina las piedras y seca nuestras gargantas. Nos hemos detenido varias veces en lugares llanos, accesibles sin dificultad para nuestras monturas, a la derecha del camino. José cabalgaba sin penalidad especial y con manifiesto restablecimiento. Marieta viajaba a la grupa de mi caballo y se ha mostrado alegre: murmuraba a veces viejas tonadas marineras. Algunas de ellas las recuerdo y las sigo en silencio, con el pensamiento.

He calculado en algo más de siete leguas la distancia entre Alpuente y Villel, distancia que me ha sido confirmada por Lope, según sus propios cálculos y las noticias que le dio Zafar en Alpuente. Hemos llegado a media mañana. Sería entre tercia y sexta. Acampamos cerca de la muralla. Encierra ésta un castillo de aceptables dimensiones, construido sobre un cerro asomado a uno de los desfiladeros del río Turia. Acoge a los freires templarios; encomienda importante para ellos, por su estratégica ubicación al sur de Aragón. Lope nos ha dejado solos, para acudir a la encomienda pertrechado con sus credenciales y su buen decir y mejor estar.

El resto de la mañana, lo hemos pasado observando el río, bajando y subiendo por los estrechos caminos que descienden hasta sus sotos…, y aguardando a que Lope llegue con buenas noticias.

–Los freires nos esperan –dice Lope cuando regresa–. Para ellos, sois peregrinos en busca del camino jacobeo. He adelantado al prior el asunto de la boda… Parece que no habrá problema, con la garantía de las cartas que he exhibido… Aunque no ha dudado en manifestar lo irregular de las prisas por celebrarlo, sin atenernos a los tiempos nupciales de publicidad e informe de las parroquias de origen, de acuerdo con lo establecido en 1215 por el Concilio de Letrán.

No ha habido, efectivamente, problema alguno, fuera del mosqueo del ordinario del lugar quien, finalmente, se ha sumado con gozo a la celebración, tras el relato del prior y las garantías dadas por Lope, quien, además, ha hecho valer la –según afirmó– "imprecisión de las normas del santo concilio lateranense alegadas por el rector".

La mayor zozobra vino del hecho de que se había preparado un documento, por el que Marieta y yo jurábamos acerca de nuestra condición de bautizados, la libre aceptación del sacramento, y el no estar sujetos a matrimonio previo. Lope había informado sobre tal protocolo, pero Tobías ha convencido a Lope para que el documento recogiese la fórmula de "manifestamos", en lugar de la de "juramos", cuestión ésta del juramento prohibida por la fe de los "buenos hombres". Lope ha sabido administrar a satisfacción tal sugerencia... Hemos sido instalados en una pequeña casita, habitada por una viuda ya anciana, a la salida de Villel. La casita es de tres piezas y satisface ampliamente nuestros deseos de independencia.

A la salida de la capilla, ya casados en un acto tan sencillo y breve que no describiré, Lope ha manifestado su deseo de celebrar "por lo laico", según su propia expresión, el feliz desposorio. Ha conseguido que sean dispuestas en el patio de la encomienda dos largas mesas, con bancos que han sido ocupados alegremente por los freires, el rector y nuestra heterogénea compaña. Ha sido servido un abundante, pero humilde refrigerio: verduras, pescado, huevos, los grandes tazones de barro conteniendo un sabroso *sop*[42] de harina de legumbres y vino,

---

[42] En la Edad Media, sopa confeccionada con leche, vino, legumbres trituradas... Se "mojaba" en ella trozos de pan, generalmente duro, de harina de castañas o bellotas. Este es el principio. Existía gran cantidad de variantes.

así como pequeñas cestas con recién horneado pan, "de trigo y de bellotas de encina", en palabras del freire racionero. Tal vez fuera el vino del sop, o el que fue servido en jarritas vidriadas, o tal vez la alegría de, la poco común, celebración en aquella diminuta población…, o tal vez todos estos elementos juntos… los que hicieron perder solemnidad y silencio a tan pía concurrencia. ¡Al fin y al cabo, era un banquete de bodas! Aunque, en ningún momento, se perdió compostura y respeto. Frei Rodrigo (Rodrigo de Gormaz, según aclaró), sentado entre Marieta y yo, quiso conocer nuestro origen y nuestro destino, a lo que he respondido con toda la vaguedad posible sin que pudiera pecar de sospechosa: Nuestra vinculación a la milicia, nuestros servicios a los francos en las tierras de Tolosa, Carcasona y otros del sur. Nuestro origen en Formentera, nuestro encuentro con Tobías, Lope, José… y nuestra marcha hacia Compostela.

—¡Tolosa, Tolosa! —replicó frei Rodrigo con vehemencia.

—¿Os trae recuerdos gratos? —preguntó Tobías—. Espero que lo sean.

—A mis cincuenta y seis años, se confunden en mi corazón los recuerdos gratos y los ingratos, los gloriosos y los aciagos…, que de todo hubo… Pero Tolosa marcó mi vida.

El templario adoptó un aire ausente. Todos nos dimos cuenta de que estaba preparando un relato que deseaba, ardientemente, contar en voz alta. Dejó que su mirada se perdiese más allá de los comensales. Se hizo un total silencio. Y habló:

—Dios bendiga a mi santo maestro, Domingo de Guzmán, y ruegue por todos nosotros. Amén. Con catorce años de edad, me mandó mi padre al Estudio de Palencia, donde todavía se recordaba el paso singular de mi maestro por el Cabildo, como Vicario General. Lo fue en 1198, con sólo veintiocho años de edad… Yo llegué a Palencia en 1214. Mi santo Maestro, tras las embajadas que le fueron encargadas por el Rey Alfonso VIII de Castilla, cerca de la corte danesa, viajó a Roma. En el año del

Señor de 1215 funda en Tolosa la primera casa de su Orden de Predicadores y, en 1216, la Bula del Papa Honorio III confirmó la aprobación de la Orden. Yo, no muy aventajado discípulo en Palencia, sentí la llamada del Señor, como efecto de los relatos que, sobre nuestro ahora ya Santo, corrían por la ciudad. Con la venia de mi padre, consuelo de mi madre y alivio de mis hermanos mayores, decidí tomar los hábitos en Tolosa, en la Orden recién fundada. Fue a finales de 1216 cuando ingresé en la Casa y donde tuve el sagrado privilegio de conocer a mi Maestro... No puedo omitir el clima de miedo, consternación y, en algunos casos, gozo que las cruzadas albigenses habían dejado entre los pobladores del Languedoc... No me referiré a tan desgraciados acontecimientos. Mi santo Maestro, por encargo del gran Papa Inocencio III, se había establecido en aquellos territorios, con el fin de desarrollar su magisterio católico entre los herejes, no con el de aniquilarlos por el fuego... Duró poco mi estancia en Tolosa. En el verano de 1218, a su regreso de uno de sus constantes viajes a Roma, dispersó a los frailes de la Casa. Regresamos a Castilla cuatro hermanos. Mi padre consiguió, dada su condición de noble castellano y a petición mía, mi ingreso en la Orden de los Templarios... De los diecinueve a los cuarenta y cinco años, he surcado los mares en las naves de mi Orden; visité los Santos Lugares; recibí la furia de mamelucos otomanos, de griegos descontentos con nuestra presencia en su imperio; recibí el agasajo de comunidades cristianas dispersas por el Este... Me puse al servicio de Dios a través del servicio a mi Orden. Y, de todo ello, los escasos dos años en tierras de Tolosa han sido los que más han marcado mi vida y mayor congoja han llevado a mi espíritu...; sin duda, por las sangrientas circunstancias en que se vieron envueltos nuestros hermanos de las tierras de Oc. Calló el templario. Se volvió hacia Marieta y sonrió.

—Y habéis recalado en Aragón —indicó Lope.—. Castilla, vuestra patria, es larga en tierras y honda en virtudes... También yo estudié en Palencia. Llegué a ella antes que vos, en 1210, con diecisiete años de edad, recién convertido en Universidad lo que había sido antiguo Estudio General... Sois de una tierra noble y habéis tomado, u os lo impusieron al nacer, el nombre de vuestro ilustre antepasado Rodrigo Díaz de Vivar, señor de Gormaz. Como él, retornasteis a vuestra tierra. Ya conocéis los versos del cantar de gesta que circula por ahí:

"¡Albricia, Alvar Fáñez, ca echados somos de tierra!
¡Mas a grande ondra tornaremos a Castiella!"[43]

—Sois un erudito, Lope. Y me place —apostilló frei Rodrigo—. Algo que yo no he conseguido ser. Yo estudié en algunos textos traducidos por vos... No creáis que pasasteis desapercibido en Palencia. También conocí a vuestro hermano... Aunque me adelantaba en varios años de edad, muchas de nuestras aventuras marinas las habíamos realizado juntos y juntos regresamos a España: Él, a Valencia; yo, en un principio, a Villalcázar de Sirga, donde sé que también vos os hospedasteis; después, a este paraíso para viejos templarios que es Villel... Y al fin puedo cantar, en este santo retiro, con nuestro mayor poeta castellano:

"Yo, maestro Gonçalvo de Verceo nomnado, Yendo en romería caecí
en un prado Verde e bien sençido, de flores bien pobladoLogar cob-
diciaduero por a omne cansado".[44]

Tobías me ha preguntado si Marieta y yo regresamos a la costa. Mi esposa se me ha adelantado y ha dicho a mi hermano que nuestro destino está ligado al suyo.Esta noche transcribo estos hechos. Mañana, dejaremos Villel.

---

[43] Poema de Mío Cid. Copia o versión de Per Abbat de 1207(¿?).

[44] Berceo: 1197-1264 (¿?). "Milagros de Nuestra Señora".

CAPÍTULO XI

ERIC. ROBERTO. LOS ALMOGÁVARES

Hace unos días que cabalgamos. Hemos dormido bajo los árboles, hasta esta noche en que Lope casi nos ha obligado a que no nos detuviéramos antes de encontrar un hospedaje. Seguimos hacia Castellote. No es extraño que Lope tenga querencia por las encomiendas. José le dice que es un mal peregrino: "Huye de las incomodidades, como buen rico que es", le espeta con sorna. Lope replica, serio, que no es un mal remedio, cuando se puede. "Con todo, José, casi dejamos las posaderas en el camino".

La hospedería es pequeña, emplazada en un claro de un tupido bosque de pinos y robles. Sobre éstos destacan unos hayedos, allá arriba, en una vaguada. El ventero nos dice que esto es Alfambra; que la villa está a menos de media legua de distancia; "Villa principal de los templarios —nos asegura— y última fortaleza frente a los cristianos de la desaparecida taifa de Banu Razin".[45]

Lope, al parecer, no tenía conocimiento de esta encomienda, por lo que su próxima referencia desde Villel es Castellote. Tobías afirma con rotundidad que no nos detendremos. Los acontecimientos se han precipitado con la muerte de Marcons y

---

[45] Familia que ocupó y dio nombre a la actual Albarracín. Taifa hasta 1104 en que fue ocupada por los almorávides.

las incógnitas que se plantean sólo podrán ser resueltas, parcialmente, en Jaca. La ocasión ha sido propicia. Tobías y yo hemos quedado solos en el pequeño comedor.

–Tenéis pendiente de contarme –recordé a Tobías– lo que anduvisteis por el mundo tras haber dejado Limoges y vuestro regreso de la Bretaña

–Es algo más, Simón –confirma Tobías–. Es algo que atañe a mi encuentro con Eric el Normando y con Marcons..., por este orden... Y te lo voy a relatar, ahora que estamos más cerca de Jaca y nuestro obispo Marcons ha desaparecido, transmigrado a no sabemos qué ser viviente... o, por su gran virtud, acogido directamente en el reino de Dios por todos los *"eones" de los "eones"*[46]... El mediado otoño de 1209 aún daba todo el color y calor a mis dieciséis años. Decidí visitar a mis hermanos. Nada pudo ser más inoportuno como alimento de mi orgullo. Me hospedé en el castillejo, sí, pero comprendí (y comprendieron mis hermanos) que nada hacía yo en aquella morada, que había dejado de ser la mía, a todos los efectos y a todos los afectos... Regresé a Bretaña, más con el dolor de la pérdida de Laura, tratando de anegarme en un mar de desesperanza, que por el desafecto de mi familia. Me detuve en una venta, cerca de la antigua villa de Nantes, junto al enorme delta del Loira. Atados a recios troncos, aparecían hasta diez caballos, debidamente enjaezados para la marcha, con arneses que sin duda correspondían a la guarnición propia de equinos militares. Me apeé y até mi caballo no lejos de los otros. En el interior, había un nutrido grupo de soldados. Me fue familiar su lengua, mezcla de normando y de oïl. Me senté en el extremo de un banco. En el otro extremo, un joven algo mayor que yo, rubio, de largos cabellos bien atusados, se distinguía de los demás por el aspecto y modales que, sin

---

[46] Por los eones de los eones: Expresión sustituida en los rezos cátaros, con el significado de *"por los siglos de los siglos"*. Eón: (R.A.E): Período de tiempo indefinido de larga duración.

duda, se muestran o creo distinguir en los caballeros de noble ascendencia... Pregunté al soldado que estaba sentado a mi lado qué tropa era aquella. Sin apenas mirarme, me respondió que era la "cohorte del señor Eric", noble normando, hijo de señores en las tierras de Caux, al norte del Sena y de la villa de Rouan... Dijo todo esto en un tono de panegírico que se acompasaba mal con la poca atención que me mostraba, no volviéndose, siquiera, a mirarme. "¿Sois, también, cruzados con destino a la lucha contra los albigenses?". Esto lo dije en un tono deliberadamente alto. Quería llamar la atención del noble Eric... "¿Cruzados contra los tejedores? —el tono de su voz fue más alto que el empleado por mí". Eric dirigió su mirada hacia nosotros y preguntó con una muy bien timbrada voz qué era lo que pasaba. "¡Que este niñato pregunta, despectivamente, si somos cruzados del Papa contra los herejes del Languedoc, o como se llamen aquellas tierras del sur...!" Me levanté y miré atentamente a Eric: "Señor —dije—, nada he dicho del Papa ni nada he dicho despectivamente". "¡Estáis diciendo que miento! —bramó el soldado". "Mentís —dije con resolución, con la mano en la empuñadura de mi daga y atento a cualquier movimiento que pudiera hacer el soldado—, si decís lo que habéis dicho que yo he dicho sin haberlo dicho". El galimatías en que me había manifestado hizo, al parecer, mucha gracia al señor Eric, porque se levantó, se puso en jarras, soltó una estrepitosa carcajada, que fue seguida por la del resto de soldados, y se vino hacia mí. "¿De cuántos años presumís? —preguntó sonriente". Rápidamente, comprendí que la voluntad del noble Eric podría ganarla, más con algún atisbo de ironía, que con la adustez de una respuesta enojada. "Noble señor —respondí—, creo que ambos nacimos alrededor de 1193; si no fuera así, os confesaré que he cumplido dieciséis años...". Eric se sentó a mi lado; preguntó sobre el lugar de mi nacimiento, sobre mis circunstancias personales, la causa de mi viaje y mis planes para el inmediato futuro. Eric era algo mayor que yo: había cumplido los dieciocho y su circunstancia era similar a la mía, aunque procedente de una familia de origen vikingo, descendiente de Rollon, de mayor fortuna que la de mis padres; hermano menor de una grey de cinco y al encuentro, como yo, de gloria y fortuna por los atribulados territorios del sur de la Galia, de la cruzada contra los sarracenos en Hispania o, en su caso, como cruzado en la reconquista de Tierra Santa. Eric me acogió en su tropa como el mercenario que yo deseaba ser, aunque me dejó muy claro que no habría más soldada que la que pudiésemos obtener de los señores que nos contratasen, a salvo el botín que pudiéramos lograr de nuestro arrojo, y de la inteligencia y dotes de mando de nuestros señores para escoger los objetivos, y dirigir las contiendas. Entre los soldados figuraba el aragonés Roberto de Aínsa, de unos treinta años, que tanta influencia ejerció sobre Eric para que nuestro destino fuera Hispania, y ya en ella, los valles del alto Aragón, con Huesca como capitalidad ya indiscutible. Emprendí con ellos el camino del sur, sin dejar la costa, tan querida por Eric; y tras algunas escaramuzas con otra tropa, que no merecen ser recordadas, tuvimos noticias de los preparativos de los reyes hispanos para, confederados, lanzar una dura campaña contra los almohades, tras la, largamente llorada por Alfonso VIII, derrota de Alarcos, en el verano de 1195, a manos de las tropas de Yüsuf al-Mansur, en las tierras centrales de la península, sobre el Guadiana. El paso de Roncesvalles, entrada casi obligada a la península, por el oeste, hizo rememorar a Roberto la gesta de los vascones en este paso, contra los ejércitos de Carlomagno, a finales del siglo XI, de regreso a su territorio tras su fracasada tentativa de conquistar Zaragoza. La "Chanson de Roland" narra la peripecia, pero falseando lugar y vencedores. En nuestro descenso hacia Jaca, al doblar un recodo del estrecho camino de herradura que bordeaba un abrupto precipicio, el brazo levantado del guía hizo que nos detuviéramos apresuradamente: Un enorme peñasco obstruía totalmente el paso. Desde lo alto de la sierra, nos llegó la voz en grito de un hombre, al que no podíamos ver. Habló un altoaragonés que sólo, al parecer, fue entendido por Roberto de Aínsa: "¡Deténganse! —fue el lacónico grito que oímos". "¿Quién lo manda? —alzó su voz el de Aínsa, dirigiéndose hacia el alto cerro". "¡Primero, tendréis que responder a mi demanda! —replicó la voz". "Somos una tropa de normandos que se dirige a Huesca —aclaró Roberto". "¿Normandos? ¿Con ese dialecto aragonés con que me habláis? —dijo el personaje". "Solamente yo no lo soy. Me llamo Roberto de Aínsa y he pasado una buena parte de mi juventud en las huestes del rey Juan Sin Tierra, en sus posesiones en territorio franco. Me uní a esta tropa, al mando del señor Eric el Normando, en su viaje al sur, donde deseamos entrar al servicio de vuestro Rey y el mío… Pero si os dejáis ver y bajáis al camino, podremos demostraros la veracidad de cuanto os tengo dicho". Empezaron a aparecer en los altos de la sierra, tras las rocas, las cabezas de los que sin duda eran secuaces del portavoz. Comenzó a percibirse ruidos como de movimiento de armas, cuerpos y ramajes… Y fueron saltando al camino, frente a nosotros, desde la otra parte del peñasco que obstruía el camino, uno, dos, tres… hasta doce individuos, con casi idéntica vestimenta y, al frente de ellos, un cabecilla. Seguramente que éste era el que nos había interpelado. Observamos que todos iban pertrechados con el mismo tipo de armas: un parvo escudo redondo, dos cortas lanzas y, al ancho cinto de cuero, un largo cuchillo. Vestían un camisón que casi les llegaba al suelo. Eran tropas de a pié, y pensamos que se trataba de alguna nutrida partida de salteadores. "Si sois lo que decís —dijo el cabecilla—, bienvenido seáis a nuestra tierra… No sois los primeros ultramontanos que nos visitan… Unos para bien, y otros para mal… El tiempo dirá si sois de los primeros…". Roberto, repuesto de su primer asombro, tomó la palabra y, como reflexionando, quiso dar por segura la idea que había concebido sobre el carácter de aquella tropa: "Al-mugawires,[47] sin duda". "Llamadnos almogávares –replicó el capitán". No fue difícil entendernos y comprobar la naturaleza de nuestras respectivas actividades. A un grito del que parecía su capitán (almugatén lo llamaban), sacaron sendas piedras que, golpeadas con furia contra un eslabón, lanzaron un haz de chispas, de efecto lumínico aminorado por la todavía presencia del sol en el cielo. Aquellos golpes fueron acompañados por un clamoroso alarido que pudimos distinguir como ¡Aragón!, ¡Aragón! El almugatén nos indicó que nos daban aquella bienvenida con la misma ceremonia con que entraban en batalla... Seguimos viaje con ellos. La milicia almogávar fue creciendo. Salidos de los desfiladeros de los valles que atravesábamos, nuevos individuos fueron apareciendo, sumándose a la tropa. Más tarde, en un descanso, Roberto nos dijo que aquella fuerza se formó con campesinos aragoneses que se habían unido para contrarrestar los ataques –y consiguiente ruina– que habían perpetrado los moros, en sus constantes correrías por las tierras altoaragonesas. Tras la expulsión de los moros hacia el sur, esta tropa se ofreció a los reyes de Aragón como mercenaria. "También nosotros –dijo el almugatén– nos dirigimos, como otras tantas veces, a sumarnos a las mesnadas de nuestro Rey. Se preparan días de lucha en las tierras del norte, tributarias de nuestro señor... Y, en el sur, grandes contingentes de cristianos se aprestan a dar una dura lección a los sarracenos. Nuestros hermanos del Ribagorza no fueron autorizados a luchar en Beziers ni en Carcasona, por cuestiones que no nos corresponde entender... Pero

---

[47] Almogávar: Nombre dado por los musulmanes a esta tropa, por su práctica guerrera que podríamos llamar "de guerrillas": Expedición sobre un enclave moro, su devastación en mayor o menor medida y regreso a sus montañas. Ya se sabe cómo fue evolucionando hacia mayores metas, siempre como mercenaria de los reyes aragoneses, y su legendaria expedición hacia Bizancio en el primer lustro del siglo XIV, al mando del italiano Roger von Blume, conocido como Roger de Flor.(-Brindisi: 1266; Adrianópolis: 1305).

hemos sido llamados en esta ocasión, y no dudamos que el sur o el norte son nuestro próximo destino activo, no la ociosidad". En otro descanso, bajo el palio de las grandes copas de los robles, el almugatén Pablo, que así se llamaba, invitó a uno de sus soldados, Peire, a que nos narrase las juglarías que sobre Beziers corrían de boca en boca. Peire sonrió, se aposentó cómodamente con la espalda apoyada contra un tronco, carraspeó y empezó su relato con una bien timbrada, ordenada y agradable voz: "Ramón de Miraval, noble del Cabardès, con la única lanza y el único escudo del Amor, bajo la enseña del Mais d'Amic,[48] ensalza las virtudes de Azalais y la Loba de Pennautiers, las buenas creyentes de las cortes de Cabaret y Lombers, con la lengua-cansó de Limoges y Tolosa. Julio se viste de rojo. Pero vendrá el señor a nuestras tierras y, entonces, damas y amantes podrán recuperar el joi (gozo) perdido. Lyon, Quercy, Casseneuil… Julio, señor del fuego; Arnaldo Amaury,[49] látigo de fuego contra los buenos hombres y los otros hombres de Beziers ("Dios reconocerá a los suyos"). Trencavel dominado, rendido. Carcasona, abandonada. Simón de Monfort, erigido. Pedro II, traicionado, espera, espera…" Calló el trovador y, a pesar de que todos sus compañeros habrían oído su recitado docenas de veces, recibió una cerrada y cordial respuesta de las armas contra las armas, con descomunal estrépito. El almugatén nos explicó luego los detalles de lo relatado en prosa poética por el juglar altoara-

---

[48] "Más que una amiga". Enseña de los juglares provenzales y del Languedoc, como símbolo del "amor cortés": una especie de "amor platónico" con el que se complacían damas casadas y damitas solteras, que se enorgullecían de ser distinguidas por el cortejo de un juglar, lo más famoso y apuesto posible.

[49] Abad del Císter, legado de Inocencio III al frente de la cruzada contra los cátaros o albigenses, mayoría entre los nobles y plebeyos de las tierras del Languedoc. Responsable, aparte de la responsabilidad del rey franco, de la masacre de Bezier y de la toma de Carcasona y el encierro e inminente muerte de su vizconde, Ramón Roger de Trencavel: titular hereditario, hasta entonces, del vizcondado de Beziers-Carcasona-Albí.

gonés. A la vista de la que Pablo llamó Jaca, se nos hizo saber
que la atravesaríamos al mediodía, para acampar fuera de la ciudad, por su salida del este. "No nos gusta la nocturnidad en
nuestra llegada a nuestras propias villas. Con mis hombres —indicó Pablo— rendiré culto a nuestro Santo Patrón San Pedro, en
el atrio de la Catedral, donde seremos recibidos por el clero y
los jurados. Luego seremos alojados en el lugar que para nosotros tengan dispuesto, a la espera de nuevas compañías hermanas... Vos, noble Eric, y vuestros bravos soldados, podréis seguir viaje, a vuestro antojo, hasta Huesca. Si sois molestados por
gentes de paz, invocad mi nombre. Si sois atacados por malhe-
chores..., defendeos como sabéis...". La compañía de almogávares habíase quedado rezagada en la puerta de la muralla. A
ella regresó Pablo. Nosotros seguimos adelante, por una empe-
drada calle que cruzaba la ciudad, como se nos había indicado
que hiciéramos. Ya a la vista de la puerta del este, nos salió al
paso una pequeña dotación de alguaciles, o como fuera designa-
da aquella menguada tropa. Una aflautada voz, surgida de la
garganta de uno de los personajes, nos conminó a que nos detuviéramos, con tan malos modales que tuve que sacar la espada
y arrancar de sus manos la que ostensiblemente blandía el individuo. "¡A mí los justicias! —gritó el energúmeno". Eric se dirigió a mí y afeó mi impaciencia. Se apeó del caballo, fue hacia el
personajillo y pidió disculpas. Roberto las ratificó, dio cumplida
noticia del verdadero carácter de nuestra identidad e invocó el
nombre de Pablo de Siresa, "a la sazón a las puertas de la Catedral", añadió convincente... "Nadie puede —apostilló el guardián— permanecer o transitar por Jaca portando las armas. Y
vos las lleváis en abundancia y, al parecer, harto eficaces...".

Eric. Tobías: Ante Pedro II

Sin más contratiempos, abandonamos la ciudad y tomamos el camino de Sabiñánigo en nuestro avance hacia Huesca, de la que nos separaban, según indicó Roberto, unas veinte leguas. Fuimos dejando atrás el valle jacetano, con el río Aragón cabrilleando y el pináculo de la Peña Oroel solazándose al sur. En una de las ventas en que nos detuvimos a reponer fuerzas, y en la que pensábamos pasar la noche, tuve ocasión de preguntar a Roberto qué hacía un aragonés en Normandía. "¿Qué hacía un picardo, sólo con su espada y su corpachón, en territorio nantés? —contestó Roberto, a su vez, con esta pregunta". No tuve otra alternativa que decirle la verdad y añadir que, en cualquier caso, mi deseo era convertirme en mercenario, como ya sabía. Roberto de Aínsa, noble de la villa de su nombre, contó cómo la mayor parte de los caballeros mercenarios teníamos en común la procedencia de una familia noble, con hermanos mayores herederos de títulos y fortuna. También ese era su caso. "Lo especial de mi origen —dijo—, es que sólo tenía un hermano mayor; que mis padres habían muerto: mi madre, al nacer yo; mi padre, de una lanzada propiciada por un colono, en una disputa sobre rentas… Fui recogido en su casa por mis tíos, hermanos de mi madre, que no tenían hijos; sí, algunas rentas que les permitían vivir con cierta holgura. Enrolado en las fuerzas de Juan Sin Tierra en Aquitania, de la que había sido regente por concesión de su madre, Leonor, y duque ya a la muerte de ésta, fui siguiendo los avatares, victorioso en unos y vencido en otros, de las campañas del rey inglés por las tierras francas, empeñado el franco en arrebatar a Juan sus territorios franceses. Las campañas le llevaron a Poitou, al sitio del castillo de Mirebeau, lugar de cautiverio de la abuela del monarca, decretada por el aspirante al trono de Inglaterra, Arturo I de Bretaña. Rendida la fortaleza y liberada la dama, Arturo fue hecho prisionero por

Juan, encerrado en el mismo castillo y, se dice, que asesinado por éste en Abril de 1203. La vinculación de los reyes ingleses con las dinastías normandas, desde la conquista de las islas por el normando Guillermo, quien adoptó de inmediato el apelativo de El Conquistador, justificaron la presencia de Eric en más de una batalla, a las órdenes de los capitanes del inglés, descendiente de Guillermo. Trabé amistad con Eric —concluyó Roberto—, le seguí a Rouan, me casé con su hermana Ingemar...; y ya lo sabéis casi todo sobre mi vida. De manera, que el destino ha reunido en este rincón del alto Aragón, camino de un incierto destino y una incierta supervivencia, a un grupo de soldados, con unos comunes motivos de incorporación a la azarosa vida del mercenario". "¿Mi esposa? —responde Roberto a mi curiosidad—. La conoceréis en Huesca, si a ella nos es dado llegar". Tobías se interrumpe. Va cerrándose la noche afuera. Los candiles anclados a ambos lados del portalón diseñan sus vacilantes fantasmagorías sobre las superficies circundantes. Tobías ha cerrado los ojos. Desde la profundidad de sus pensamientos, llega a mis oídos, ahora, el farfullar de unas palabras mal vertebradas. Hace frío; a través de los postigos abiertos del portalón de la venta, llega el viento frío de las tierras del interior, en las horas tardías de esta tarde de septiembre, tan diferentes de las de Formentera, Cerdeña... atemperadas por el influjo del mar. Me he levantado, y he cerrado los postigos. Leo detenidamente cuanto llevo escrito del relato de Tobías, y estas impresiones últimas de la tarde. Con las plumas limpias, el papel recogido y los frasquitos cerrados, me había propuesto irme a dormir. El ventero ha traído una recia y suave piel de oveja con la que ha abrigado algo el cuerpo de Tobías. Éste se ha removido en su asiento y pronunciado mi nombre. Me he detenido.

—Simón —ha dicho Tobías sin abrir los ojos—. Debo seguir con mi relato. Te he hablado de Eric y Roberto, pero no de Marcons; ni del final del relato que sobre mí y sobre ellos desconoces. Es hora de que conozcas algo más.... Vuelve a tomar tus papeles y las notas que estimes convenientes...

Tobías inicia su nuevo relato personal:

—Como resueltos soldados, la tropa de Eric, y yo integrado en ella, obtuvo en Huesca el honor de ser aceptada por el rey Pedro. Fuimos agregados a una expedición que se dirigía al sur de Aragón, en su frontera con Castilla. Sitiamos algunas poblaciones, de las que, como en Albarracín, tuvimos que levantar el sitio con un claro fracaso; y en otros empeños, logramos sonadas victorias, como fueron las tomas de Ademuz y Castielfabib, ya en 1210. Creo que a no tardar fueron perdidas de nuevo... Pero estos hechos no son más que irrelevantes episodios en el conjunto de mi trayectoria como soldado. Regresamos a Huesca y, luego, a principios de febrero de 1212, el rey se encontraba en Jaca; y Eric determinó que sería bueno que fuéramos personalmente atendidos por el Rey Católico. Regresamos a Jaca, donde estaban concentradas varias compañías de almogávares. Se esperaba grandes acontecimientos. Logramos encontrar a Pablo de Siresa. Nos facilitó una audiencia con el Rey, tras la sesión constitutiva de la figura del Jurado de la ciudad, formado éste por cuatro hombres buenos, uno por cada distrito de Jaca. "Tiempos de gloria para el cristianismo viviremos de inmediato —nos dijo el Rey tras nuestra presentación por el almugatén—, en la que no tendrán pequeña parte hermanos vuestros, ultramontanos de toda la Europa... Me acompañaréis a Castilla, donde ya mis hermanos, los Reyes de esa nación, Navarra, León, Portugal... y Arzobispos de toda la cristiandad, con sus mesnadas y oraciones, formaremos la cruzada, tan imparable como jamás vista, contra los usurpadores de nuestra tierras y nuestra religión... Y, vos, normando, noble al parecer de tan alta nobleza, desde esta venerable y primera capital de nuestro Reino de Aragón, os competerá llevar a cabo los planes que tengo previsto para salvaguardar las fronteras del noroeste, contra ingleses, francos y navarros… No creáis que esta sea la primera vez que sé de vos. Destacasteis muy singularmente en las correrías de estos últimos años por tierra de Castilla. Y alguien muy cercano a mi autoridad ha juzgado prudente sugerirme que os encargue el cometido que acabo de anunciaros". "Me abrumáis, señor… —dijo Eric, haciendo una reverencia; y dirigiéndose a Roberto, le pidió que viniese a su lado y tradujese para el Rey lo que iba a decir". "Ya sé que el Rey entiende mi dialecto, si lo arropo con el occitano —le dijo a Roberto—, pero no es bueno que haya malas interpretaciones en lo que voy a decir". Se dirigió al monarca en tono comedido y Roberto fue traduciendo sus palabras: "Es honra de la más alta calidad, para todo caballero, sentirse honrado con el favor de quien ninguna obligación tiene de concedérselo. Me pongo a vuestros pies y acato vuestra voluntad, que confundo con la mía, pero…". "¡¿Pero?! —casi gritó el Rey". "Pero, gran señor, concededme un previo honor: el de hacerme acreedor a vuestros ojos del alto designio que para mí habéis anunciado… Hablad —le conminó el Rey". "Deseo formar parte, con mis hombres, de la expedición que preparáis a Castilla. Es la deuda que con vuestras palabras he contraído con vos. Y, al mismo tiempo, es el deber contraído hace años con mis fieles soldados, a quienes dirigir y con ellos gozar de la victoria que se avecina…". Rió el Rey y concedió tan noble solicitud. "Os daré cartas y las daré a los Jurados que acabamos de instituir, para que favorezcan todo cuanto estiméis sea necesario al más rápido y eficaz cumplimiento de la misión que os encomiendo, tras la victoria de nuestra fe en los campos de Al-Ándalus". La agitación en Jaca fue creciendo. Todo eran preparativos para la gran expedición hacia Toledo y, al fin, una tibia mañana de abril, emprendieron viaje hacia el sur las numerosas tropas concentradas en Jaca, continuamente acrecentadas en su marcha por nuevas compañías de almogávares, y ultramontanos venidos de más allá de los Pirineos, a través de todos los pasos. Ya tuviste ocasión de conocer, Simón, en Bairén, por el alcaide Mateo y por mí mismo, la gran gesta de la catolicidad contra los musulmanes, aquel lunes, 16 de Julio de 1212, en las llamadas, desde entonces, Navas de Tolosa. Eric el Normando, inseparable de su tropa, se constituyó en un verdadero escudo del Rey Pedro, cuyo valor fue grandemente valorado tras la contienda, por todos los participantes en ellas. Por este prestigio, y por el ganado en el pacto con los cruzados en el sitio y rendición de Carcasona, con Arnaldo Amaury a la cabeza,[50] el Rey Pedro se sintió con la capacidad y el deber de acudir en defensa de sus súbditos del Languedoc, si nuevas afrentas les fueran inflingidas. Mientras, Roberto de Aínsa había viajado a Huesca, a encontrarse con su esposa, acogida desde hacía unas semanas en la casa de los tíos del aragonés. Desde Huesca, con su esposa, viajó a Termes. Había conocido a Olivier de Termes hacía tiempo, en su castillo, donde sirvió unos meses; le presentó a Marcons, su "casi hermano", como dijo. Observó la práctica de creencias que su familia y súbditos profesaban. Y, al parecer, calaron con fuerza en su espíritu. En esta ocasión, con su esposa, esperaba poder entrevistarse con Olivier y Marcons, lo que ocurrió con grandes manifestaciones de alegría por éstos. Poco esperaban que, hacia finales de año, Simón de Monfort los desalojaría de su castillo... Roberto ha sido el medio con que Dios se ha servido para enlazar los deseos de Marcons con la potestad de Eric para hacerlos realidad. Más de una visita hizo Marcons a Eric en su casa de Jaca, desde que en 1210 su familia tuvo que establecerse en el Vallespir, tras el desalojo de que fueron objeto los Trencavel. Visitaba a éstos como peregrino, por la ruta jacobea,

---

[50] Pocos días después de ocurridos los horribles sucesos de Beziers, los cruzados pusieron sitio a Carcasona. Pedro II medió para que se aceptase por las partes la rendición de la ciudad, con respeto de las vidas de sus ocupantes. El pacto fue aceptado y llevado a la práctica, aunque en un principio los cruzados lo incumplieran con el apresamiento de Trencavel, que murió a los tres meses de confinamiento.

desde su residencia en Auvernia a Vallespir. Y como peregrino, se desplazaba hasta Jaca. También asistía Roberto a las entrevistas. Se había instalado con su mujer en una casita cercana al palacete que ocupaba Eric. La esposa, joven, alta, rubia, con unos grandes ojos claros, no era menos devota de nuestra fe que Roberto. Ya te dije que los tíos de éste, naturales de Aínsa, sin hijos, habían acogido al huérfano al morir su padre. Disponían de una aceptable propiedad rústica y unas casas. Todo ello pasaría a Roberto cuando ellos muriesen y, con el convencimiento de Ingemar, su esposa, tenía determinado vender las propiedades y repartir su valor entre los pobres de Aínsa. Con la llegada de Ingemar, que les llevó carta de Roberto, decidieron trasladarse a una casa de su propiedad en Huesca. Ingemar, experta jinete, visitaba a los ancianos a menudo, recorriendo las dieciséis leguas en pocas horas. Ya sabes por Lope la estancia de Marcons en París, tras el regreso de sus deudos a Termes en 1218; y de sus ausencias y regresos, cada vez que los Trencavel perdían o recobraban su heredad. Conoces mi asistencia con las tropas del Rey Pedro a la defensa de los derechos del duque tolosano. Y cómo el rey fue muerto en Muret, cerca de Tolosa, en 1213… Pero no sabes que regresé a Jaca, di cuenta de la muerte del rey y allí se encontraba Marcons, en la primera visita que hacía a Eric, tras la pérdida de Termes; ni cómo aquel joven de mi edad me impactó. Eric decidió que acompañase a Roberto y Marcons en el regreso de éste al Vallespir. Tras haberlo dejado, deberíamos personarnos en Huesca, para en nombre de nuestro señor Eric el Normando, jurar lealtad al nuevo Rey, a través del conde, su tío-abuelo, indudable regente del reino, y si no fuera posible visitar al mismo conde, acudir al castillo templario de Monzón, donde Guillem de Mont-Rodón sabría recoger y canalizar nuestro ofrecimiento.Me autorizó Eric a seguir a Marcons, en su labor de perfecte, por todas aquellas tierras vapuleadas por los cruzados. Acabé rodando por los caminos del mediodía, encendido por el

fervor que Marcons había insuflado en mi ánimo. Le seguí por
todas partes; fui su amigo, sirviente, centinela… Le seguí a París,
con él regresé y cuando quiso adoptar el Peg de Montségur como
el seguro bastión de su fe, le seguí asimismo y, confiado, creí que
aquél sería el Recinto definitivo que Marcons quería fundar…
Eso es lo que yo creí. Marcons veía con claridad que el cambio de
los tiempos, con la lenta pero segura anexión por los francos de
las tierras del sur, demasiado prósperas para no desearlas, acabaría
por hacer imposible nuestra supervivencia estable en estos territorios. Marcons me hablaba de Eric y del alto Aragón. Y de éste,
como de la tierra prometida. Pero este aspecto tú ya lo conoces,
Simón, y cómo no ha podido alcanzar la gloria de ver terminada
su obra. Sabes también que pudo escapar de Montségur. Y cómo
yo mismo, tras varias peripecias, aparecí en Capoterra. Tobías
hizo un alto… Reflexionaba… Montségur… El "secreto" de los
cátaros. Tobías cambió de postura, se restregó los ojos con sus
grandes manos. Yo quedé expectante. Había tomado nota tras
nota sobre aquel torrente de relato, para luego incardinarlas en el
discurrir de mi crónica.

—Querido maestro —le dije—; estáis cansado de tanto hablar…
Podremos proseguir mañana.

Tobías abrió los ojos y espetó:

—¿Añoras, querido niño, la cama y el calor de Marieta?

Cierto que aquella salida de mi maestro me pareció fuera de
lugar. Al menos, me llenó de desazón. ¿Creía realmente Tobías
que esa era la causa de mi propuesta de demorar el relato? Pero,
antes de que pudiera decir yo algo, ya Tobías tomó la palabra:

—No te ofendas…; ya sé que no es eso. Y aunque lo fuera,
no es mayor pecado que un marido joven desee yacer con su
joven y bella esposa… Permite, pues, que prosiga mi relato, en
el punto que lo había dejado: Montségur. Se ha repetido hasta la
infamia que los hermanos que se descolgaron de Montségur la
noche anterior a la debacle, en 1244, se llevaron consigo el lla-

mado "secreto cátaro". Oirás muchas falsedades. Desde un rico tesoro acumulado a través de los donativos, portentosamente abundantes de fieles nobles, hasta los obtenidos por la mendicidad de los hermanos que, en lugar de ser destinados a reparar la miseria de los pobres, eran atesorados por los dirigentes de los bons homes... Llegará también a tus oídos aquel cantar de gesta, rápidamente divulgado por los cruzados que, con un increíble apoyo en el poema del judío converso Chrétien de Troyes,[51] recitaba la huída de los escapados de Montségur portando con ellos el Santo Grial. Los huidos sólo se llevaron su dolor. Ni siquiera dolor por los muertos. Ya sabes que nuestra fe trata de que este mundo visible del mal desaparezca cuanto antes. Se llevaron el dolor de ver mermadas sus ya difíciles posibilidades de difundir nuestra fe. Desde algún lugar escondido contemplaron las hogueras del "Prat dels cremats". Yo entre ellos. Y siguió un peregrinar hacia el este, hacia el norte, hacia los valles pirenaicos. Narrarte la historia de nuestra diáspora y, particularmente, la mía, no aportaría dato de interés alguno a mi relato y a mi vida. Ya sabes que Marcons apareció en Cerdeña; que poco después aparecí yo... Creo que al final he completado para ti, en las diferentes ocasiones en que hemos tenido ocasión, desde que dejamos las cabañas, toda mi vida entera, de la que nada de importancia te he ocultado. Eric el Normando fue confirmado por Jaime I, heredero del Rey Pedro, en la misión que se le había encomendado, pero dispuesto el normando a convertir la fortaleza en construcción, en la Nueva Jerusalén concebida por Marcons. Se conocen las medidas y formas tan explícitamente expuestas en el Apocalipsis. Marcons era un ferviente practicante y difusor de su fe; y de sus ideas para el presente y para el futuro... pero no era un iluminado

---

[51] Chrétien de Troyes, 1.135-1190. Como su nombre indica, ciudadano de la capital de la Champaña. Se le tiene por padre de la novela francesa. La referencia a los cátaros, rubricada posteriormente por la literatura esotérica, aparece en su cantar inconcluso "Perzeval. El cuento del Grial".

irracional. Supo desde el principio que acometer una obra de tales dimensiones, en tan perversas condiciones de intolerancia general, incluso sin ellas, no sería tarea humanamente posible. Pero, querido Simón, no voy a seguir hablando de lo que correspondía hacer a Marcons. Cuando dejamos el enclave, me dio para ti lo que quería ser su testamento espiritual, con la recomendación de que te lo entregara, si a él le ocurriera algo irreparable, antes de que llegásemos a Jaca. No llegarás a ser un buen, ni mal, perfecte... Sigues perteneciendo al mundo emocional y espiritual en que naciste... No es un baldón por el que debas sentirte culpable. En cualquier caso, no voy a juzgarte. Cumpliré los deseos de Marcons haciéndote entrega de su testamento... cuando yo crea que es llegada la hora. Te refirió Marcons, en el enclave de las cabañas, que en la primavera del 1240 se inició la construcción del santo recinto. Constantemente, hermanos nuestros llegaban a Jaca portadores de las limosnas y sufragios a tal fin recogidos en nuestro deambular.

La voz de Tobías fue tornándose débil; sus ojos permanecían cerrados. En modo alguno, lo atribuí a su cansancio físico, sino a la desazón y tristeza que le había causado la evocación de tantos trágicos sucesos. Tobías interrumpió su discurso. Yo no supe qué decir... Callé y me apresté a oír que ya estaba bien de relatos por aquella noche... Estaba acostumbrado a que Tobías pospusiese sus revelaciones, más o menos personales, "hasta mejor ocasión", según decía siempre. Hice ademán de levantarme. Tobías abrió los ojos, se sacudió los muslos con sendos palmetazos de sus manazas. Al fin, en tono bajo pero, como siempre, concluyente, me pidió que le oyese recitar el *paternoster dels bons homes*. Tras el fervoroso rezo, nos dimos las buenas noches.

Yo no había podido seguir el relato puntual e instantáneo del rápido fluir de sus palabras... Me limité a memorizar al hilo de su relato y a tomar notas sobre fechas, nombres y datos. Nos fuimos a nuestros aposentos ya avanzada la noche. Marieta ocupaba el contiguo por la estrechez de aposento y jergón. Me dejé caer sobre la yacija. Al frío amanecer de un nuevo día, Marieta ha venido a mi camastro. Me ha envuelto en el tibio manto de su cuerpo. Me ha besado. Apenas he podido corresponder a su solicitud, por el cansancio que la tensión del relato de Tobías me había causado y el excesivo sueño. Marieta ha salido, y regresado con un caliente pote de leche. Sin mucho convencimiento, he rechazado su ofrecimiento. "Bebida prohibida", le he dicho. Marieta ha sonreído como ella sabe hacerlo: "Si, sí –ha dicho–; un pecado. No sólo pecamos los católicos; también los herejes; y Dios nos perdona a todos...". He bebido unos sorbos... Marieta no ha insistido en que apurara el contenido del pote: ha extraído de su vestido una dorada manzana, que he comido con avidez.

Hacia el mediodía abandonamos la venta. A poco andar, apareció ante nosotros el alto cerro coronado por el majestuoso castillo templario Una intermitente llovizna acompañaba el lento avanzar de nuestros caballos. Cuando el camino lo permitía, los poníamos al trote; e, incluso, a un moderado galope en los trayectos en que la vía se mostraba recta, libre de enojosas piedras, larga y suficientemente ancha...

–¿Os ratificáis en ir hasta Castellote? –preguntó Tobías dirigiéndose a Lope–; nos apartará mucho de Zaragoza. Será una muy larga andadura...

–No, si la hacemos en tan grata compaña –respondió Lope, sonriendo–, y no nos desasiste la buena fortuna... Pero las indagaciones hechas en la venta aconsejan seguir el camino más corto. Vamos a tomar el de Encinacorba, distante unas veintisiete leguas. De Castellote nos separan unas treinta, pero hacia el este, lo que nos acerca a Caspe y nos aleja de Zaragoza más de treinta.

CAPÍTULO XII

LA VENTA DEL GENOVÉS

Y deteniendo su caballo, para ponerlo a la altura del de Marieta, dijo a ésta en tono afectuoso: "¿Somos unos desconsiderados peregrinos, Marieta?".

Marieta espoleó su caballo y se puso al frente de la "recua de santos varones".

Escribo estos comentarios en la venta que llaman "Del Genovés", con rótulo borroso sobre cuero pegado a la fachada de troncos y adobes. Y voy a terminar la crónica con los escasos acontecimientos ocurridos hasta ahora, desde nuestro rodeo de Alfambra. El ventero, mientras nos sirve su criado un escaso yantar, responde a las preguntas del siempre inquisitivo Lope.

—Sois mudéjar —asegura Lope dirigiéndose al ventero.

—Morisco —enfatiza el hombre—; y morisco mi criado Pedro. Nací morisco, pues mi padre se bautizó y también lo hizo conmigo, con el nombre de Juan.

—¿Hay muchos moriscos por aquí? —insistió Lope.

—No, no…. —replicó el ventero—: los hubo, pero la falta de medios fue empujando a los más hacia el levante, donde, por otra parte, existen grandes comunidades de moriscos y mudéjares en las extensas huertas, que siguen conviviendo en paz con los cristianos.

—Estas tierras parecen ricas, con las muchas minas de carbón que se observa por todas las laderas —alardeó Lope.

—Las minas son una trampa —replicó Juan—. Atrapado en las galerías, mueres joven, sin haber conseguido nada…

El morisco, hablador tras, seguramente, pocas ocasiones de conversar con extranjeros, nos cuenta que estamos a unas siete leguas de Montalbán, villa importante en esta región de las minas; que el nombre de esta hospedería se debe a que fue establecida por un genovés, tras su paso como minero por las de carbón, de las que acabó tísico… y con algunos dineros del trato tramposo con la azagaya.[52] Quiso reponerse en este enclave y murió al año de establecerse.

—Estamos, pues, a unas dieciocho leguas de Encinacorba; demasiadas para ser recorridas mañana —nos instruye Lope—. Podemos ir hasta Montalbán, adonde podemos llegar antes de media tarde. Repondremos fuerzas y pasado mañana alcanzaremos las cercanías de la encomienda…

—Tenéis un gran apego a las encomiendas —atajó José— y no os lo repruebo: en primer lugar, porque sois mi principal; en segundo lugar, porque lo sabéis casi todo; en tercero, porque de nada me serviría…; y, por último, porque me conviene y conviene a esta honorable compañía.

Nos despedimos hasta el siguiente día. Marieta se muestra cansada. Dejo de escribir en este punto.

Por la mañana, dejamos la venta. Cuando reemprendo la escritura, en este atardecer de finales de julio, con Montalbán allá abajo, han pasado tres largos días.

Denunciamos ante los caballeros de Santiago los hechos acontecidos en nuestro viaje desde la venta de "El Genovés" y se hicieron cargo de los moriscos. El abad nos informó de que su orden de caballeros, a falta de fuerzas civiles estables, cuida

---

[52] Nombre que se dio en Aragón al azabache. Extraído en pequeña escala en la cuenca minera de las actuales Utrillas-Montalbán.

del gobierno en estas tierras, cuyas minas atraen a gentes de muy distintas procedencia y catadura.

Durante el sobrio refrigerio de vísperas a que hemos sido invitados, Lope ha ido desgranando, con sus conocidos orden y elocuencia, nuestro origen y destino y la peripecia en que hemos sido parte activa en la hospedería y viaje a este castillo.

El abad nos refirió cómo aprovechados musulmanes, tomando como emblema la reconquista de su santo Al-Ándalus, consiguen atraer a muchos tranquilos mudéjares y moriscos, para la formación de bandas, cuyo fin oculto es el de expoliar a cuantos viajeros transitan por estos y otros parajes más alejados.

—Tenemos escasos recursos —explicó el abad—; pero a menudo organizamos batidas por los contornos que, en la mayoría de ocasiones, resultan baldías: los salteadores tienen espías en nuestra villa que les informan de nuestros movimientos… Pero, descuidad, que muy pronto este castillo se verá favorecido con gran cantidad de caballeros. El rey nos lo tiene prometido.

Pero, no he relatado todavía los aconteceres de estos pasados días, lo que paso a referir para rememoración mía o de futuros lectores:

Al salir a la puerta de la "Venta del Genovés", el cielo aparecía nublado, aunque no excesivamente amenazador. Apareció el ventero con unos potes de leche y pan duro. Nos sirvió con muchas zalemas y me sorprendió que no apareciese el criado. Cobró su cuenta y nos deseó buen viaje.

Llevábamos recorrido un par de leguas. Observábamos el orden que Tobías había impuesto para todo viaje por las montañas: En avanzadilla, él; Lope, a continuación; seguía Marieta; yo, tras ella; y cerrando la marcha, José. Llevábamos recorridos un par de leguas. Vimos descolgarse por delante y por detrás de nosotros sendos grupos de gente armada. Cuatro o cinco moros en cada uno de ellos. La naturaleza de su vestimenta daba a entender que trataban de pasar por soldados, con morrión y media luna en su cima; camisón largo con la media luna pintada en su pecho; una rodela como escudo; una pica corta con una punta de hierro, larga, poco reluciente; un cinto de esparto, abrazando la hoja de una daga y un sable. Calzaban abarcas de cuero. Una espesa barba completaba el aspecto rufianesco, más que castrense, de aquellos individuos.

—¡Deténganse! —conminó frente a Tobías el que parecía jefe de tropa.

Se siguió un silencio, roto por la voz portentosa de Tobías:

—¿A quienes debemos tanto honor? ¿Vienen a escoltarnos y a protegernos?

Me puse nervioso. En todos los ataques que habíamos sufrido desde que conocía a Tobías, siempre iniciaba su contacto con los atacantes con unas preguntas, en todos los casos un poco ingenuas, retóricas, que en esas circunstancias no hubieran merecido respuesta alguna.

Pocas maniobras cabían en aquel camino de herradura. Claro que, tanto para nosotros como para los moros…; y mi amigo lo percibió así, y sin duda serviría a su propósito.

Hizo restallar el látigo, cuyo chasquido tan bien yo conocía. El jefecillo soltó la pica y se llevó las manos al cuello. Me volví y observé a José completando una arriesgada maniobra, haciendo volver grupas a su caballo y, luego, con su larga pica, acometer a los cuatro moros que, sorprendidos, fueron barridos del camino y lanzados, rodando, hasta el lecho del riachuelo que allá abajo discurría rugiendo.

Tobías descabalgó y, tomando con ambas manos, en horizontal, su fuerte lanza, arremetió contra su grupo, derribando a los moros; alguno trastabilló y rodó hacia el fondo; el jefe seguía en el suelo, con las manos en el cuello, gritando.

La acción duró muy poco y sirvió para acrecentar en mi ánimo la admiración y respeto que Tobías me merecía, así como la valentía y determinación con que José había coadyuvado de forma decisiva al buen término del lance.

Procedimos a atar a los moros que no habían rodado por el talud. Marieta señaló con el dedo a uno de los individuos:

—Es Pedro…, el criado de la venta.

Tobías no dijo nada en principio. Apartó a Pedro y José lo ató fuertemente. Luego, con los supervivientes atados de pies y manos y entre sí, los fuimos acercando a un robusto pino que crecía al borde del camino, sobre el precipicio, y los dejamos atados con las piernas colgando sobre el vacío.

—¿Regresamos a la venta? —preguntó Lope, casi afirmando su propuesta:

—Regresamos a la venta —replicó Tobías en el tono de autoridad que le era propio.

Desandamos el camino, con Pedro atado a la silla de Tobías. La venta aparecía cerrada, sin señales de existencia de persona alguna. Desde ella podía observarse un buen trecho del camino y, sin duda, Juan había distinguido la caravana y había cerrado la venta para evitarse mayores males… Seguramente, se había emboscado por los alrededores, en espera de que desapareciésemos.

Tobías enlazó la fuerte aldaba de hierro de la puerta con una cuerda, ató ésta a su arzón y dejando a Pedro al cuidado de José, se propuso arrancar la puerta con el caballo arreado en dirección contraria… La aldaba cedió, la puerta gimió pero se resistía…, un hombro de Tobías, aplicado con exquisito saber y determinante furia, acabó por derrotar a la puerta, que se abrió hacia dentro con gran estrépito.

Tobías penetró en la casa seguido de José y Lope. Los tres salieron. Tobías llevaba una capa en las manos y se dirigió a Pedro:

—Anoche no nos apercibimos… —espetó al moro—, pero vas a decirnos dónde está el caballero al que pertenece esta capa… u os prometo rebanar vuestro cuello en redondo.

El moro gritó que no sabía nada; que él hacía tiempo que no veía a caballero alguno por la venta.

Tobías se le acercó con la daga en la mano y Pedro se mostró más comprensivo:

—Hace cuatro días se hospedó en la venta un extranjero…

—Por ese preguntamos —medió Lope.

—Si prometéis no hacerme daño alguno —dijo Pedro—, os mostraré dónde están sus cosas.

—No hemos preguntado por sus cosas, sino por el caballero —exclamó Lope.

Todo se sucedió con más rapidez. Pedro nos acompañó al primer piso, en el que había un pequeño cuarto cerrado. Lo abrió de un empellón y aparecieron en la oscuridad algunos objetos que, sin duda, eran los pertenecientes a Wifredo. Luego bajamos, salimos al ejido y Pedro nos condujo a un apartado bosquecillo. La tierra aún se veía revuelta. Excavamos la tumba y apareció el cuerpo de nuestro hermano. A Tobías no le arredró la presencia de Lope. Se dispuso a sacramentar el póstumo *consolamentum*. Luego fue el primero en ir restituyendo la tierra sobre el cadáver del hermano de Laura. Todos los demás le seguimos en esta tarea.

—¿Qué pasó con el caballero Wifredo? —preguntó Tobías con los ojos enrojecidos

—Llegó poco después del mediodía…, según me dijo Juan. —confesó Pedro con la mirada fija en el suelo—. Yo no estaba en la venta… Cuando llegué a ella vi tendido al caballero en el suelo, en un charco de sangre… Tenía una daga clavada en la nuca… Juan y el soldado conocido por Alfonso estaban al lado del cadáver y me conminaron a que les ayudase a levantarlo y a proceder a cavar la fosa y sepultarlo… Le quitamos la ropa y la registramos… Llevaba consigo, cosida a la capa, una bolsa mediana con algunas monedas y un diminuto libro que Juan dijo ser una Biblia… Lo llevamos fuera y lo enterramos en la fosa que os he mostrado… Alfonso se llevó al monte algunas pertenencias y el dinero. El resto lo habéis visto en el armario…

Pedro había sido atado de manos y pies. Tobías tomó el extremo del cordel que sobresalía del atado de las manos y dejó los pies trabados, pero separados por una fuerte sirga, lo que le permitiría andar.

—Espero volver muy pronto —manifestó Tobías con la mirada puesta al frente

—¡No iréis a matarlo! —gritó Lope dando un paso en dirección a Tobías.

—Supongo que no será necesario —respondió Tobías y, empujando a Pedro hacia un bosquecillo de tojos que frente a ellos crecía, lo arrastró materialmente, ante la resistencia que el morisco presentaba, horrorizado por la suerte que creía le esperaba. Todavía pudimos oír la voz de nuestro amigo:

—No todos somos asesinos, como vosotros….; dime dónde se esconde tu jefe y nada te ocurrirá…; nada irremediable para ti, quiero decir…

El morisco no pronunció palabra alguna. Dejó de oponer resistencia y avanzó delante de Tobías, sujeto a éste por el extremo de la cuerda.

Pasó un buen rato. Lope decidió ir al encuentro de Tobías, pero yo le conminé a que no fuera. En cualquier momento, podría aparecer un nuevo grupo de moros y poca defensa podríamos tener: Lope, desarmado; yo, ocupado en proteger a Marieta; y sólo José frente a los moros…

Tan pronto oyó Marieta su nombre, arrancó la espada de mi cinto y marchó corriendo hacia la senda que había seguido Tobías con el morisco.

—¡No seré un estorbo, Cristín! —gritó mi esposa mientras se alejaba.

No supe reaccionar de inmediato. José corrió tras ella, gritando que se detuviera. Seguí a José y ambos dimos alcance a Marieta, cuando al final de la senda orillada de matojos que seguíamos, vimos los tojos tronchados, sin duda porque por ellos habían transitado nuestros perseguidos. Los traspasamos y nos vimos perdidos. No había rastro de Tobías. Marieta gritó su nombre. José y yo la secundamos.

—Debes regresar, José…; y también tú, Marieta. Lope y nuestros pertrechos están solos en la venta…

Marieta volvió hacia mí su mirada y, con total convicción y hasta con autoridad, nos dijo:

—Entre los dos defenderéis mejor nuestras cosas que si voy yo con José. Aquí, agazapada en esta soledad y entre esta cerrada vegetación… nada me puede pasar… Buscaré a Tobías o a su rastro; observaré la naturaleza del lugar…; y si algo importante descubro, iré a buscaros para decidir los que debamos hacer…

Quedé mudo de asombro. La valentía, entereza y madurez de ideas de Marieta ya me habían sorprendido en su encuentro conmigo en Formentera y en la peripecia de su llegada a Alpuente… Y en tantas otras determinaciones de mi singular esposa. José debió compartir su idea o, tal vez se vio desbordado por la perentoriedad del argumento de mi mujer, porque sin decir palabra inició el camino de regreso a la venta y yo mismo me vi siguiendo a José.

Referimos a Lope lo acontecido.

—Con una mujer así —dijo Lope—, no importa lo que pueda pasarnos. Habrá valido la pena haberla tenido por amiga.

Descansamos bajo una ampulosa encina, vigilantes los tres, atentos al menor ruido que pudiera llegar a nuestros oídos, y al menor movimiento que pudiéramos observar en los arbustos.

No pasó mucho tiempo antes de que oyésemos ruido procedente de la senda que habían tomado Tobías y Pedro. Apareció nuestro hermano llevando ante sí, atados y a punta de espada, a los dos moriscos. Detrás seguía Marieta, con ceño adusto.

Tobías hizo que los detenidos se arrodillaran. Tenía la daga larga en su derecha y una clara disposición a utilizarla…

—Si los dejamos en libertad, otros caminantes pagarán por nosotros —argumentó con severidad Tobías.

Todos callamos. Pero Lope nos miró detenidamente, miró a los moriscos y luego nos dijo:

—Si no son éstos…, serán los que vendrán a sustituirles. Los emboscados no se conformarán con quedarse sin chivatos…. Por nuestra parte, habremos cargado con dos muertos sobre nuestras conciencias… —y luego, cambiando de tono, sin mirar a nadie, sólo hacia el frente, hacia un punto lejano, sobre nuestras cabezas, agregó—: Ni mi fe ni la vuestra ni la de José… aprueban el asesinato…

Tobías se le enfrentó y, casi rugiendo como un león, le gritó descompuesto:

—¡Vuestra fe! ¿Os olvidáis de Beziers, Troyes, Oxford, Colonia, Montségur?

—Nada de eso he olvidado, Tobías, nada en absoluto. Y lamento muy sinceramente la actitud de mi Iglesia. Pero si es cierto que "ésa es mi Iglesia", no siempre ésa es mi fe… Tal vez te cueste comprenderlo, pero el católico piensa, tiene derecho a pensar y ajustar su pensamiento a su acción u omisión en cuestiones puramente materiales. Las cruzadas contra los albigenses, por los ejemplos que citas, no son sino una manifestación terrenal, de lucha por el poder temporal. Los Papas de finales del pasado siglo y los del presente, lucharon y luchan por convertir el papado en una monarquía, expandiendo cuanto pueden su territorio más allá de las proximidades de Roma… Puedo estar de acuerdo con el principio, pero totalmente, radicalmente opuesto con los medios. No hay contradicción alguna con mi fe católica. Creo y sigo las verdades fundamentales de mi Iglesia, que considero santas e inalienables. Creo en la autoridad moral, en temas no materiales, de los Papas. Pero me reservo la facultad de disentir, en su caso, con planteamientos humanos, más de prepotencia que de moral…

Se hizo un preocupado silencio. Los moriscos, con el rostro casi pegado al suelo, gimoteaban. Tobías se sentó sobre una piedra, cubriéndose el rostro con las manos. Graves eran, sin duda, las interrogantes que el discurso de Lope había abierto en el corazón y en la mente de mi hermano. José, fiel judío al fin y al cabo, había musitado un "ojo por ojo y diente por diente". Marieta callaba y miraba a Tobías. Yo me sentí en la obligación de romper aquel pavoroso silencio —no en balde estaba en almoneda la vida de dos hombres—; dirigí mi vista, alternativamente, a Lope y a Tobías. Iba yo a expresar mi opinión, escasamente madurada, cuando Lope continuó diciendo, suavemente:

—Somos los ofendidos; ha sido asesinado vuestro hermano Wifredo...; sin duda asesinaron también al Genovés, con el fin de apropiarse de la venta desde la que tener controlado el tránsito de viajeros... Pero no somos jueces... Podemos y debemos defendernos de los ataques, sin que esto sea cuestión de una u otra religión pero, repito, no somos jueces... Creo que debemos hacer un esfuerzo para conducir a estos moriscos a la encomienda de la orden de Santiago, en Montalbán, a la que nos dirigimos... Los hermanos sabrán qué hacer con ellos.

José repitió, entre dientes, el "ojo por ojo, diente por diente". Tobías guardó su embarazoso silencio. Marieta mostró un rostro que me pareció inexpresivo. En el fondo de mi alma surgió con entusiasmo mi adhesión a las palabras de Lope.

Silencio. Si algo presidió nuestra vuelta a las sillas de nuestros caballos, la toma del camino que habíamos transitado ya dos veces, el avance por entre aquellas breñas de tan triste recordación..., fue el silencio.

Uno de los moriscos iba atado a la silla del caballo de José; el otro, a la de Tobías. Procuramos ajustar el paso a un no excesivo castigo de los moros y nos deteníamos de cuando en cuando con el mismo fin. Al pasar frente al árbol al que habíamos atado a los atacantes, vimos que ya no estaban... Nadie apareció por aquellos contornos y, con todos los sentidos puestos en distinguir cualquier ruido, movimiento, sombras…, que se produjesen cerca o lejos, avanzamos en dirección a Montalbán.

No me queda por hoy mas que dejar constancia y recuerdo de nuestro hermano Wifredo de Creuse, tan cercano al corazón de Tobías por tantas razones: por la amistad fraguada desde Reims hasta su acogedora casa limusina; por el recuerdo que le trae de la figura de su querido maestro Morten; y por Laura, ese amor incomunicado, gozoso a veces, triste casi siempre, sin desmayo en ocasión alguna… ni tras su huída a Bretaña, ni tras su muerte, anunciada por Wifredo. No, no es un amor juglar, ni quimérico…; sé que se trata de un amor como arrancado con un zarpazo, terrenal y hecho dolor y carne viva… pero coartado ahora en su expresión por la contradicción entre su carne y el deber a su fe de *perfecte*.

Con la desaparición de Wifredo, he preguntado a Tobías si debemos precipitar nuestra llegada a Jaca; o al menos a Huesca, donde podremos esperar la llegada de nuestro hermano Boldo.

—No necesariamente —responde Tobías—. Puesto que hasta la próxima primavera no será posible acercarnos al Recinto, por las grandes nevadas pirenaicas, debemos retrasar nuestra llegada a Jaca todo el tiempo que nos sea posible. Eric nos atenderá con la gallardía y honor que siempre le han distinguido…, causa por la que no debemos abusar de su hospitalidad ni comprometer aún más su delicada posición como protector de lo que nadie duda en llamar herejes…

—Nunca me respondió Marcons, ni vos, Tobías, a la pregunta de por qué eligió nuestro obispo el Valle de Echo para la erección de Nueva Jerusalén —demandé en un tono de extrañeza e impaciencia.

—Bien, Simón, nada se opone a que conozcáis la respuesta… en la que nada hay de quimérico o casual. La elección, como todo lo arbitrado por Marcons, respondió a una madurada reflexión e inteligente decisión de nuestro obispo. Tras haber conocido a mi capitán, Eric el Normando, y haber visitado con él los parajes de la Selva de Oza, vino a pensar lo siguiente: "Aragón no es Navarra ni Castilla ni Francia". Navarra tiene demasiadas vinculaciones e intereses con las dinastías capeta y angevina: No olvides que Luix IX, actual rey de los franceses, ha recibido desde muy niño una fervorosa formación católica y ya sabes con qué denuedo busca encabezar cruzadas con las que combatir al infiel en Tierra Santa.No olvides al rey castellano, Fernando III, cuya fama de santidad le acompañó en vida. Aunque asumió el poder en 1217, Fernando ya tenía dieciocho años y su madre, Berengüela, lo había formado bajo los principios de la más ortodoxa religión de Roma: más para santo que para rey. Marcons conocía esta realidad y, cuando concibió la idea de elegir Aragón, el príncipe ya tenía diez años. Si bien Fernando murió recientemente, en 1252, la erección del Sitio ya había empezado y, además, su heredero, Alfonso, no solo ha heredado los reinos de Castilla y León, sino los principios de su padre... Me falta añadir que los reyes citados, de Francia y Castilla y León, están entroncados directamente con la estirpe de Domingo de Guzmán... Los reyes de Aragón mostraron siempre una tolerancia religiosa poco común; ya conoces la defensa que hizo de sus vasallos en el Languedoc el padre del actual monarca aragonés. Y cómo Pedro II, por esa defensa, perdió la vida en Muret, ante Tolosa. Como otro hecho determinante, querido Simón, la presencia en Aragón de un noble, como Eric el Normando, sólo podía interpretarse como un hecho providencial..., si por providencia entendemos la intervención de Dios en el recto discurrir de los hechos de sus fieles. Como providencial fue la tendencia espiritual de Eric, testigo de los hechos ocurridos en 1206 en Nantes, Rennes, Saint Malo y otras ciudades de Bretaña, con la inmolación de los seguidores del denominado Eon de la Estrella.[53] Por último, debes saber que también nuestro obispo Marcons era un esteta: la contemplación de aquellos valles pirenaicos le sugirió la idea de que Dios había arrancado a Lucifer aquel extraordinariamente bello rincón del mundo, para dignificarlo con la erección en él de su proyectada, tal vez revelada, Nueva Jerusalén.

---

[53] Hereje bretón, del siglo XII. Comparece ante el Concilio de Reims en 1148. Lo declaran enajenado pero lo encarcelan. Su apelativo "de la Estrella", procede tal vez, de la aparición y paso del cometa Halley en 1145.

CAPÍTULO XIII

ENCINACORBA

Dejamos Montalbán al amanecer. La cercana Encinacorba nos ha recibido con un día espléndido… y mucho de la tristeza con que dejamos la antigua Monte Albano, a orillas del río Martín, donde se produjo el fatal desenlace de la vida de Wifredo.

Lope, como siempre, nos ha procurado alojamiento y pitanza a cargo de los templarios, gracias a su buen uso de su verborrea, la evocación de su hermano y la argüida condición de jacobeos de esta comparsa de respetados hermanos unidos por el afecto, a pesar del antagonismo por la fe.

Escribo estas cosas en mi crónica y quisiera en esta noche no dedicarle otro espacio a otros asuntos que no sean el dolor y loor que Wifredo me concitan. Lo alegre de su temperamento fue un bálsamo para mí, tras tantos años de vivir con tanto dramatismo unas creencias que yo no acababa de asimilar. El respeto que sentí y siento hacia la innegable virtud de Marcons, mi padre y maestro de tantos años, y mi insobornable admiración por mi inabarcable Tobías, han hecho que mi perseverancia e interés por esta fe de la "Gleisa de Dio" no me haya sido penosa, ni en principio rechazada. Cierto que siempre he alimentado al reptil de la duda en mis entrañas. Y que Wifredo fue, en los pocos momentos que con él conviví, otra razón para la aceptación de una catequesis tan pulcra y respetuosamente expuesta por Marcons durante los años en el enclave de las cabañas. Seguramente que Tobías tenía razón al decirme en tantas ocasiones que yo no llegaría jamás a recibir el *consolament de la ordenación*. Me disgustaba profundamente mi falta de determinación a la hora de resolver, en uno u otro sentido, las dudas que me asaltaban. Y en estos momentos en que se acerca la hora de lo que yo creo firmemente mi compromiso con Marcons, con Tobías, con Boldo... confío en que Marieta, mi complemento, la parte que no tengo, me ayude... nos ayude a resolver el enigma del camino a seguir tras la culminación de los actos en el Santo Recinto de la Nueva Jerusalén.

Me sorprende o desconcierta la actitud de Marieta respecto de la religión. Carecía de referencias de la dels *bons homes*. Criada, como yo, en la de nuestra Santa Iglesia Católica, no ha demostrado repulsa alguna ante la que a mi lado ha conocido. Me parece obvio que está demostrando una distante indiferencia... Parece importarle únicamente el afecto de las personas que tiene a su alrededor... Y sean cualesquiera los motivos que la indujeron a vincularse a mí, no puedo sino enternecerme por el trato que como a esposo me da y por el que mi amor me induce a darle...

Dejo por hoy estas "sacrílegas" reflexiones... De madrugada dejaremos la llanada de Encinacorba, en la que se adivina la topografía del valle del mítico Ebro...

ZARAGOZA. ZÓLTER

Esta noche, en nuestra celda de la casa conventual de los templarios, me dispongo a relatar nuestra llegada a Zaragoza en el día de ayer, cuando la tarde declinaba y la gran ciudad, capital de Aragón, aparecía casi desierta. Era tarde para procurarnos un alojamiento. Lope indicó que a la mañana siguiente gestionaría nuestro hospedaje en la encomienda templaria, pero no podíamos dejar que Marieta pasase otra noche al raso.

—No protestéis, Tobías —dijo en tono burlón—, si doy a entender que soy un ser despreciablemente autoritario, como me juzga José… Es poco el tiempo que nos queda para andar juntos… Cuando dejemos Zaragoza seréis libres de hacer cuanto queráis, sin tener que considerar mi humilde opinión.

Tobías no dijo nada. Habíamos bajado a la ribera del Ebro y habilitado un campamento. Lope pidió a Tobías que le acompañase. Nosotros nos acomodamos como mejor pudimos, con los caballos atados a los troncos de los álamos en espera de que regresasen nuestros dos "capitanes".

No tardaron en regresar. Habían encontrado acomodo en una hostería en la misma ribera del río. Deshicimos el campamento y nos aprestamos a seguir a Lope hasta la venta. Era un establecimiento pequeño, y el ventero se quejó de tenerlo casi vacío aquella noche de Septiembre.

Cenamos juntos y fuimos acompañados por el ventero a nuestros aposentos: Marieta y yo, al único individual, pequeño pero suficiente; los tres acompañantes, a un dormitorio común., con seis camastros alineados a lo largo de una pared ciega, dos de ellos ya ocupados por sendos huéspedes. Marieta quedó dormida de inmediato. Yo me resistí, pensando en lo cerca que ya estábamos de nuestro destino; de la inminencia de nuestra separación de Lope y José; de tantas y tan angustiosas incertidumbres como me asediaban… Y el día amaneció soleado. Lope quedó preparando sus papeles para salir en busca de "su encomienda". Tobías, José, Marieta y yo salimos de la venta con el fin de dar un paseo por la ribera y observar desde ella la gran ciudad.

Llevábamos un escaso trecho de andadura sosegada. En dirección hacia donde estábamos venían cuatro individuos que de inmediato distinguimos como tres soldados y un fraile. Tras nuestra experiencia, no era difícil evidenciar que el fraile era dominico.

—Esos son —oímos decir por lo bajo a uno de los soldados.

Tobías nos detuvo con una de sus manazas y se adelantó a nosotros, acercándose al dominico.

—¡De nuevo Zólter! —gritó mi amigo.

—¡Esos son, eminencia! —gritó ahora nuestro viejo conocido.

—Si es verdad cuanto afirma este soldado —se fue acercando el fraile—, daos por presos.

—¿De qué se nos acusa, padre? —replicó sereno Tobías.

—De herejía y amancebamiento —respondió con gesto torvo el hombre de Dios.

Tobías, a pesar de la poca gracia que podía hacerle aquella acusación, sonrió levemente. José tomó la delantera y exclamó con gran convicción:

—¡Somos, eminencia, peregrinos jacobeos, como le demostraremos!. ¡Estos dos jóvenes esposos son marido y mujer, bajo el sacramento del orden matrimonial, como le demostraremos¡ ¡En cuanto a ese individuo… no sabemos quién es y qué quiere, si no es que nos haya confundido por otros!

—Yo te lo diré José —medió Tobías con evidente e insólita irritación en él—. Se trata de Zólter o Weber o Tonio… o Satanás… ¡Quién sabe! Es una vieja historia de deseos de venganza; aunque no vamos a poner a prueba la paciencia de su eminencia… Nos limitaremos a demostrarle, como has dicho, la veracidad de tus palabras respecto a lo que somos, si su señoría permite llegarse con nosotros a la venta que aquí cerca puede distinguir, donde tenemos en nuestros equipajes los documentos de prueba.

—¡No les deis cuartel, eminencia!... —replicó Zólter.

—Cerca está la venta y cerca la hora de poder salir de dudas… —sentenció el dominico.

Nos pusimos a andar en dirección a la venta. Al acercarnos a su puerta, Lope salía con el conocido objetivo de visitar la sede templaria. Se dirigió a nuestro grupo:

—¡En buena compañía venís, amigos! —gritó Lope— ¿Quieren, a la fuerza, haceros regidores de Zaragoza... y os resistís?

José expuso a Lope, con evidente indignación, la acusación de que acabábamos de ser objeto.

Lope sonrió. Desató el bramante con que tenía atado el bulto que llevaba y seleccionó unos documentos de entre los que extrajo del envoltorio.

—Tomad, eminencia —se dirigió al fraile acercándole unos documentos.

El dominico pasó la vista por uno de los documentos.

—Peregrinos jacobeos —leyó en voz baja—. Avalados y presentados por los templarios de Toledo, ratificados por los de Valencia, Villel y de Encinacorba... ¿Y sus acompañantes?

—Leed el segundo documento —se impacientó Lope.

El dominico leyó en silencio, despacio, y acabó recitando en voz alta:

—Declaro a Lope Isidoro de Toledo, cuya identidad y calidad tiene acreditadas por las copias de los documentos que, en su parte suficiente, quedan unidos al legajo correspondiente, su padrinazgo en los desposorios de los aquí comparecientes, Marieta y Cristín, naturales de la isla de Formentera, del Reino Aragonés de Mallorca, celebrado por el rito mozárabe en la iglesia de la encomienda de Villel, por el beneficiado de la misma parroquia Mosén Raymón de Aneto, el día...

El dominico devolvió los papeles a Lope. Ordenó a los soldados que prendieran a Zólter... Este se abalanzó contra Tobías, pero los soldados lo prendieron y, al cabo, siguiendo las órdenes del dominico, lo dejaron ir, tras la inane reprimenda del religioso y sus alegatos sobre el pecado de la maledicencia y de las falsas acusaciones...

Tobías se creyó en el deber de relatar al dominico el acontecimiento que provocó el odio del mercenario y sus reiterados intentos de acabar con él.

Uno de los soldados preguntó al dominico si debían proceder a buscar y prender al perjuro.

—No lo busquen ahora —ordenó el religioso—; pero si vuelven a verlo en Zaragoza, tráiganlo a mi presencia para incoar ante el brazo seglar su destierro o la cárcel…

—No sé vos, eminencia —predijo Tobías—, pero estoy seguro de que yo volveré a tropezármelo…

Lope nos dejó paseando por los alrededores, mientras él iba al encuentro de sus amados templarios.

—No es una encomienda —precisó—, sino una casa conventual templaria. Pero será harto suficiente para esta próxima noche.

Desde el río observamos el alto alminar que destacaba sobre el resto de las construcciones de la ciudad. Más tarde, nos indicó el ventero que se trataba del alminar de la mezquita musulmana de Sinhaya, respetada, junto a su patio, al construir sobre ella la catedral.

Tobías reía con ganas ante nuestros aspavientos al contemplar la gran lámina de agua que el Ebro presentaba para solaz de nuestra vista. Él, que había cruzado y navegado tantos y tan caudalosos ríos transpirenaicos… Llegó Lope a mediodía

—A sexta hora —dijo él, y nos "mandó" que recogiésemos caballos y equipajes para dirigirnos a la no muy grande casa conventual templaria. Dejaríamos las monturas en un hostal aledaño y nosotros nos hospedaríamos, aquella noche, en una de las casas de los freires, cercana a la Iglesia de la orden.

Hemos sido muy bien recibidos por los freires. Lope indicó su deseo de pagar sus servicios, pero el que parecía superior indicó que sería una indignidad para ellos el aceptar que peregrinos jacobeos pagasen por su alimentación y alojamiento. "Y mucho mayor indignidad, por tratarse de tan ilustre peregrino", dijo el freire.

Y heme aquí, de nuevo alevín de hereje, comiendo la sopa y bebiendo el vino de los denostados siervos del "monarca" de Roma.

Tras la cena, Lope nos ha informado acerca de nuestro próximo destino, en dirección a Huesca.:

—La gran encomienda del valle medio del Ebro está situada en el pueblo de Novillas, a unas 14 leguas al noroeste. Puesto que para ir a Jaca —agregó— es casi preceptivo pasar por Huesca, estimo que no les supondrá mayor molestia de la que les venimos causando hasta el momento, soportar un poco más nuestra compañía... Podemos despedirnos en Novillas, sobre el Ebro, para seguir nosotros la ruta jacobea... y vuestras mercedes la de Huesca.

Todo son atenciones para con Marieta y conmigo. Nuestros amigos nos han cedido el aposento más grande e iluminado de la casa propiedad de los freires. Una gran ventana nos permite ver la torre de la Iglesia. Marieta se ha dormido. Yo continuo con esta labor inacabable, que me impuse como una obligación y que tantos sinsabores y tantos gozos he tenido que relatar... Los continúo en este aposento, a esta hora tranquila tras vísperas. Me pareció que la muerte de Wifredo, después de la de Marcons, debería haber supuesto una mayor urgencia en llegar a Huesca y Jaca. Pero ya he relatado cómo Tobías me habló de lo inconveniente de la estación que iba acercándose: la lluvia y la nieve harían impracticable nuestra marcha, y la de nuestros hermanos, a las tierras del norte, más allá de Jaca. Tobías argumentó que hasta bien entrada la primavera siguiente, a primeros de junio, no deberíamos ponernos en camino en dirección a los valles de Echo. Él había recorrido ese camino, cuando con Eric y su tropa descendieron de Bretaña, hacía ya más de cuarenta años... y sabía bien de lo que hablaba. Era notorio para mí que Tobías estaba a varios niveles de inteligencia o prudencia sobre los míos. No tuve sino que aceptar su razonamiento y hacer mía la opinión —¿o mandato?— manifestada por mi "superior".

Lope y José pasaron un buen lapso de la mañana buscando y gestionando nuestro alojamiento en el Temple. Nuestro viaje desde el enclave de las cabañas hubiera sido harto diferente sin nuestro encuentro con tan excepcionales acompañantes. La fuerza del número, la del dinero de Lope y el arrojo de Tobías, habían constituido una buena amalgama para no terminar arrojados a cualquier barranco, con las tripas soleándose... La ciudad mostraba, esta mañana, un trasiego de caballerías, carretas, soldados, menestrales de los más diversos oficios, tenderetes en plazuelas y pórticos... como nunca había yo visto, siquiera en Valencia, donde no tuvimos la oportunidad de andar sus calles.

–Ocupada por los almorávides en el 1110 –nos "ilustró" Lope–, el gran rey aragonés Alfonso I, al que convinieron en llamar "El Batallador", la reconquistó el 1118. Muy pronto fue investida con la categoría de capital de Aragón, con demérito, primero de Jaca y, finalmente, de Huesca..., las tres grandes capitales sucesivas de Aragón durante la reconquista.

Lope nos fue mostrando lo que calificó de "más importante", y, "entre lo más importante –dijo–, el barrio que agrupó a los mozárabes durante la dominación musulmana, situado alrededor de la iglesia de Santa Engracia". Visitamos los alrededores de la capilla denominada "del Pilar" y nos relató Lope la leyenda de la aparición de la Virgen, por tantos miles de devotos, de tan variada condición en toda Europa, tenida por histórica:

–La Virgen María se apareció en este lugar al apóstol Santiago o Jacob, cuando la Santa Madre todavía estaba viva en su carne mortal. Sería sobre el año cuarenta de nuestra era. Santiago y sus fieles acompañantes se las compusieron para edificar una capilla en el lugar de la aparición. Luego siguieron camino hacia el noroeste... Ya sabéis el resto: la devoción despertada por el Santo en toda Europa, la continua peregrinación desde todo el orbe cristiano hasta el Santo Sepulcro de Santiago, en el *Finis terrae*, en la Catedral en su honor tan piadosamente levantada sobre el propio sepulcro, arruinada por Al-Mansur y vuelta a ser levantada por los reyes, con la gloria y esplendor que muestra desde hace dos siglos, desde su terminación en el 1128. Marieta, como ya relaté, no se ha referido en momento alguno a las creencias de Tobías. Ha reído sus ocurrencias y valorado su intrepidez, fortaleza y buen discernimiento, mostrados a lo largo del camino; y resulta evidente que la impagable y desprendida generosidad del hermano, con la audaz acción de su traída de Marieta a la villa de Alpuente, abrió en el corazón de mi esposa la más calurosa grieta de admiración y gratitud que pueda albergar mujer alguna.

Lope le merece a Marieta el secreto reconocimiento de mente tan privilegiada; de tantos y tan variados estudios...; y de tan generoso comportamiento con todos nosotros; al fin y al cabo, pequeña tropa de menesterosos. Pero el sentimiento de Marieta respecto a Lope carece de la ¿emoción? que le concita la figura de Tobías. Más cerca está de José... Joven como ella, reservado pero amable hasta los más nimios detalles. Advierte en él la nobleza de espíritu que se traduce en su cuidado y devoción por su siempre principal Lope, como miembro de una familia siempre servida por sus mayores y por él mismo, sin reservas y sin el rencor solapado que a veces suscita la excesiva dependencia y servicio a quienes se imponen como superiores.

—No podemos dejar de visitar el Palacio de La Aljafería —exclamó Lope, extendiendo su brazo hacia un lugar extramuros—: obra de tanta importancia, que existen muy pocas como ella, nacidas del arte islámico, en nuestro suelo. Fue la residencia de los reyes hudíes,[54] desde que el gran rey de la taifa, Al-Muqtadir, ordenó erigirla en la segunda mitad del siglo XI.

Ciertamente, nos impresionó tan conspicua fábrica. Manifestamos a Lope nuestro agradecimiento por su cabal puesta a nuestro alcance de su pulida erudición y, entre burlas y veras, empañadas

---

[54] Monarcas de la taifa de Zaragoza, descendientes de Banu Hud, de origen yemení. Entronizados en Zaragoza hasta 1110, en que fueron vencidos por los almorávides. (En 1118 desplazados por Alfonso I el Batallador).

de pronto por el recuerdo de las figuras de nuestros recientemente hermanos muertos, fuimos acercándonos a la morada que con tanta generosidad nos estaban brindando los templarios.

Lope y Tobías han dispuesto que mañana abandonemos Zaragoza y nos dirijamos a Novillas, donde Lope piensa pernoctar, antes de nuestro viaje a Huesca, y despedirse de nosotros para seguir el camino de Santiago. Dejo la escritura en este punto, a la espera de nuevos acontecimientos.

Las trece leguas que separan Zaragoza y Novillas las hemos recorrido en dos jornadas, sin separarnos apenas de la margen izquierda del Ebro. Pudimos acortar nuestro viaje a Huesca, olvidándonos de Novillas y subiendo hacia Almudévar en línea recta. Y así nos lo hizo saber Lope, poniéndonos en la tesitura de seguirle o abandonar su compañía en el inicio del entronque del camino con la ruta de Huesca. Es claro que elegimos seguir a Lope y heme aquí, de nuevo en celda templaria, tras el alto que hicimos en el soto, a la orilla del gran río, bajo los abundantes y altos álamos, donde pasamos la primera noche tras nuestra salida de Zaragoza.

HUESCA TRÁGICA

Lope tiene previsto que mañana, temprano como siempre, emprendamos la marcha hacia Huesca, camino de Tauste y Almudévar. Esta tarde ha conseguido lo que deseaba de los templarios: Una relación completa de los templos mudéjares del Serrablo altoaragonés y algunas semblanzas sobre los mismos. Nos dice que la zona de Novillas fue repoblada por Alfonso el Batallador, con el ingente número de mozárabes rescatados durante sus correrías por tierras de Al-Ándalus. Que los mozárabes del Serrablo eran aragoneses, de la época de la dominación musulmana del Alto Aragón.

—Como consecuencia de estas averiguaciones —nos dice—, seguiré con sus mercedes, si soy admitido en tan distinguido colegio, hasta Huesca y Jaca. Luego subiremos José y yo hasta el Serrablo y ustedes seguirán su destino... Luego nos será fácil tomar el camino jacobeo desde Jaca, de larga tradición.

En un descanso del viaje, indiqué a Lope que yo entendía muy bien su interés y hasta pasión por todo lo mudéjar, pero que me parecía excesivo que dicho interés le llevara a invertir tanto tiempo, penalidades y dinero siguiendo la menor traza de la existencia de mudéjares o de sus huellas.

—Querido Simón... —me respondió—, tú sigues tu crónica con tal dedicación y entusiasmo, hurtando horas al buen dormir y al buen descansar, y sin un aparente destinatario claro... que me parece lastimoso que no hayas podido cursar estudios en alguna de las numerosas Universidades que van surgiendo por doquier. Seguramente que los tiempos venideros distinguirán a este siglo por el de las Universidades... También por el de las Corporaciones... Aunque también por el siglo del notorio incremento de la población, la consecuente roturación de terrenos para dedicarlos a nuevos cultivos, las obras para el mejor aprovechamiento de las aguas...; el siglo del máximo desarrollo y práctica muerte de tantas y tantas herejías como en Europa han sido... Sé que estas peroratas mías no te aburren, pero si me equivoco...

Lope se detuvo, me miró sonriente y tras expresar yo con entusiasmo el enorme interés con que estaba asimilando realidades que ni siquiera había intuido, Lope retomó su discurso:

—Todas estas apreciaciones mías, creo, sinceramente, que son atinadas, que son ciertas..., pero no contestan tu pregunta. Las he formulado por el ansia, tal vez, de oírme a mí mismo explicándolas a un tercero... Ya sabes aquello de que el deleite propio, oculto a los demás, ni es deleite ni es nada... Lo cierto es que tan pronto como te conocí, aplicándote de forma tan intensa e indesmayable a escribir tu crónica, me asaltó el deseo o me corroyó el instinto de emulación, diciéndome que se me presentaba una magnífica ocasión, de tiempo y experiencias vivas, para escribir también mi particular crónica sobre los mozárabes… Nada te he dicho sobre ello, porque va destinada a mis "hermanos en la mozarabía", sin que crea que pueda merecer algún interés para los extraños. De momento, tengo escritas numerosas notas, sin que las haya plasmado, todavía, en una crónica ordenada… Si Dios me lo permite, tiempo y tranquilidad tendré para componer una historia documentada. En Toledo tenemos constituida una especie de Cofradía que acoge a las distintas familias mozárabes y sus herederos, tras pruebas documentales o testificales suficientes… Y esto sí que contesta tu pregunta… Y ahora ya sabes el porqué de mis deseos de seguir en vuestra compañía hasta Huesca y Jaca.

Todo esto lo transcribo en Huesca, en una minúscula celda del castillo de Loarre, donde los buenos oficios de Lope nos han procurado morada y sustento. Marieta ocupa el duro jergón sobre el catre tijeretero; yo sueño sobre el suelo, en otro jergón relleno hasta reventar de seca hojarasca. Escribo sobre una pequeña ménsula de piedra que sobresale bajo la única ventana de la celda y sentado en el único taburete, de madera, de que dispone el "alojamiento". Hemos decidido pasar el invierno y parte de la primavera en Huesca. Nos mudaremos a una hospedería, sugerida a su cargo por Lope, por lo impresentable de seguir ocupando los aposentos y comiendo las viandas de los freires durante tan larga estancia. Tobías protesta y dice que ya estamos cerca del final de nuestro viaje y que bien puede disponer de nuestra bolsa…, aunque no sea como la de Lope, que se regenera cada vez que visita una encomienda…

—¿Y después? —sonríe Lope—. Para vos o para la "obra" necesitareis dinero, y yo ya no estaré allí…

Llevamos varias semanas en Huesca, en nuestra nueva hospedería abierta al soto del Isuela. Avanza el otoño y se agudiza el invierno en las frías madrugadas y en los desapacibles atardeceres. El estruendo de la Huesca burguesa, menestral, leguleya, castrense y cosmopolita de las horas centrales del día, da paso a la Huesca dominada por el rugir del viento contra los árboles y las edificaciones.

Esta tarde han salido los cuatro amigos a visitar la ciudad. Lope y José, a sus asuntos; Tobías ha indicado su interés por visitar a Ingemar, en la casa que fue de los tíos de Roberto; ha venido, al parecer, huyendo de los fríos de Jaca. Alguien le ha informado de su llegada. Marieta ha decidido acompañarle, ante mis deseos de quedarme a seguir la redacción de mi crónica.

Me ha sorprendido la noche inclinado sobre mis papeles… La luz de los candiles no me es ya medianamente suficiente… Marieta no ha regresado todavía. Esperaré en el portalón de entrada, en el gran patio, la llegada de mis amigos. Pero estoy cansado. Tal vez tome algo con que alimentarme esta noche y me vaya a la cama… Ha pasado la hora del refrigerio de los monjes… Reposamos en esta tranquilidad espléndida de Loarre. Si no se producen hechos dignos de ser narrados, dejaré mi crónica hasta que la primavera nos reclame en Jaca.

Han pasado varios meses desde mi última crónica, que, por lo acontecido, pensé que ya no podría continuar: tal ha sido el abatimiento, desconcierto, desistimiento de mi cuerpo y de mi espíritu.

La tristeza de esos acontecimientos, tras estos últimos meses de silencio, no ha podido borrar mi deseo de seguir narrando mi vida. Efectivamente. Vuelvo a hacerlo esta primavera, próximo el día de nuestra marcha a Jaca… Y así reemprendo mi relato:

A la mañana siguiente a mi última redacción de la crónica, hace ya seis meses, descubrí en la celda que ocupaba Tobías su cuerpo ahorcado… Marieta no apareció. Vi en el suelo su pañolón isleño. Me agarré a las piernas de Tobías, llorando.

No sé si lloraba tan desgarradoramente por el dolor o por la rabia que me produjo tan incomprensible, inesperada e infiel conducta en un ser tan equilibrado como mi hermano. Conducta infame e infiel respecto a lo que sin duda había hecho con Marieta, por mucho que hubiera sido seducido por ella, lo que me resultó terrible por la evidencia que mostraron las imágenes que se sucedieron en mi mente; conducta cobarde con la práctica de la denostada *endura* en su propio cuerpo…

Las justicias de la ciudad se llevaron el cadáver. No quise acompañarles. Dejaron sus pertenencias al cuidado de Lope, con las instrucciones de que hiciese con ellas lo que tuviese por más conveniente.

No sé dónde reposa.

Marieta ha desaparecido.

Lope y José se han creído en la obligación de consolar mi desgracia, aunque no he manifestado el más ligero gesto de dolor o abatimiento. Me encontré como vacío. Dijeron que buscarían a Marieta. No respondí. Tomarían a su cuidado, ofrecieron, los efectos de Tobías…, los míos y los de Marieta: yo no había vuelto a mi celda desde aquella noche. Guardo su pañolón, lo único que tomé aquella mañana de la celda del suicidado.

Vagué por Huesca, sin saber adónde ir… Y así pasaron cinco días con sus cuatro noches… Ahora he sabido que José me siguió a todas partes, con sigilo, sin decir nada, con las frías noches castigando también su cuerpo no lejos del mío, en cualquier rincón mal abrigado.

CAPÍTULO XIV

HUESCA, INGEMAR, YLONA

Lope salió a mi encuentro, de frente, al sexto día, con una bolsa, llena de fruta según averigüé al poco rato. Apenas me habló. Me miró intensamente a los ojos. No pude desviarlos de los suyos… y ese fue el principio de la victoria que de inmediato supe que ganaría el mozárabe contra mi desprotegido ánimo. Se sentó a mi lado, en el suelo; extrajo manzanas de su bolsa y me ofreció una. No la rechacé. Mordió una cuando vio que yo mordía la que me había entregado. Luego me tendió la mano y me ayudó a levantarme. Me condujo lentamente por calles y callejones, hasta la puerta, extramuros, de lo que era nuestra hospedería. Me instaló en el aposento que ocupaba José, que con él compartí. Los meses pasados hasta esta noche en que, tras una traumática crisis del ánimo que al parecer se ha resuelto por la vía de la "vuelta a mi normalidad", según expresión de Lope, los he vivido en una especie de sensación de ridículo, de vergüenza ante mis dos amigos y en una desesperanza, un descreimiento en todo lo humano y lo divino. Y han pasado los meses y en mi soledad angustiada, en una afirmación de una nueva voluntad inspirada por el recuerdo súbito de Marcons, he iniciado la redacción de mi crónica, en este nuevo aposento luminoso que Lope me ha procurado, junto al suyo y al que había compartido con José. Y mientras escribo los pasados, inesperados, desgarradores hechos, voy meditando y trasladando al papel mis pensamientos.

Marieta no ha aparecido.

¿Qué había estado haciendo yo con los sentimientos de mi esposa? ¿Cómo estaba ella sufriendo en silencio la llamada de su cuerpo, mortificado por tantos días, tantas noches de abandono por el mío? No supe separar lo que era dado a mi propia naturaleza de lo que era reclamado por la de mi esposa.

Tal vez no haya sido suficiente la llamada de la sangre. ¿O no la he sentido suficientemente fuerte ni suficientemente interpretable ni suficientemente perentoria? No lo sé. Pero la huída de Marieta tiene los mismos condimentos que adobaron su decisión de seguirme. Una voluntad desesperada de sobrevivir no solo a los ataques de su cuerpo físico, sino que también, y sobre todas las cosas, a satisfacer sus urgencias emocionales.

No me propuse espiar el devenir de las actitudes de Marieta. La noche, por tantos motivos alcahueta de mis peores sinsabores, me trae ahora, como una llamarada en la niebla, la voz de mi hermano y el gemido de Marieta. Solo un instante; una voz derrotada y un gemido angustiado. Y todo el cielo, como una techumbre de paja bajo la acción de la tormenta, se me viene abajo.

Pero ha pasado el invierno y avanza la primavera. Tobías reposa en su tumba de ahorcado. Ha cumplido el precepto del suicidio como un modo directo de acabar cuanto antes con este mundo fraguado por el genio del mal. Es lo que "quiero mentirme". La santa *endura* aceptada por algunos creyentes, y por Tobías. Juro, rompiendo mi antigua fe de catecúmeno de *bon home*, que trataré por todos los medios de desprenderme del sentimiento de inculpación que pueda abrigar contra él..., y contra Marieta.

No sé cómo he sido capaz de contar en mi crónica todas estas desgracias.

—Simón —me había dicho Lope—, el peligro de que no sigas la redacción de tu crónica, por todo lo acontecido, es demasiado grande y demasiado perverso para que me calle y no te advierta... Una buena parte de la redención de tu ánimo, que tanto tiene que ver con la redención del alma, ha de venirte, precisamente, por la lectura de tu crónica; y su continuación, mientras tengas hechos que narrar y puedas hacerlo físicamente. Hazme caso. Realmente, por mucho que debas honrar u odiar la memoria de Tobías, has de colocar en primer lugar el cuidado y las enseñanzas de Marcons. Uno y otro, te pedirían, con la mayor vehemencia, que siguieras la crónica, al menos hasta tu llegada al Santo Recinto, tal vez único testimonio, única memoria perdurable de esa gran gesta espiritual de la erección de la Nueva Jerusalén.

José me ha dicho que su oratoria no puede llegar a los niveles de la de Lope, pero que no puedo dudar que su afecto, fraguado en estos meses de compartir alegrías, peligros y miserias no cede ante el que me tiene demostrado su señor.

Les he dado las gracias con un movimiento afirmativo de la cabeza. He estrechado las manos que me tendían y prometido llevar mi desgracia con toda la entereza de que fuera capaz... Más tarde les he manifestado mi deseo de, al menos, seguir hasta el Valle de Echo. Pero no todo había terminado. Yo debía emprender mi viaje a Jaca y Lope y José la ruta del Serrablo. Lope pidió mi opinión sobre la obligada visita que deberíamos hacer a Ingemar, tras la que le hicieron Tobías y Marieta.

—Hace muchísimos años que Ingemar conoció a Tobías...: estará bien que la informemos directamente de lo ocurrido... Tú vas... a Jaca... y puede que...

—Que desee acompañarme... —completé sin emoción la frase de Lope— Supe por Tobías que Ingemar comparte su tiempo entre su casa de Huesca y el palacete de su hermano en Jaca. Sobre todo cuando su sobrina queda sola por los viajes de su marido, Rodolfo, por las misiones que le encomienda su suegro...

Lope conocía la dirección de la mujer, porque hasta su puerta había acompañado a Tobías a nuestra llegada a Huesca.

La mujer, esbelta y lozana a pesar de sus mucha edad, nos recibió tras habernos abierto la puerta una dama, seguramente de poco más de treinta años.

Sentados frente a la señora, en cómodos silloncitos con asiento de cordel mitigado por mullido cojín, Lope narró sucintamente el resultado del arrebato que sin duda sufriría nuestro amigo Tobías, para llegar a perpetrar tan desgraciada acción.

Ingemar no ocultó su tristeza. Dejó escapar unas lágrimas que rápidamente enjugó con un pañuelo que extrajo de la cajita de madera que reposaba en la mesa que nos separaba. La dama que nos había abierto la puerta permanecía de pié junto a Ingemar.

—Conocí muy bien a Tobías, magnífico adalid de tu padre, Ylona, en un tiempo… Es una gran pérdida…

Así descubrí que aquella joven dama, Ylona, era la hija de Eric el Normando. Todos estos personajes, a quienes sólo había conocido por la continua evocación que de ellos hacían Marcons y Tobías, me suscitaban una inmensa emoción. Quise hacer algunas preguntas…. pero Lope me interrumpió:

—Hemos de hacer algún preparativo para el viaje… Tú, Simón, debes quedarte con las señoras… Seguro que tienes mucho que preguntar…

A continuación, Lope hizo una exposición de mi pasado; cómo había estado vinculado a Marcons, a Tobías, a Boldo… a la causa de la Nueva Jerusalén…

—A menos, señora, que no les resulte grato o posible atender a Simón en estos momentos.

La señora se apresuró a pedirme que me quedara. Y yo asentí con la cabeza. Lope me dijo que a vísperas, si les parecía bien a las señoras, pasarían él y José a por mí y se despidieron.

Tuve que detallar a las señoras quiénes eran Lope y José… y no salían de su asombro al conocer su mozarabía y acrisolada confesionalidad católica. Les conté detalladamente las circunstancias de nuestro encuentro, sus atenciones, sus actitudes… y nada más tuve que agregar sobre mis dos amigos, ni volvieron a salir a colación.

Mi primera desgraciada intervención, respecto a los hermanos que yo había conocido, personalmente u oído por boca de terceros, fue la referente a su esposo. ¿Estaba también Roberto de Aínsa en Jaca, con Eric?

—Soy su viuda, desde 1244… Roberto murió en Montségur… ¿Sabéis, al menos, qué es eso…?

Noté que me sonrojaba y pedí perdón confusamente, mientras afirmaba saber qué fue aquella montaña.

—No os preocupéis —concedió la señora—. Nada podíais saber si nadie os lo dijo. Tampoco llegasteis a conocer a mi esposo. ¿Cuántos años teníais entonces?

—Nueve, señora… Todavía estaba yo en Formentera… —argüí a favor de todos los hermanos que debieron haberme informado.

—Lope nos ha dicho que escribís una crónica, como memoria de la santa lucha por erigir la Nueva Jerusalén… No es que sepamos demasiado, pero algo sabemos; posiblemente todo ello carecerá de interés para vuestra crónica.

—Tenía mucho interés en conoceros y en daros las gracias, en nombre del difunto Marcons, por todos los esfuerzos que junto a Eric han hecho vuestras mercedes, en pro de ver cumplida la tarea que nuestro obispo se impuso, de forma tan irreductible. En verdad, mi presencia aquí hoy obedece a tal deseo. Y a comunicaros que parto mañana hacia Jaca, por lo que deseaba ponerme a vuestra disposición para acompañaros y serviros, si ese es el caso, o para llevar a vuestros deudos las noticias o efectos que podáis desear que les lleve.

—Puedo contaros algo acerca de Roberto, mi esposo —dijo Ingemar por toda respuesta—. Algo sabréis de él, sin duda, aunque ignoraseis la circunstancia de su muerte. Estos son mis recuerdos. Ingemar cerró los ojos, se reclinó contra el respaldo de su silla e inició su relato, de forma entrecortada, como repensando sus recuerdos. Ylona había tomado asiento junto a su tía y observaba un reverencial silencio.

—Roberto había estado algunas veces en la casa de mis padres, en Normandía, muy esporádicamente, por muy cortos períodos de tiempo; a veces, de horas. No es necesario decir que aquel hombre de tan resuelto carácter, alto, fuerte… y, no obstante, de tan suaves maneras, hizo soñar a aquella muchacha que yo era entonces, unos tres años menor que Roberto, los sueños que se espera tengan las jóvenes ante la aparición del hombre que suponen a ellas destinado… Roberto llegó, de nuevo, esta vez a Rouan, donde estaba mi familia, tras las peligrosas correrías que junto con mi hermano y su tropilla habían protagonizado por todo el territorio, en defensa de los intereses de Juan I de Inglaterra. Estábamos en 1203… y nos casamos: él con treinta años y yo con veintidós… Eric decidió marchar hacia el sur, en busca de nuevos señores a quienes servir. Roberto era, sin duda, su adalid, por edad, carácter, conocimientos… y, ahora, por nuestro enlace... Y con Eric se fue, como todos aceptamos como un hecho natural. Aunque convinimos que tan pronto pudiera indicarme un lugar donde poder permanecer juntos, durante meses o semanas, me lo haría saber. Pero Roberto era hombre práctico y me dijo: "Te daré cartas para mis tíos, en mi tierra de Aínsa, en Aragón. Dentro de tres semanas espero que lleguemos a Aragón. Si lo deseas, deberás marchar a Aínsa, donde mis tíos te recibirán… como a una reina… puesto que eso eres para mí. Puedes dejarte acompañar por quien estimes conveniente, aunque no eres mujer a la que pueda imponérsele con quién y cómo viajar… ni si hacerlo". Mi marido sonrió, como sólo él sabía hacerlo y ambos estábamos seguros de que yo iba a viajar a Aínsa en el plazo previsto… Como así fue… Roberto acompañó a mi hermano a las campañas del sur de Toledo; regresó con él a Jaca y con él conoció a Marcons... y ya sabéis cómo creyó en su fe... Tanto, que muy pronto se convirtió en su guardián, en su sombra y, más tarde, en el recaudador más eficaz de los donativos que la desperdigada grey de creyentes guardaba para ser destinados a la construcción de nuestra Nueva Jerusalén. Visitaba a creyentes, nobles y plebeyos; les estimulaba a que guardasen de las limosnas lo que estimasen oportuno para ser destinado al Santo Recinto... Ya sabéis que los hermanos que trabajan en Él lo hacen por sólo el sustento. Sustento que había que adquirir. Además, había dos canteros, contratados por Eric, a los que algo había que pagar, pues tenían familia en Jaca. Esta misión de Roberto le traía a Jaca constantemente, para de inmediato partir... Hasta que ya no regresó... En una de sus visitas, acompañando a Marcons, a Montségur, se produjo el bárbaro sitio y ataque de los cruzados. Una saeta le atravesó la frente mientras, con los demás hermanos, se ocupaba de la defensa del Peg... Supe por testigos de los hechos que el cuerpo de Roberto, junto a tantos otros, tal vez más de doscientos, fue sumado a las pilas de cadáveres y malheridos objeto de la acción de las llamas, en el *Prado de los Quemados, al pié de Montségur.*

La señora había cerrado los ojos hacía un buen rato. Calló. Seguía con los ojos cerrados y se le veían las manos agarradas, crispadas, azuladas por el río de sus venas prominentes, a los brazos de la silla.

—Tía —intervino Ylona—, debéis descansar. Si a este hermano interesa algún dato sobre mi esposo, puedo sustituiros en vuestros recuerdos y expresar los míos.

—Os lo ruego, señora; me interesan todos los datos de los hermanos que de una otra manera han contribuido al buen fin de nuestra misión... Sobre todo los datos de la humanidad con que han intervenido, que en el caso de vuestro esposo sé que ha sido grande y decisiva...

—Rodolfo —comenzó su relato Ylona—, mi esposo, es pariente cercano de mi padre, y, por tanto, de mi tía. Vino a Jaca desde Rouan a sus veinte años, en 1232, y muy pronto ganó la confianza de mi padre… Es un verdadero soldado y hombre de bien. Acompaña a mi padre en todos los viajes, y le sirve, incluso, de consejero, a pesar de su menor edad: ahora tiene cuarenta y cuatro años, y mi padre veinte más… Acompañaba a Roberto al Valle de Echo, a llevar los diezmos para el Recinto; y a mi padre, en sus visitas frecuentes a éste. En cuanto a mi relación con él…, acabó en boda en mil doscientos cuarenta y dos. Era mayor que yo, en diez años. Y si queréis saber algo de mi nacimiento…, os diré que mi padre casó con una jacetana… que murió al nacer yo, en mil doscientos veintidós.

En ese momento sonaron, con gran estrépito, los golpes de la aldaba de la puerta, repetidamente, retumbando en todo el ámbito de la casa, con la natural alarma de los que allí estábamos. Ylona se apresuró a salir de la estancia, en dirección a la puerta de entrada. Me puse en pie y me dispuse a seguirla. Miré a Ingemar y ésta asintió con la cabeza. Ya Ylona había abierto la puerta y ante ella aparecía un soldado, resollando de cansancio y, sin duda, de contrariedad.

—¿Qué haces aquí, Francisco…? —demandó Ilona.

—Debo acompañaros esta misma tarde a Jaca, con vuestra tía… —respondió compungido el soldado.

Yo no sabía qué hacer o qué decir. Ingemar asomaba ya por el fondo del zaguán y conminó al soldado a que no fuera con rodeos.

—Vuestro padre… Vuestro esposo… Esta mañana han traído sus cadáveres a Jaca —fue desgranando el soldado la noticia, con el temor de quien teme recibir un castigo. Ylona e Ingemar lanzaron un alarido estremecedor. Partirían para Jaca de inmediato. Me ofrecí a acompañarlas. El soldado me dijo que tenía cerca la tropa necesaria para trasladar a las señoras y a los pertrechos que deseasen llevar con ellas.

Me despedí y les rogué que me recibieran en Jaca. No obtuve más que un desgarrado sollozo de Ylona y un apretón de manos de Ingemar; mientras, con la otra mano, enjugaba las lágrimas de sus ojos.

Al salir de la casa, distinguí a Lope y José que me esperaban al final de la calle. Fui hacia ellos y les conté lo ocurrido en Jaca. Me mostraron su consternación... Lope me tomó del brazo y, en silencio, nos alejamos. Yo iba como ausente. Ambos amigos respetaban mi silencio; también ellos callaban.

Llegamos a la hospedería. Me dieron a beber un poco de vino y me invitaron a tomar algún alimento; alimento que rechacé. Les pedí que dejasen que me retirara a mi aposento. Lope me dijo, serio, que no olvidase que tenía en ellos sinceros, fieles, inconmovibles, incondicionales... amigos; y no recuerdo qué retahíla más de palabras: supuse que trataban de pedirme que no hiciese ninguna barbaridad en la soledad de mi cuarto. José agregó:

—Nunca he hecho nada por ti, Simón. Es hora de que lo haga. Déjame que pase esta noche contigo, en tu aposento. No te molestaré.

Me sentí forzado a sonreír...; y me oí diciéndole:

—José, sí has hecho; me has demostrado tu amistad, algo difícil de encontrar, según parece, en estos tiempos y en nuestras diferentes circunstancias.

A continuación me dirigí a Lope:

—Señor; tengo veinte años. Puede que sean los únicos que vaya a tener; o puede que Dios me los dé en demasía... Lo cierto es que tengo mucho que agradecerle, a Él y a vos... Y descuidad: no voy a hacer barbaridad alguna. No sabría. No podría. Quiero reflexionar un poco y, si mi cuerpo aguanta, seguir la narración de todos estos hechos, como un día me aleccionasteis y convencisteis que hiciera...

En la soledad de mi aposento termino este capítulo de las tragedias, robando tiempo al sueño y esperando que mañana...

temprano, claro, como pide siempre Lope, esté en condiciones de emprender el camino hacia Jaca. Ya me han dicho que irán al Serrablo vía Jaca, porque les es "más interesante". Les he agradecido en silencio su dedicación y su mentira.

CAPÍTULO XV

¡JACA!

Continúo mi redacción de la crónica, en este apacible rincón de la venta, sobre la mesa de basta madera de la sala, solitaria a estas horas de la tarde. Mañana emprenderemos viaje de nuevo. Y quiero dejar constancia, tal vez por última vez, de los desgraciados acontecimientos sobrevenidos en Jaca. Estamos a principios de este templado Junio de 1257.

Llegamos a Jaca hace ya dieciocho días, después de una noche en Sabiñánigo. Los acontecimientos desde entonces acaecidos habían obnubilado mi mente y larvado mi habitual deseo de llevar a mi crónica tantos y tan lastimosos hechos.

Pasados los días, he sentido de nuevo el impulso a dejarlos consignados, a no demorar por más tiempo su redacción.

Los cuerpos de Eric y Rodolfo habían descansado dos días en el presbiterio de la Catedral. Un gran tropel de gente había ocupado sus naves, el atrio y las calles, según me manifestó Ingemar. Había un gran respeto, e incluso aprecio, por la figura del senescal de la futura fortaleza de la Selva de Oza, designado directamente por el gran rey Pedro II, hacía ya tantos años. Por voluntad escrita de Eric, su cuerpo debía reposar en una fosa, extramuros de Jaca, en un bosquecillo nombrado por él mismo, junto al camino del llano de la Victoria. Y allí fueron conducidos los cadáveres de ambos, "con pompa y majestad –manifestó Ylona–, y con representación del cabildo catedralicio, siguiendo las instrucciones del testamento de mi padre".

Ingemar e Ylona nos habían recibido en una sala reservada. Les dimos nuestra condolencia y nos rogaron que nos alojásemos por aquella noche en el palacete. En un aparte, Lope me protestó... pero tuve que recordarle cómo una y otra noche tuvimos que "soportar" su tozudez, alojando por su mediación a estos pobres "herejes" en encomiendas templarias y hasta santiaguinas. Lope comprendió y aceptó...

Ingemar nos narró lo que los soldados les habían contado sobre el asesinato.

–Eric y mi yerno, asistidos por una menguada escolta de tres soldados, acudían a las obras de la Nueva Jerusalén, como tantas otras veces, para inspeccionarlas y llevar alimentos y pertrechos a los hermanos y a los canteros. A mitad del trayecto, unas saetas impactaron en los cuerpos. De Eric, primero: y de Rodolfo, después. Nuevas saetas y Eric y Rodolfo rodando por el suelo. Los soldados calcularon el origen de los disparos de las ballestas... pero cuando acudieron introduciéndose en el bosque, sólo vieron arbustos con las ramas tronchadas, pisadas de albarcas sobre el suelo embarrado y ni una sola de caballo. Cuando regresaron junto a los dos soldados que habían dejado guardando los caballos, éstos, los soldados, habían sido bárbaramente degollados... Los caballos con las alforjas habían desaparecido.

Ylona me había apremiado a que la llevase a la Nueva Jerusalén, puesto que ya no podrían hacerlo ni su padre ni su marido.

–Ylona, hija mía –replicó Ingemar–, se ha cerrado una época, con la destrucción de toda creencia que no sea la papista.. He reflexionado. Mi escaso futuro está en Rouan. Tengo setenta y cinco años... No deseo dejarte sola... ¡Terriblemente sola!, en esta casa, en este país que ya no puede ser el nuestro. Venderemos las casas de Huesca. Aprovechando el verano marcharemos a Normandía, si Dios es servido. Ylona bajó los ojos. Tomó una mano de su tía y se la llevó a los labios, llorando. Durante los dos días siguientes no hemos vuelto a ver a las señoras.

Lope ha dicho que tiene intención de seguir hacia el Serrablo el próximo lunes, puesto que antes desea oír misa en esta antigua y extraordinaria catedral románica de Jaca. Le he manifestado mi deseo de, en ese caso, seguir mi camino hacia el Valle de Echo el mismo lunes.

Los desgraciados, trágicos acontecimientos vividos, deberían haberme hecho insoportablemente indiferente a todo lo que pudiera ocurrir a mi alrededor. Pero sé que cumpliré con lo que Marcons esperaba que cumpliera. No se trata ya del sometimiento a una fe. Es tan solo el impulso de fidelidad hacia quien acogió mi desgracia y nutrió mi cuerpo, mi espíritu y mi mente, sin que importe el que (no podría asegurarlo) se tratara de unos medios conducentes a lograr un resultado equivocado. Hemos dejado a las señoras y nos hemos mudado a nuestra venta. Los hermanos llenan los alrededores de Jaca y muchos de ellos se arriesgan a deambular por sus calles y plazas. Saben que deben partir de inmediato hacia el noroeste.

EL PRIMER VIERNES DE MAYO. ¡ZÓLTER!

Desde las primeras horas de la mañana, las calles de la ciudad fueron asaltadas por centenares de ciudadanos, entre los que no faltaba una nutridísima representación femenina. Los hombres iban vestidos a la usanza de lo que Tobías nos narró de la de los almogávares. Había otros con turbantes y cimitarras que, sin duda, no eran moros sino cristianos jaqueses disfrazados de moro, según nos confirmaron después unos vecinos. Las mujeres lucían un extraño morrión, con el que cubrían su cabeza, formado por la parte superior de sus aljubas.[55] Todos, hombres y mujeres, iban armados... y descalzos. Y era de ver el armamento de las damas, compuesto por palos afilados, rejas de arar, sartenes, cazos de largos mangos... Corrían también entre aquella singular tropa una buena dotación de niños; los más, descalzos. Lope contemplaba todo aquello con la fruición de quien goza de las manifestaciones del pueblo y que, sin duda, conmemoran lejanos hechos, lejanas glorias, revitalizadas por los aportes de nuevas generaciones, sin importar anacronismos. Es lo que con otras palabras iba comentando para José y para mí.

Un clérigo, a nuestro lado, parecía estar disfrutando con aquel espectáculo

—Es la conmemoración festiva del Primer Viernes de Mayo; la más antigua de Jaca y de todos sus valles —respondió a mi demanda.

—¿Tan antigua es? ¿Qué conmemora? —solicité del "mosén", nombre que había oído dedicar a los sacerdotes por aquellas tierras aragonesas.

—¡Del siglo octavo de la era del Señor! —exclamó ponderativamente; y añadió: Fue la victoria de nuestro conde Don Aznar sobre el extraordinario ejército de cuatro valíes moros confederados. Procedentes de Navarra, invadieron nuestro territorio por la Canal de Berdún. A pesar de tan nutrida tropa, nuestro Conde determinó presentar batalla fuera de las murallas de la ciudad. Avistó a los musulmanes en la confluencia de nuestros ríos Aragón y Gas, por lo que dándose cuenta el Conde de que en aquellos parajes estrechos los moros no podrían desplegar a mucha gente, determinó tomar las vertientes y los desfiladeros del valle, impidiendo que los moros pudieran llegar a sitiar la ciudad... En Jaca, los habitantes que quedaron en ella temían lo peor, dada la desproporción de las fuerzas en lid. Una mujer

---

[55] Vestido morisco, usado también por los cristianos. ("Gabán con mangas cortas y estrechas" Tomás Buesa. "Mis páginas Jacetanas").

dejó oír su voz, arengando a las mujeres a acudir en socorro de sus maridos, hijos, padres y hermanos. Tomaron todo tipo de herramientas y utensilios, formaron morrión con el extremo de sus aljubas y salieron corriendo hacia el lugar de la batalla, gritando y agitando sus improvisadas armas. Pareceríales a los moros que aquella era tropa de refuerzo que de Canfranc llegaba. Los cristianos, al percibir los alaridos de la tropa que se acercaba, redoblaron su acometividad y arrojo; y fueron retirándose los musulmanes por donde habían venido..., temiendo lo que juzgaban una derrota infamante. Se le acuñó el topónimo "Victoria" al campo de la batalla y, más tarde, en el siglo décimo, se erigió lo que sigue siendo la iglesia de Nuestra Señora de la Victoria. Esto ocurría un primer viernes de mayo...; desde entonces, cada año se conmemora en dicho día tan fausta efeméride.

Agradecimos al mosén su erudita información y nos despedimos. La calles continuaban viviendo el bullicio de la fiesta.

Continuaba la revuelta algarada de moros, cristianos, damas, doncellas..., y la algarabía de gritos y susurros, y el entrechocar de espadas y escudos..., y el brillante cortejo de morriones y turbantes...

José posó una mano, aferrándola a mi brazo. Señaló con la cabeza hacia un punto en el centro de la abigarrada calle. Sí, efectivamente, aquel hombre era Zólter. No me pude contener. Saqué mi daga y me dirigí hacia el individuo, sorteando y apartando a empujones a todo el que se me ponía delante. Zólter debió verme venir, porque se puso en jarras, sacó su larga daga y se me quedó mirando, sonriendo.

—Nos vemos de nuevo... muchachito. ¿Te has soltado ya de la rienda de tu amo?

Por todo comentario le respondí gritando:

—¡En su memoria te reto a muerte, Zólter!

—¿Así, que ha muerto el bravucón? ¡Qué lástima!.. Aunque no será preciso recoger tu reto, mocoso. Te degollaré aquí mismo… en su… memoria! Y, acompañando la acción al discurso, se abalanzó contra mí, con un brazo extendido y la daga en su mano en dirección a mi cuello.

Yo me había parado, dispuesto a repeler su ataque y, si se terciaba, adelantarme a su acción. Por mucho que el hombre me aventajaba en experiencia de años de soldado, no sentí miedo alguno. Yo podía compensar mi inexperiencia con la ventaja de mi juventud, frente a aquel individuo que frisaría los sesenta años; y con la calma que quise imponerme, contra el evidente odio que movía la acción del ultramontano.

Alguien se me adelantó. Vi el chorro de sangre manando del pecho de Zólter; y la daga que pugnaba por adentrarse en busca del corazón, hasta sepultarse completamente en él; y el cuerpo de José volcándose contra Zólter…; y el empeño de Lope en apartar de su camino a todo quien se le cruzase, asir con fuerza el brazo de José y arrastrarlo hacia el exterior de la turbamulta.

Ya fuera de la corriente del gentío, sin que nadie reparase en nosotros, permanecimos contemplando el espectáculo: Lope no quiso que nos marcháramos apresuradamente, por cuanto podía llamar la atención nuestra urgencia en salir corriendo. Se formó un corro alrededor de Zólter, caído en el suelo, vomitando sangre, agitándose con espasmódicos temblores.

Unos mozarrones levantaron el cuerpo de Zólter y, casi corriendo, lo sacaron del torrente, y se lo llevaron por una calle adyacente. Alguien gritó que había muerto.

La fiesta siguió su curso. En un momento determinado, azuzados por las mujeres, los moros se dispersaron, huyendo hacia las afueras de la ciudad, en desbandada.

Distinguimos la presencia de clérigos, ordenadamente iniciando el cortejo, presididos por quien resultó ser autoridad preeminente, vestido de rojo y portando un estandarte y, tras él, otros cuatro "cristianos" alzando sendas picas coronadas por otras tantas cabezas de moro, muy bien ejecutadas, al parecer con trapos.

Salimos hacia otros andurriales. Lope me preguntó cómo se me había ocurrido hacer frente a un individuo de tantos recursos, y de la peor calaña, como aquel soldado había atesorado a lo largo de su vida.

—No soy experto en casi nada, señor; pero mi corta experiencia me ha mostrado que el odio es más contumaz que el amor…, y un poco más desprotegido que éste… Y, por esa contumacia y esa desprotección, resulta muy vulnerable —dije estas palabras, u otras similares, creyéndome autoridad en cosas del corazón.

—Es una buena respuesta, Simón. Pero es increíble pensar que pudieras tenerla en cuenta en tan breves instantes —replicó Lope, jamás horro de afán de polémica.

—Sin duda sabéis, señor —respondí lentamente—, que los sentimientos, aferrados a nuestra mente por la vía del corazón, se manifiestan espontáneamente, sin necesidad de ser invocados…

—Buena respuesta, Simón, buena respuesta —concedió Lope moviendo la cabeza y empezando su andadura hacia la siguiente calle. José y yo le seguimos. El maestro estaba dispuesto a agotar su dosis de preguntas del día, porque se detuvo y sin apenas mirarme quiso saber cómo había sido posible erigir un recinto herético en Aragón, al amparo de una dinastía católica.

—Con el empeño —respondí inmediata y vehementemente— de Pedro II en disponer de una fortaleza en sus tierras noroccidentales, para defender las fronteras aragonesas contra francos y navarros. El rey no conocía la verdad de Eric, inculcada por Marcons. Tal vez la supo su hijo, Jaime I, y estuvo dispuesto a consentirlo y sigue estándolo, siempre que la fortaleza cumpla con su misión de desbaratar los intentos de invasión. Eric el Normando fue el encargado de que nada pudiera impedir la construcción, para lo que fue adecuadamente investido por Pedro II, y ratificado por el actual Rey D. Jaime, como su intendente militar en la zona, frente al poder civil del Merino y los junteros de Jaca, representados todos ellos por el Consejo de Ciento instituido por el rey en 1238.

Pero el día no estaba acabado. Lope nos pidió que acudiésemos a la venta. Él deseaba visitar la catedral, como ya nos había informado antes, contemplar el famoso "crismón" sobre el tímpano occidental, rezar un poco por "nuestros desapercibidos amigos" –como literalmente dijo, con cierta tristeza, con cierto temblor en la voz.

–Les ruego que me dejen solo. Nos encontraremos más tarde en la hospedería, para la cena. Avanzó ante nosotros a lo largo de la calle y desapareció tras una esquina.

–¿Para la cena, José? No es tan tarde que hayamos superado mucho la hora de la comida…. –me aventuré a manifestar mi extrañeza a mi amigo.

–Debe haber visto que nos persigue la justicia –dijo José–; estarán buscando al asesino de Zólter.

–¿Y Lope? ¿Por qué ha salido corriendo Lope? ¿Qué relación puede haber entre la muerte de Zólter y la huida de tu señor? –objeté, dudando seriamente en la versión de José.

–¡Cualquiera lo sabe, Simón! Estoy acostumbrado a tan peregrinas reacciones de mi señor Lope, que siempre acaban mostrándose atinadas, que puedo aventurar cualquier hipótesis como posible, por muy extravagante que parezca.

José me pidió que acelerásemos el paso, en dirección a nuestra venta, como tan perentoriamente había pedido Lope. Así lo hicimos.

Al llegar a la hospedería no encontramos a Lope. Nos sentamos en sendos bancos, tras la larga mesa del comedor. El ventero se interesó por si íbamos a pedir el servicio. Aceptamos la propuesta y comimos las berenjenas que había preparado el ventero.

El buen hombre nos preguntó qué nos había parecido la fiesta del Primer Viernes de Mayo. José se explayó en favorables ditirambos y el ventero marchó ufano hacia el interior de la hospedería.

Más de cinco horas transcurrieron antes de que Lope apareciera. No venía sólo. La figura arrebujada en la pesada capa, inapropiada para la estación, dejó ver su pálido rostro a la luz de los candiles.

—¡Marieta! —fue el grito unánime de José y mío. José se abalanzó hacia ella. Yo permanecí de pié, inmovilizados los miembros y la mente... Lope acariciaba su cara, más que la enjuagaba, con un paño mojado. No dejaba de mirar el rostro de Marieta... y sin mirarme, pidió la presencia del ventero que, solícito, acudió de inmediato.

—¡Quiero el más grande, el más cómodo, el más luminoso y ventilado aposento de esta venta! —conminó al ventero—. Y si es necesario, derribad una separación y convertid dos, en uno...

—Pasad por aquí, señor. Tengo lo que necesitáis... Se trata de una de las que reservo para familiares de los canónigos de la catedral cuando vienen a Jaca a visitar a sus eminencias...

El ventero empezó a subir los peldaños de la escalera del fondo, precediendo a Lope y a la mujer que llevaba en brazos. José se había acercado y compartido con él el peso de Marieta.

Caí derrumbado sobre la mesa. Aquello no era posible, después de más de ocho meses desde... Si creo saber las razones de Marieta para huir —temor, vergüenza, represalias—, no creo saber la razón de su aparición en Jaca...

¿Qué me ocurre? ¿Qué sentimiento es éste que me domina? ¿Alegría por reencontrarla? ¿Miedo? ¿Ansiedad ante la inesperable actitud que pueda mostrarme? ¿Y mi actitud, si sobrevive mi esposa? Si Marieta me resultara odiosa o indiferente —me digo—, posiblemente no tendrían cabida en mi ánimo y en mi mente tales preguntas. Pero si la acción de Marieta fue tan ominosa... ¿dónde están el rencor y el orgullo del marido burlado?

CAPÍTULO XVI

DESDE MALLORCA

Monasterio Cisterciense de La Real. Mallorca. Junio de 1276. Yo, Cristín Grau, a solas con mis recuerdos. Dios se ha servido disculpar, aquí en la tierra, mis muchos pecados por los que le pido su más generoso perdón para cuando en la Santa Parusía prometida sea finalmente juzgado.

Son éstas las primeras palabras que escribo en mi crónica, tras los terribles sucesos de Jaca, ya transcritos en la tarde anterior a nuestra partida hacia el territorio cheso.[56]

Muchas veces sentí el deseo de destruir mi manuscrito; y otras mil sentí el de estrecharlo contra mi pecho, con sublime devoción, como relicario de lo más hermoso y santo de cuanto me ha acontecido en mi vida; como fosa pestilente, al mismo tiempo, de mis mayores pecados y desdichas. Lope tuvo razón: mi historia, mi crónica es mi vida, de la que no quiero desprenderme.

Tras la cerrada puerta de mi celda –blanca, luminosa, inmerecida–, he ido extrayendo de mis dos bolsones de viaje y ordenándolos como he podido en las hornacinas de las paredes, los objetos que he ido acumulando en ellos: una larga camisa raída; unas albarcas de esparto; la cajita de sándalo con la superficie

---

[56] Gentilicio que designa a los habitantes del Valle de Echo ("Hecho", actualmente) y a su ancestral "habla" altoaragonesa.

aljofarada conteniendo los anillos nupciales; las arras de plata de Lope; las ajorcas de Elena; la daga de Tobías… y varios objetos de escaso valor material. Y mi manuscrito; mi crónica; mi vida.

Quise entregar al abad todas las joyas; y nada he dicho de mi manuscrito. El abad me ha pedido que las conserve, por el alto valor que para mí tienen y que, sin duda, no servirán para empeorar mi fidelidad a Dios, puesto que voluntariamente he entrado a su servicio. "Ya llegará el día –ha dicho el abad– que servirán como ofrenda ante el altar".

Creí que ya nunca más podría añadir a mi crónica los avatares de mi existencia, desde aquel día en que, sentado confortablemente en la sala del palacete de Ylona, notando en mi nuca el aliento cálido de Marieta, iba desarrollando los últimos acontecimientos vividos hasta aquella tarde, vísperas de nuestra llegada al recinto de la Nueva Jerusalén, perspectiva que viví con temblor en el cuerpo, y desasosiego en el alma…

Antes he de decir, que la acogida en este Monasterio la debo a la evocación de mi tío Antonio ante el abad. Y a mi gran facilidad para la escritura, tanto en letra carolina como en gótica; a mi experiencia, por tanto, en la copia de otros textos, no importa en qué idioma estuvieran escritos, los entendiera o no –ya se sabe que el hecho de copiar no exige su comprensión–: también a mi conocimiento, aunque precario, del latín aprendido de Marcons, del árabe andalusí, de los dialectos occitano, provenzal, aragonés… Y, por último, al suficiente castellano aprendido en Suso de mi maestro Gonzalo de Berceo, durante los años en que, cansado de vagar por Aragón, Navarra y Castilla me acogí al monasterio como copista, traductor y alumno. El abad me concedió su aprobación, tras su examen, que entrañaba un puesto en el *scriptorium* del monasterio. Me he provisto, de nuevo, de frasquitos de tinta, de unas resmas de buen papel, de buenas plumas cuya acción de cortar me ha producido un desconocido sentimiento de temor…

No he podido dejar de recordar el apremio con que Lope me instigaba a seguir escribiendo mi crónica. Creí por un momento que Lope buscaría un nuevo motivo para que siguiéramos juntos. Pero tal vez fuera la aparición de Marieta y su nueva entrada en mi vida lo que le determinó a terminar con su protección. Nada supe de sus pesquisas en el Serrablo, ni sus conclusiones acerca del arte mozárabe en aquellas y otras tierras; ni si seguirá con vida. Ni si José estará con él, de vuelta en Toledo.

Dios los proteja de todo mal. Con la ayuda de Dios, me apresto a continuar mi crónica aprovechando mis horas libres, pocas en realidad tras el cultivo de la huerta, las tareas en el *scriptorium,* los rezos comunitarios…. Mas entiendo que Dios disculpará mi falta de prisa, aunque, a veces, llevado por la emoción de los hechos narrados, sienta el vértigo de la impaciencia. Y tras este a modo de proemio, empiezo la evocación, desde mi celda, de lo que queda por relatar. Que Dios me ayude. Amén.

SALIDA DE JACA. LOS CABALLEROS CELESTES

Atendimos a Marieta lo mejor que supimos…; en realidad, lo mejor que supieron Lope y José, porque yo permanecía en ese estado de semiinconsciencia que, por fin, he podido superar.

—Se supone, Cristín —empezó Lope a utilizar mi verdadero nombre "católico"–, que el marido ofendido ha de repudiar a la mujer desviada… Que las inveteradas reglas obligan al marido a limpiar su honor con la sangre de la adúltera… ¿Qué camino tomarás tú, Cristín?

—Señor —respondí como en un sueño–, cuanto he tocado con mi afecto ha sido condenado a la destrucción:… Marcons, Tobías, Wifredo y, sin haberlos conocido físicamente, Eric, Roberto de Aínsa, Rodolfo… Temo que, de alguna manera, maté a mi esposa. Y a ésta, tal vez, por mi indiferencia, por la omisión culpable de marido distante en la demostración de los afectos. Y, por último, Lope, José, os pregunto… ¿he matado por segunda vez a Tobías en el hijo que engendró en las entrañas de Marieta?

—No hay respuestas para las cuestiones que planteas…, que no estén ya formuladas en el fondo de tu corazón. A ti te corresponde actuar según esas respuestas; no por las que yo pueda darte, pobre y viejo dispensador de consejos, generalmente inanes en lo tocante a las cuestiones del alma…

Demoramos la partida dos semanas más, en espera de que Marieta se recuperara. Había perdido mucha sangre, con la pérdida del hijo. Lope supo de su refugio en un hospital para peregrinos –de Santa Cristina, dijo–, por pura intuición, ante la conversación que en el atrio de la catedral mantuvieron dos monjas, dos viejas sorores. Una de ellas había acudido a reclamar los servicios espirituales de un religioso, ante el agónico estado de una "extranjera", sola, embarazada y, tal vez, al borde de la pérdida de lo que "llevaba dentro".

Dos semanas más tarde, temprano en el día, iniciamos nuestro viaje: Marieta y yo, a las tierras del Val d'Echo, más allá de Siresa, más allá de la Selva de Oza, junto a las fuentes del río Aragón Subordán, apartadas y escondidas de la calzada romana del *Summus Pyrenaeus.*[57] Lope y José, con grandes manifestaciones de tristeza en la despedida, han seguido la ruta de Serrablo.

—Durante algún tiempo, nuestro destino será Santiago. Buscadnos allí si alguna necesidad tenéis de nosotros.

Lope entregó a mi esposa una bolsa, cuyo contenido vio que eran monedas jaquesas. Marieta hizo acción de rechazarlas, pero retuvo la bolsa tras el comentario de Lope:

—Tendréis, pues, que devolverme también mi intervención en vuestra traída a Alpuente; mis oficios para que fuera posible vuestra boda en Villel… y mi intervención en que recobrarais vuestra dignidad; y a vuestro marido en Jaca… Si nada de eso

---

[57] Puerto pirenaico de Somport.

os he pedido que me devolváis, no lo hagáis con esta muestra de mi eterna gratitud por haberme dejado compartir con vosotros tantos días, tantas noches, tantas penalidades...; y aprendido tales lecciones de humildad, de fe, de tolerancia... De una sabiduría que no he podido aprender en los libros. De un afecto, sin duda inmerecido por mi parte.

La mañana del iniciado junio nos acoge con la suavidad algo fría de las primeras horas. Era necesario iniciar el camino pronto y detenernos a media tarde, con el fin de buscar refugio donde protegernos de la siguiente noche.

Ríos de hermanos van saliendo de Jaca, en pequeños grupos, en dirección noroeste. Todos sabemos cómo llegar a nuestro destino. Precede a la marea de peregrinos la avanzadilla de unos diez soldados, tropa destinada por las señoras para nuestra protección, y cuyo capitán ha querido cumplir complacido, como póstumo servicio a su jefe asesinado.

A medida que nos alejamos de Jaca, los grupos de hermanos van haciéndose más nutridos. Los caminos son sendas de herradura, tortuosas, bordeando precipicios sobre la hermosura vegetal de pastizales al fondo de angostos y, en otras ocasiones, extensos valles.

Los jirones de blancas nubes nimban los altos picos. Los abetales confunden su singular fisonomía con la maraña de pinos y hayedos, bajo los que medran orgullosos helechos y rampantes, brillantes arbustos del familiar boj. Se suceden los arces y los tejos; y por supuesto, los abedules... Un hermano de camino, natural de estos valles, antiguo visitador frecuente de Siresa, va nombrando la continua sucesión de las especies de aquella apabullante, magnífica, y como soñada masa forestal. Y saluda con un "¡mirad, hermanos!" la aparición del cabizbajo jabalí; de las elegantes martas y tejones; el potente vuelo de las águilas y los buitres...

Viajamos a lomos de mi caballo, ya entrañable compañero, con Marieta a la grupa y con escasa impedimenta, con el fin de aligerar la carga de nuestra montura. Ya a la entrada de la selva, en un calvero, pudimos distinguir desde el camino una cabaña de adobes y paja, ¡tan parecida a las de mi morada en Cerdeña! Decidimos deteneros a descansar y aligerar nuestros miembros de la tensión de la cabalgada. Nos paramos ante la cabaña. Salió de ella lo que parecía ermitaño, viejo y encorvado. Un mozalbete apareció por una senda abierta al calvero.

—Disculpad, señor, que invadamos vuestra propiedad… —dije a modo de saludo— Venimos cansados y queríamos descansar un momento.

—Se dirigen a la Nueva Jerusalén, sin duda —afirmó el viejo que por lo extraviado de su mirada conocimos que era ciego—. Sean bienvenidos.

El muchacho se arrimó al largo camisón del viejo, sin dejar de mirarnos.

—Mi nieto les dará un poco de agua, si la necesitan —ofreció el ciego. Dimos las gracias y aceptamos su ofrecimiento. El niño corrió hacia un lateral de la cabaña y regresó con un cubo de cuero rebosante de agua. Nos servimos. Marieta preguntó por la edad del muchacho.

—Nueve años —respondió el zagal.

—Sus padres murieron en un asalto de moros a la cabaña que habitaban, aquí cerca… Es lo que se dijo. Yo sé que no fueron moros, sino cristianos.. Ladrones asesinos —el viejo cambió el sentido de su conversación—. Son cosas pasadas. Los dos vivimos juntos y nada nos falta, gracias a la extrema caridad de los hermanos que desde hace tanto tiempo frecuentan estos lugares.

—Conocisteis, tal vez, a Marcons, a Eric, a Tobías; a Rodolfo… —afirmé convencido de que era cierta mi suposición.

El viejo no movió un solo músculo de la cara. Se sentó en el poyo de piedra que había junto a la puerta de la cabaña y mandó al muchacho a que nos trajera unos asientos. El niño entró en la cabaña y salió portando dos banquetas de madera que nos ofreció diligentemente.

—Vuestras palabras denotan un cercano conocimiento del obispo y de sus fieles seguidores... También vos debéis serlo... ¿Conocéis el pasaje de la elección del Sitio?... Yo no estuve presente, pero un viejo hermano, ciego como yo, se detuvo ante mi cabaña un día, hace de esto unos años, tal vez diez. Le atendí lo mejor que pude; supo de mi fe de *tejedor*, como éramos conocidos hace mucho tiempo, y me contó una historia de la que dijo había sido testigo en los lejanos años de 1213 ó 1214... Yo entonces no era ciego y me ganaba la vida como tejedor en mi ciudad de Jaca. Oíd la historia de aquel viejo y creed de ella lo que os permita vuestra credulidad.: Era una limpia mañana del mes de mayo, con los rescoldos aún calientes de Beziers y el olor a sangre real de nuestro buen Pedro II impregnando todavía el aire de nuestros valles. La comitiva estaba formada por Eric el Normando; un joven, tal vez auvernés, al que llamaban Marcons; un aragonés de Boltaña o Ainsa; y unos soldados a todas luces francos, occitanos..., pero, como supe después, normandos. También yo formé parte de aquella tropa. Soy de la Canal y conozco palmo a palmo esta selva, los caminos que la atraviesan y los que la circundan, los valles que enfilan su norte hacia el Pirineo, el gran valle longitudinal, y la frontera que nos separa de nuestro antiguamente común reino de Navarra. Orillamos esta selva, dejamos al sur los restos de la vieja calzada romana y mis acompañantes quedaron como petrificados ante la visión del paisaje que se les mostraba enfrente. Eric el Normando se apeó del caballo y quedó como arrobado con la visión del valle y el ancho collado que une o separa, según se mire, las dos cadenas montañosas que en él convergen, cerrando el valle. De súbito, desde el norte, por el alto cielo aparecieron caballos y caballeros, totalmente enjaezados los blancos corceles, y, totalmente, de un purísimo color blanco los caballeros, como arrancado de las nieves de los picos más altos de la Canal. De igual manera, desde el sur, como al encuentro de los caballeros blancos, apareció una formación de caballos y caballeros negros. "¿Qué prodigio es éste? –gritó Eric". El resto de los presentes permanecía callado, como ausente, pasmado ante la increíble aparición. El piafar, inaudible, de los caballos…; los alaridos de los guerreros de cada frente… Y una voz de viejo se dejó oír junto a Marcons, temblorosa, pero nítida: "No avanzan, señor". "¿No avanzan? –replicó Marcons–. Son las fuerzas del bien y del mal; el espíritu celeste contra la materia creada… Las fuerzas del mal quieren impedir que en sus dominios se erija tan claro testimonio de la potestad divina… De ellas se está valiendo el Dios de los justos para mostraros el lugar elegido para fundar la santa Nueva Jerusalén". ¿Fue todo un sueño, una ilusión? Marcons se apeó. Ya Eric se le había acercado y con la mirada le estaba interrogando. "Sí, Eric, si no os oponéis, ese collado será el santo Recinto de nuestra Nueva Jerusalén". Con el estrépito con que habían aparecido desaparecieron, fundidas en los retazos azules del cielo las dos legiones, blanca y negra, de nuestra historia.

–Yo la creí. –terminó el viejo.

–¿Y vos? ¿La creísteis? –pregunté al ciego. Afirmó que él la había creído y que seguía creyéndola más que nunca. Pensé que era una bonita historia. La que ahora, tras el paso de los años, podría tenerse por leyenda…: ese río caudaloso al que van a parar los de la historia..

Ni Marieta ni yo mostramos incredulidad alguna. Agradecimos al viejo su relato. Nos dijo que era hora excesivamente avanzada para seguir el camino y que nos ofrecía su pobre morada, en el cobertizo adosado a la cabaña, para que en él pasásemos la noche. A lo que accedimos, con vivas declaraciones de agradecimiento por su amable hospitalidad.

CAPÍTULO XVII

¡La Nueva Jerusalén!

En la primera hora tras el mediodía, sobre el alto collado que nos anunciara la leyenda del viejo, apareció ante nosotros la mole de la Nueva Jerusalén, todavía envuelta en el sudario de los andamiajes.

Nos acercamos con precaución por el camino que hacia allí conducía, atravesando un ancho y profundo valle, cuya belleza jamás había yo contemplado en paisaje alguno. Tuve deseos de apearme y besar el suelo, más como memoria y homenaje a mis hermanos desaparecidos que por ímpetu religioso...

Marieta se apretó más fuertemente contra mi cuerpo y musitó no sé que palabras que me sonaron a oración.

Avanzamos lentamente, no obstante haberse ensanchado el camino por el continuo pasar de caballerías y carretas. Nos íbamos acercando. Cuando llegamos y atamos nuestro caballo a un árbol, junto a otros que en árboles contiguos se mostraban, pudimos admirar el ambicioso proyecto que Marcons había concebido: Parecía terminada la muralla sur, con el adarve, la ancha escalera y las tres puertas. Corría ya terminada, a lo largo de su flanco, la muralla oeste, con la escalera y el adarve todavía en construcción y abiertos a occidente los huecos de las tres grandes puertas. Las murallas este y norte no eran sino un inicio de construcción, con aproximadamente media vara de alto en la parte más baja y escalonadas hacia los extremos correspondientes de las murallas sur y oeste. Aparecían los huecos marcados de lo que serían las tres puertas en cada muralla lateral. Estábamos situados frente el flanco este, donde se encontraba atada nuestra montura, y llevábamos con nosotros los dos bolsones de palmas trenzadas que me habían acompañado desde Cerdeña. Y en las faltriqueras de Marieta y mías, las bolsas con las monedas y los recuerdos de nuestra boda en Villel, regalo de nuestros, ahora más que nunca, queridísimos amigos. Pedí a Marieta un recuerdo para todos ellos. Unas lágrimas rodaron por sus mejillas, lágrimas que quiso borrar rápidamente con el dorso de sus manos. Se me quedó mirando... y sonrió.

En la explanada intramuros de lo que estaba destinado a ser el gran patio de la futura fortaleza, la multitud aparecía sentada sobre el suelo, esperando con impaciencia la aparición de los oradores, que debían hacerlo sobre los últimos peldaños de la escalera de acceso al único adarve construido hasta ese momento.

Pequeños grupos de hermanos, al parecer representantes de cada una de las confesiones presentes, ocupaban a derecha e izquierda de la escalera una buena longitud del largo adarve.

A nuestro lado, escuchamos los comentarios de unos hermanos, en forma de diálogo, que resumiré de seguido

—Hace unos pocos días, ha llegado la noticia del retorno a Aragón del Rey Jaime. Durante los muchos años de su reinado, los contestatarios del dogma romano se habían sentido protegidos, no por el desinterés del rey por las cuestiones de la fe de Roma, sino por su mayor ocupación en las cuestiones de conquista de los territorios al sur y este de sus dominios, y por su notable atención a la expansión de sus dominios a lo largo del Mediterráneo. Todos estos afanes se completaban con la eclecticidad de juicio de los reyes de la corona de Aragón frente al mayor dogmatismo de los monarcas navarros, galaicos, leoneses, castellanos y no digamos francos. Tal vez fuera debido al mayor contacto de los reyes aragoneses con los pueblos de allende sus fronteras (francos, normandos, alemanes y corsos, sardos, napolitanos, griegos... genoveses, pisanos, lombardos, venecianos, romanos...). No estaba fuera de este contexto que, el padre, Pedro, ungido rey por el papa y al que rendía vasallaje, no dudara en ponerse de parte de Raimon de Tolosa, en razón del carácter de vasallo suyo. Ahora, fallecidos los últimos valedores, Eric y Rodolfo, las perspectivas que se ofrecían de continuar la obra emprendida por Marcons, y bajo su filosofía, cualquiera que ésta fuera, se presentaban cuanto menos sombrías e indeterminables.

Con Ingemar e Ylona en Jaca, poco puedo aventurar sobre el destino de ambas mujeres, a pesar de que Ingemar desea marchar a Normandía con su sobrina. Marieta no quiso quedar con ellas: pidió acompañarme. Desde su aparición en Jaca, continuaba mostrando los rasgos voluntariosos de su carácter, aunque dulcificados por, al menos en apariencia, el sentimiento de culpa que su infidelidad pudiera provocarle.

La promesa de Tobías de hacerme entrega del testamento de Marcons a mí dirigido, no llegó a cumplirla. No debió ser causa su trágico final, por cuento tuvo tiempo y ocasión para entregármelo. Las reflexiones que sobre el particular me he hecho, puede que sean ajustadas a la realidad: Tobías, fuera ya del enclave de las cabañas, en el deambular de tantas semanas y juntos, había juzgado mejor que Marcons la naturaleza de mi "conversión", mi propia naturaleza, que le llevó a repetirme tantas veces que yo nunca llegaría a recibir el *consolamentum de la ordenación*. El testamento lo habría destruido Tobías, por cuanto tenía por seguro que nunca llegarían a reunirse en mí las condiciones supuestas por Marcons. Yo no sabía cómo iba a ser, ni si sería posible, la continuación de las obras de la Nueva Jerusalén y la filosofía que, de terminarse su construcción, presidiría su funcionamiento. En realidad, sentía que algún hilo se había roto en mi interior… La "obra" me pareció ajena. Otras alternativas serían esgrimidas por las diferentes sensibilidades emanadas de los distintos códigos de creencias.

La desaparición de nuestros fallecidos carismáticos líderes precipitaron unos hechos que trataré de narrar con el mayor desapasionamiento posible, por muy difícil, penoso y hasta desgarrador que me resulte eliminar la pasión del recuento de los acontecimientos de los que fui parte. ¿Cómo se hubieran desarrollado las cosas de estar todavía vivos Eric, Marcons, Tobías, Wifredo…? Es una reflexión baldía.

La tensa espera ante la inminente aparición de los oradores me permitía repasar, a saltos, tantas y tan diversas escenas de mi vida. Sentado en el sector de los *bons homes,* levanté la mirada hacia el rellano de la escalera de piedra donde expondría cada orador las posiciones de sus representados. Noté en la presión de la mano de Marieta en la mía una fuerte tensión en su ánimo. La miré e intenté tranquilizarla con una sonrisa. A mi izquierda, los bogomilos, tan cercanos en otros tiempos a la fe de los *buenos hombres,* se muestran tranquilos, tal vez conformados por el temple proporcionado por tantísimos años de peregrinaje y huidas desde las lejanas tierras del Este. A mi derecha, los pocos hermanos Livonios, de tan difícil catalogación respecto de sus discrepancias con el papado y con la ortodoxia de la doctrina romana, llegados de las frías tierras danesas… Y, junto a los livonios, el gran número de valdenses. Por doquier, el numerosísimo y abigarrado conjunto de los hombres *sin jerarquía:* soldados, comerciantes, artesanos, estudiantes, monjes, menestrales, siervos de la gleba… aragoneses, britanos, francos, flamencos, teutones, sicilianos, castellanos, navarros, galaicos, lusitanos… gentes que acudieron al conjuro de la fundación de la Nueva Jerusalén en desacuerdo con el comportamiento de los miembros de la Iglesia de Roma; en desacuerdo con la estricta filosofía del mal y del bien maniquea, llevada a los términos de un cielo de creación divina y un mundo como infundio satánico. Gentes sin jerarquía cuya fe se basaba en la observación y libre interpretación de los ejemplos de la Biblia y de los Evangelios. Y entre esa gente, hoy puedo asegurar, se emboscaban elementos que no puedo catalogar, cuyos fines eran otros que los perseguidos por Marcons y, tal vez, por los otros reconocibles hermanos.

Los valdenses habían venido manifestando, con mayor agresividad de la esperada, su rotunda posición de extrema beligerancia. Y esa postura se acompasaba mal, o no se acompasaba en modo alguno, con las recientes defecciones de significados miembros de su congregación. Ni con las delaciones que habían efectuado ante los inquisidores de muchos *bons homes*. Los bogomilos adoptaban un discurso excepcionalmente cercano al nuestro... ¿Y cuáles eran nuestros postulados? Desde los tiempos de Capoterra, con las bendiciones de Marcons y la deriva hacia posturas de mayor contundencia de Tobías, secundado por Wifredo, nuestras creencias deberían ser defendidas por cualquier medio a nuestro alcance, difundidas en libertad, pero jamás impuestas.

Los livonios, recién llegados, apenas comprendían nuestras discusiones: estaban acostumbrados a tomar las armas y conquistar territorios donde expandir su influencia. Religión y dominio político eran una misma cosa. La masa informe de los *sin jerarquía,* para los que no habíamos dado en unificar otro nombre que los agrupara y los distinguiera (ni ellos mismos se daban nombre alguno), manifestaban tantas opiniones como miembros a los que se les preguntara. Pero desde el punto de vista de la defensa de su libertad, todos ellos se manifestaban legitimados para utilizar cuantos medios tuvieran a su alcance con el fin de repeler los ataques de los inquisidores. Yo había llegado a la conclusión de que, muchos de los presentes, habían derivado hacia unos indeclinables deseos de entablar la batalla, cruenta o incruenta, no importaba, contra todos aquellos que intentaran sojuzgar sus creencias y modos de vida. También me daba cuenta de que las profundas divergencias surgían de la concepción que cada uno tenía de lo que representaba y debería representar la Nueva Jerusalén. ¿Sería una nueva Roma? Sería, para nosotros, lo que Marcons concibió para ella: La Nueva Jerusalén de la tierra, en representación de la Nueva Jerusalén divina. El Santo Recinto, faro que iluminase todas las obras de los hombres por esos caminos del mundo, en su acción salvadora por la fe. Y Ciudad de peregrinaje al que acudir para reafirmar en común con otros hermanos los vínculos del hombre con Dios. Un templo sin iglesia física, único para todos los cristianos y creyentes de buena fe, con absoluto respeto a las interpretaciones doctrinales de cada persona o grupo, siempre que no supusieran forma alguna de imposición. Sin darme cuenta, o dándome perfecta cuenta, parecía que la doctrina de Marcons no era otra cosa que conseguir para todas las doctrinas, dentro de su diversidad, los principios de libertad de enseñanza, libertad de culto, libertad de conciencia. En tan turbadoras reflexiones estaba sumido, cuando el clamor anunciaba la bajada del primer orador hasta el rellano de la escalera: mi admirado y querido Boldo. Ya mi único referente vivo…

Boldo extendió los brazos hacia delante, con las palmas de las manos abiertas, se hizo un silencio y, comenzó su discurso:

—Hermanos valdenses, bons homes, bogomilos, livonios, antiguos pifles de Flandes, patarinos de Milán, publicanos ingleses… y vosotros, ciudadanos, los que habéis seguido el camino hasta nuestro Santo Recinto sin que debáis obediencia a jerarquía alguna; a todos vosotros me dirijo, y quiera Dios que mis palabras logren expresar lo que mi mente y mi corazón sienten. Dios nos protege, a despecho de los hombres cuya intolerancia, por sutil paradoja, ha conducido a que unos santos varones hayan conseguido de Dios su santa anuencia para que, a no tardar, sea una realidad este santo recinto de la Nueva Jerusalén. Y si Dios así lo ha querido, es porque santifica la unidad de todos los hombres que creen en la palabra del Hijo. Hemos llegado a este santo lugar desde todos los puntos de nuestra malhadada Europa: muchos de vosotros, siguiendo los mandatos de vuestros respectivos *perfectes*, obispos y maestres. Y todos aquellos de vosotros sin jerarquía, impulsados por su propio albedrío individual: libre albedrío que en este caso parece que ha obedecido a una llamada de Dios, dada la multitud de cristianos que con tales características aquí os encontráis. Sois, nos decís, los *sin jerarquía,* "porque la nuestra no tiene otra que la autoridad directa y suprema del Señor". Tal vez, ha llegado el momento de someternos a una disciplina para el gobierno de muestra Santa Nueva Jerusalén. Nosotros regresaremos a nuestras tierras, nuestras ciudades, nuestras casas, nuestras ocupaciones… pero ya nunca estaremos solos, nadie nos perseguirá por no dar los diezmos a la iglesia de Roma, por no frecuentar sus iglesias si no lo deseamos… ni por no recibir sus sacramentos. Aspiramos a una tierra donde la mayor libertad individual de conciencia reine sobre cualquier imposición de religiones hegemónicas o que pugnen por serlo. Todo ello por la palabra… Nuestra predicación no conoce de la violencia. Y subiremos, cuantas veces haga falta, las gradas de los poderosos, para que nos permitan vivir y predicar en libertad. A la razón por la razón, con la fuerza de nuestra unidad.

Un rugido se elevó desde las filas de los valdenses que, puestos en pié, manotcaban y mostraban su desacuerdo con las palabras del orador. Parte de los *sin jerarquía* se levantaron como un solo hombre para increpar a los valdenses. Otros aclamaron a éstos.

De nuestras filas y de las de los bogomilos nadie se levantó ni emitió grito alguno. Tampoco los livonios reaccionaron: eran siete jóvenes robustos, muy bien pertrechados y su intérprete se retrasaba en traducir para ellos las palabras últimas del orador.

De la parte alta de la escalera descendió un valdense, quien con un arrebatado manotazo desplazó de su cátedra a Boldo. Ocupó su lugar y gritó cuanto pudo para hacerse oír por encima de la barahúnda reinante, acrecentada por las redobladas protestas de los partidarios de la posición de los valdenses. Desde los sectores del adarve, ocupados por los *sin jerarquía* y por valdenses, nos llegaban airados alaridos.

El valdense se limitó a gritar sus consignas belicosas, de nuevo acogidas por aplausos y abucheos.

Descendió Boldo, de nuevo, hasta el descansillo y por encima de la cabeza de la menguada altura del prócer valdense lanzó a los aires el imperio de su potentísimo vozarrón. Todo quien lo conocía sabía reconocer en Boldo sus innegables dotes, su aura de autoridad no conferida por nadie, pero ganada día a día con su temperamento para el bien; sus extremas dotes para el trabajo bien hecho; sus atinados juicios y el respeto y distinción con que siempre fue distinguido por nuestro hermanos.

Boldo extendió sus brazos hacia el cielo encerrando entre ellos su portentosa cabeza; levantó ésta y su poderoso mentón quedó apuntando alto, por encima de las cabezas de los agitados y disidentes cofrades.

Ni una palabra salió de su boca. Se mantuvo en su posición hierática mientras, poco a poco, el infernal griterío languidecía; languidecía lentamente; primero, el proveniente del gran patio; y, a continuación, el proveniente del adarve... Se hizo al fin un silencio absoluto. Boldo bajó los brazos y la cabeza en un movimiento brusco.

–¡Hermanos¡ –gritó con toda la fuerza que le permitieron su garganta, su corazón y su indomable coraje, y continuó en el mismo tono– ¡Afilemos los alfanjes, las cimitarras, las dagas...!. ¡Limpiemos los cepos, las jaulas, las hogueras...! ¡Preparemos las ponzoñas, recitemos los conjuros¡... ¡Hermanos! ¡Hermanos!...

Calló Boldo sin dejar de mirar al frente. Sus voces rebotaban de piedra en piedra en un eco sobrecogedor. Los cofrades se sentaron de nuevo. Volvió el sosiego al adarve. Los próceres se situaron detrás de Boldo y esperaron la reanudación de su parlamento. Pero solo agregó, en tono bajo y comedido:

—Es el turno, de nuevo, del hermano representante de los valdenses. Oídle.

El valdense que parecía autoridad mayor entre los suyos, apartó suavemente al belicoso correligionario que le había precedido, antes de la intervención de Boldo. El valdense ocupó el puesto preeminente. Bajó la cabeza. Inició un parlamento comedido que fue cobrando intensidad a medida que avanzaba en el rigor de sus planteamientos.

—Pido perdón, humildemente, a todos los hermanos que se hayan podido sentir ofendidos por la actitud de nuestros correligionarios. Pido perdón al por todos nosotros querido, admirado y respetado *perfecte* Hugo Boldo... Desde los tiempos de nuestro refundador, nuestra fe ha tenido que refugiarse en los profundos y casi inaccesibles valles alpinos, perseguida sin descanso y sin piedad. Pero esta persecución viene de mucho más lejos: Desde los tiempos del emperador Constantino, en el siglo IV, hemos venido siendo objeto de las más duras pruebas..., de las más sanguinarias persecuciones. Nuestro cristianismo no gustaba, ni gusta, a los hegemónicos. ¡Y estamos cansados! ¡Necesitamos gritar nuestro derecho a disentir, nuestro derecho a asumir y practicar nuestro cristianismo, el cristianismo primigenio que profesamos, confesamos y estamos dispuestos a defender!

Un alarido de conformidad con estas razones volvió a surgir de las filas valdenses. Su prócer les mandó callar con claros gestos de sus brazos y logró restablecer la calma. Estaban obligados a obedecer a su prócer y obedecieron de forma unánime. Y, unánimemente, volvieron a sentarse.

–Nos hemos congregado los hermanos de las diferentes doctrinas cristianas, disidentes con la hegemónica, para, tras el regalo que Dios nos ha concedido, habiendo permitido la erección de esta santa Nueva Jerusalén, tratar de concebir los medios comunes de defensa, ante las adversidades por todos padecidas. Cada cual seguirá los caminos que le señalen su razón y su fe. Y no os ofenda si exponemos nuestro planteamiento. Necesitamos dejar de huir, de esconder nuestra fe, de lamer nuestras heridas de perros apaleados… ¡Y vuelvo a pediros perdón, hermanos atribulados! ¡Y vuelvo a pediros perdón, hermanos contemplativos! ¡Y vuelvo a pediros perdón, hermanos que habéis venido arrastrando como nosotros los mayores ultrajes que puede recibir un ser humano! Pero ha llegado la hora de responder a las armas con las armas; de gritar como en la primera cruzada "¡Dios lo quiere!" ¡Porque también nosotros, si nos obligan, tenemos derecho a nuestras cruzadas!

Fue incontenible la explosión de júbilo, gritada desde del patio, desde el adarve, sin que me fuera dado señalar los sectores más exaltados.

El prócer livonio, junto a su intérprete, tomó la palabra como quien recita una oración aprendida. Hablaba en voz muy baja; la del intérprete se hacía oír con toda claridad. Detalló la fundación, tan reciente, de su hermandad. El carácter de orden de caballería, fundamentalmente, y cómo sus caballeros habían conquistado para la fe y su gobierno, desde el inexpugnable castillo de Viljandi, amplios territorios en sus tierras nórdicas. Explicó que el Maestre de la orden se formaba con cinco asesores, representando cada uno de ellos a los cinco rectores de los más importantes baluartes. Manifestó que, tal vez, fuera una buena medida que Nueva Jerusalén se rigiese por un consejo de mandato anual, irreelegible, representante de todas las confesiones. Enfatizó que la fortaleza debería constituirse en el cuartel general de los ejércitos de la fe, oponiendo la unidad de su fuerza a los ataques de los intransigentes. El livonio se puso en pie, adoptó una actitud desafiante y sin necesidad de intérprete gritó una consigna que todos entendimos

—¡A las armas…, por las armas!

Un nuevo rugido de fervor acogió la proclama del danés. Se alargó durante un buen rato el ulular del ventarrón desatado por las palabras del livonio. Éste dio un paso atrás, sonriente, y cedió su espacio al prócer bogomilo. El nuevo interviniente, todavía joven, alto y erguido, se afanó en aplacar los gritos y en reconducir a la calma los incipientes conatos de disturbios. Hablaba un romance muy influido por las lenguas orientales. En su deambular errático por nuestras naciones, había aprendido a entender y hacerse entender por todos nosotros.

—¡Hermanos! —gritó el bogomilo y, moderando el tono de la voz, siguió hablando con rotundidad pero sin apasionamiento. Aquel hombre me causaba desasosiego, y esperaba oír de su boca lamentables propuestas. Su saludo obró como un bálsamo, como había ocurrido con la intervención de Boldo.

—Venimos arrastrando la injusticia por los siglos de los siglos. A salvo su procedencia, base de su fe judía, nos precedieron los esenios, aquellos judíos disconformes con las castas de saduceos, levitas y fariseos. De aquellos judíos, tan distintos y sin complicidad con la muerte de Nuestro Señor Jesucristo, podemos aprender a encontrar nuestras escarpaduras del Mar Muerto; como de aquellos perdedores islaimitas del pasado siglo, podemos aprender a encontrar nuestra fervorosa Alamut.

El bogomilo abatió los brazos a lo largo del cuerpo; le vi cerrar los ojos, abrirlos de nuevo y permanecer expectante, tal vez queriendo vislumbrar la impresión que habían causado sus palabras… Pero el silencio era grande. No se percibía murmullo de comentario alguno. Por mi parte, jamás había oído aquellos nombres: Esenios y Alamut, y, por tanto, no podía saber a qué se estaba refiriendo. ¡Y no estaba ya a mi lado mi llorado maestro Marcons! Pero el bogomilo sabía muy bien la confusión que habían despertado sus palabras, porque continuó su oración de la siguiente manera:

—Mar Muerto de los judíos esenios, y el Alamut de los vencidos ismailíes. Reductos de los perseguidos. Ni las profundas grutas ni los riscos escarpados fueron suficiente refugio para la libertad... Viéndoos... y escuchándoos... constatamos que nuestra fe deberá seguir vagando por los ámbitos de nuestro mundo a la espera de nuevas oportunidades. Hemos venido aquí bajo el influjo de una fallida esperanza...

—¡Aquí está nuestra esperanza! —la rotunda voz de Boldo sonó desde su mayor altura en el peldaño anterior a la meseta—. ¡La esperanza en la Nueva Jerusalén terrena, puerta de la Nueva Jerusalén celestial; la de Marcons, la de Valdo, la de Bogomil, la de Weno, la de la muchedumbre de los *sin jerarquía,* infinitamente más numerosa que todas nuestras congregaciones juntas!

Mi amigo tomó aliento y continuó:

—¿Somos la sal de la tierra? ¿Se refería a todos nosotros la Santa Palabra?

Dejó la pregunta en el aire y un terremoto de unánime voz en grito lanzó al aire la rotundidad emocionada de un ¡Sí! estremecedor.

Boldo retomó el discurso y, esta vez, recitó uno a uno los más importantes preceptos de nuestra fe de *bons homes.*

—Pero —dijo—, no estamos aquí para hacer proselitismo. Cada una de nuestras congregaciones cristianas tiene sus propios, respetables y por nosotros respetados postulados. Pero deseamos una Nueva Jerusalén incompatible con la lucha armada; abominamos del ojo por ojo y diente por diente que, en una desgraciada, breve y ya olvidada circunstancia, tuvimos la debilidad de adoptar.

Boldo se elevó sobre las puntas de sus pies y clamó al viento:

—¡Nunca, hermanos, jamás será la Nueva Jerusalén el castro, el baluarte de las picas, las espadas, las saetas, la sangre...!. De cualquier forma, confiamos en que las nuevas generaciones no volverán a sentir el odio que enardeció a los cruzados francos que llevaron a cabo la masacre del Peg de Montségur...

Un arrebatado soldado apartó a Boldo de un manotazo. Una lluvia de saetas cruzó el aire en dirección a la escalera. Mi amigo se llevó una mano al pecho. Me desprendí de los brazos que Marieta tendía alrededor de mi cuerpo. Corrí hacia la escalera. La sangre iba empapando el blanco camisón de Boldo. Me abalancé sobre él y quise arrancar la saeta que le había atravesado el pecho. El silbido de una nueva saeta terminó con un seco chasquido contra su frente. Se desplomó contra la balaustrada. Nada, nada pude hacer para mitigar la tragedia.

CAPÍTULO XVIII

Fin de la tragedia

Como si hubiera constituido la caída de Boldo la señal convenida, la turba se revolvió en sus asientos, se puso en pie, comenzaron a aparecer picas, espadas, dagas y el épico fragor de las batallas. Todos contra todos. Largas cuerdas atadas al adarve y a un sin número de mulos y caballos abatieron aquél y, seguidamente, la gran muralla sur con sus diez codos de alto y sus cuatrocientos de largo se vino abajo.

La contienda aumentaba su rigor. Las otras paredes, los andamios, iban siendo derribados con gran estruendo. Entre la multitud de los "sin jerarquía", ¿qué elementos se habían infiltrado en nuestra celebración? ¿Y con qué propósito?... Ya no eran solo los valdenses.

Se estaba luchando cuerpo a cuerpo, sin aparente orden ni concierto, sin distinguir a los unos de los otros, con toda clase de armas: piedras, palos, picas, espadas... Yo no podía concebir todo aquello. Nos limitábamos a zafarnos como mejor podíamos de los cuerpos, sanos y heridos, que de todas las direcciones venían a rodearnos...

Me resultaba imposible discernir quiénes habían iniciado la batalla, pues de una batalla se estaba tratando.

Yo tenía amparada a Marieta, con mis brazos rodeando sus hombros, caminando atropelladamente hacia el exterior, volviéndonos atrás para esquivar un trozo de muralla abatida, para salvar unos agonizantes cuerpos y muchos cadáveres. Pudimos, por fin, después de tantos avances y retrocesos, ocultarnos tras el tronco del opulento olmo al que teníamos atado el caballo. Caída en el suelo, cubrí con mi capa el cuerpo de Marieta, en la oscuridad de aquella noche cálida.

Esperé aturdido, con la confianza puesta en que la refriega no tardase en concluir.

Vi pasar ante mí la tropa de los livonios, caballeros en sus recias monturas, en un raudo galopar hacia el este. Otros hombres, en solitario o formando pequeños grupos, abandonaban la explanada interior; unos a pie, otros, a caballo o mulo; otros, sobre carretas abiertas arrastradas por asnos, por mulos y hasta por hombres y mujeres desarrapados.

Esparcidas todas las murallas por el suelo, revueltos hombres y piedras, confundidos el estrépito del derrumbe y los alaridos y gemidos de los individuos arrastrados por el mismo, en tropel despavorido, fue saliendo a campo abierto la multitud de los asistentes a tan infausta ceremonia fundacional. Los soldados, religiosos, gentes de toda condición y atuendo, fueron tomando asiento sobre las rocas y sobre el suelo. Heridos que podían andar, apretadas sus manos sobre sus heridas, o penosamente cojeando o apoyados en otros hombres. Caballos con y sin jinete que salían al galope tomando las más dispares direcciones. Densa humareda negra se elevaba hacia el cielo.

La multitud, de ilesos y de heridos, que se congregó ante la explanada, exenta ya de la muralla que la había circundado, y orillada por los dispersos montones de rocas unidas aún por la argamasa que las había cohesionado, observaba en silencio el desastre que entre todos habíamos ocasionado.

El alba empezaba a blanquear los roquedales desnudos, a mostrar el verde ya amarillento de los hayales, el lustroso de los helechos, el de los retales de césped de los calveros; a poner en el manto del cielo los primeros retazos de azul palidísimo entre las grises nubes.

A lo lejos, abajo, sobre los desfiladeros, algodonosos lienzos seguían el zigzagueante curso de los arroyos. Dios había amanecido como siempre en el esplendor de su creación.

Había desaparecido el sueño de tantos hombres, de tantos años, de tanta fe. Volvía a aparecer la imagen de la venganza del *maligno*...

Pedí perdón a Marcons, a Tobías, a Boldo... a tantos hermanos que cuidaron de mi cuerpo y, también, con tanto calor y devoción, de mi espíritu. Y lo pedí por la parte de culpa que me cupiese por no haber sabido llevar a término lo que, tal vez Marcons, esperaba que yo hiciera.

—¿Qué va a pasar ahora, Cristín? —inquirió Marieta envuelta como estaba en mi capa, y tendida en el suelo, y en un entrecortado susurro que me taladró el corazón...

Un estremecimiento sacudió mi cuerpo. Instintivamente, quise llevar mi mano libre hasta su vientre; mi temblorosa mano chocó con el astil de una saeta; quedó empapada en la caliente sangre de Marieta. Me abracé a su cuerpo, llorando. Una saeta había atravesado su vientre. La sangre había formado bajo ella y a su alrededor una terrible mancha.

Me resulta imposible seguir narrando tanto horror... Aunque me oí decir, como en sueños:

—Lo que Dios querrá, Marieta, lo que Dios querrá —respondí aturdido.

Comprobé aterrado que Marieta había dejado de existir. Acuné su cuerpo aún cliente en mi regazo. Besé su frente sudorosa. Poco a poco, me taladró el contacto con sus manos frías. Y ya toda ella estaba fría, rígida... perdida para siempre. Esperé largas horas, acunando a Marieta en mi regazo, como a una niña. Fue llegando el amanecer, el día, un rojo sol ajeno a tanta tragedia; el aire matutino. Seguían pasando heridos ayudados por otros hermanos.

Con mi daga fui cavando, como ausente, lo que iba a ser su postrer morada. Fui completando el hoyo con la punta de una pica. Cubrí su cuerpo con ramas tiernas. Di varias vueltas al tronco, como escapado de mí mismo. Volví a mi labor entre sollozos. Arrastré a Marieta. La deposité blandamente en el fondo húmedo de la tierra. La fui cubriendo con piedras, tierra, piedras, tierra…. ¡La Cruz!… De un enebro, desgajé dos ramas y las uní en forma de cruz. La cruz de enebro, recordaré siempre. El enebro, imputrescible, como metáfora de la vida eterna… La coloqué bajo la tierra, a un codo de profundidad. No deseaba que pudiera observarse desde el exterior, en aquel lugar inhóspito, para evitar posibles profanaciones. Y sobre ella puse varias rocas planas, grandes, cubriendo más allá del perímetro de la fosa. Y sobre aquéllas, tierra. Y, como me había enseñado Tobías, busqué las plantas silvestres de más bellas flores y planté sus esquejes sobre la fosa cubierta con la tierra mojada; y sembré sobre ella las semillas que aquellas me procuraron.

Después, recé al Dios de mi niñez.

Después, quedé como dormido, al pié del árbol, echado a lo largo de mi cuerpo.

Recuerdo un sueño o alucinación o trastorno, envuelta mi mente en una niebla blanca, espesa. Me oí hablando con Merieta; le decía en silencio:

—*"Dios siempre querrá lo mejor para los que con tanta penalidad le hemos querido servir, no importa demasiado que de forma, tal vez, errónea… Nos tenemos el uno al otro y este es el mayor bien. Dios proveerá, Marieta, y estoy seguro de que tú le ayudarás a que provea lo mejor para nosotros".*

Noté como si Marieta se apretara contra mi cuerpo y aceptara mis propuestas. Observé en mi delirio que yo ya no lloraba. Supe que me aprestaba a afrontar mi nueva situación, con el coraje que había demostrado Marieta en todas las situaciones; desde nuestro reencuentro en Formentera; nuestra unión en Villel; nuestro reencuentro en Jaca.

—*"Regresaremos, Marieta, a Formentera; o a Ibiza; o a Mallorca…: son nuestros orígenes. Espíritus iluminados, Marieta, han querido fundar en esta tierra la Nueva Jerusalén, como un reflejo de la Jerusalén celeste… Ésta, ya la creó Dios desde el comienzo de los días. Pero aquí, en la tierra, por arrogancia, lo único que han logrado erigir ¡el Señor nos perdone!, es una nueva Babel".*

BIBLIOGRAFÍA PARCIAL

Historia de España, Marqués de Lozoya. Salvat Editores, 1968.

Los Cátaros, Ediciones MSM. Colectiva de varios autores, 2006.

La Biblia. Ediciones Giner, 1972.

Historia del Alto Aragón, Domingo J. Buesa Conde. Editorial Pirineo, 2000.

Mis Páginas Jacetanas, Tomás Buesa Oliver. Imprenta de Francisco Raro, 1995.

Historia Universal, J. M. Roberts. RBA editores.

ÍNDICE

www.ingramcontent.com/pod-product-compliance
Lightning Source LLC
Chambersburg PA
CBHW070755280626
47162CB00016B/717